Nicola Bardola **Schlemm**

Nicola Bardola

Schlemm

Roman

A1 Verlag

VSB

Schlemm, der; -s, -e [engl. slam, eigtl. = Knall, Schlag] (Bridge): gewonnenes Spiel, bei dem man 12 oder alle 13 Stiche bekommt.
Duden, Deutsches Universalwörterbuch

Wer gibt heute noch etwas für einen gut ausgearbeiteten Tod? Niemand. Sogar die Reichen, die es sich noch leisten könnten, ausführlich zu sterben, fangen an, nachlässig und gleichgültig zu werden; der Wunsch, einen eigenen Tod zu haben, wird immer seltener. Eine Weile noch, und er wird ebenso selten sein wie ein eigenes Leben.
Rainer Maria Rilke, »Die Aufzeichnungen des Malte Laurids Brigge«

It makes no difference where you go,
There's one thing that they sure do know:
There's no need for them to be blue,
Cause the zaz-zuh-zaz will always see them through!
Zaz-zuh-zaz-zuh-zaz,
Zaz-zuh-zaz-zuh-zaz-zuh-zay!
Cab Calloway, »Zaz, Zuh, Zaz«

Eins

Luca spürt den Stoß im Rücken, wehrt sich gegen den Fall, will sich umdrehen, nicht um zu sehen, wer ihn stieß, sondern um Gewissheit zu bekommen, ob seine Eltern mit dem Stoß einverstanden sind.

Das Telefon klingelt. Die Tochter schläft. Die Frau sieht im Wohnzimmer fern.
Mit dem Hörer in der Hand ist er sofort Sohn. Vor etwa einer Stunde hatte er seiner neunjährigen Tochter noch eine Gute-Nacht-Geschichte vorgelesen.
Der Vater fragt, ob er den Termin wissen wolle. Es ist kein gewöhnlicher Termin, sondern eine Deadline. Der neunte Dezember.
Das Gespräch ist kurz. Kommentare und Gefühle werden auf später verschoben. Das Datum aber prägt sich Luca ein. Der neunte Dezember, ein Tag vor seinem und Sabines Hochzeitstag. Aber das sagt er dem Vater nicht. Es bleiben fast zwei Wochen.
Luca hat das Gefühl, sich gut auf diesen Moment vorbereitet zu haben.
Elf Tage lang wird Luca noch Sohn sein, Kind seiner Eltern, mit Vater und Mutter, die man jederzeit anrufen kann. Dann werden sie sterben. Äußerlich unversehrt und im Vollbesitz ihrer geistigen Kräfte.
Absurd und nicht akzeptabel, wird Lucas Schwägerin Christina sagen.

Luca notiert den neunten Dezember im Kalender, blickt auf die elf freien Tageszeilen bis dahin und erinnert sich an eine Zeit, in der er nicht sicher war, ob Paul und Franca seine Eltern sind.
Damals war er etwas jünger als seine Tochter Nora jetzt. Die Unsicherheit betraf vor allem den Vater, denn eine Ähnlichkeit mit der Mutter war unbestreitbar. Aber mit seinem angeblichen Vater Paul?
Luca zählt noch einmal die Tage bis zum neunten Dezember im Kalender. Das Telefon steckt in der Ladeschale, aber er hört noch Pauls Stimme. Sie klingt beherrscht wie immer. Vielleicht versucht sie eine leichte Verlegenheit zu verbergen.
Luca zählt und sieht dabei die breite und hohe Stirn Pauls, den Schädel, die wenigen, nach hinten gekämmten Haare. Paul ist gut gealtert: ein fünfundsiebzigjähriger Ex-Bridge-Meister und Ex-Rektor, braun gebranntes Gesicht, einsachtzig groß, aufrecht, der Bauch nicht zu dick. Doch Luca sieht auch die schlaffen Wangen, das Doppelkinn und die leicht zitternden, nikotingelben Finger.
Paul brauchte nie einen Beweis für seine Vaterschaft.

Als Luca in den Sommerferien allein durch die Kirchgasse des Bergdorfes Sins nach Hause schlenderte, schlug die Kirchturmglocke zwölf Uhr. Zwischen zwei Schlägen hörte Luca plötzlich einen Schrei: »Polín!«
Eine alte Frau in Gummistiefeln war aus einem Schafstall herausgekommen und wie erstarrt stehen geblieben. Die Schafställe der Engadiner Häuser befinden sich in den Kellern. Die Bäuerin war zu lange unten im Gestank gewesen. Das Tageslicht blendete sie. Noch einmal schrie sie »Polín!« und dann »Paolo!«.
Fassungslos sah sie den kleinen Luca an, der es mit der Angst zu tun bekam. Doch dann begriffen Luca und die Frau, deren Entsetzen im Gesicht sich in ein freundliches

Lachen verwandelte. Mit einem Redeschwall in rätoromanischer Sprache, von dem Luca nur wenige Wörter verstand, machte sie ihm klar, dass Luca genau so aussehe wie Paul als Kind. Der Kosename für Paul heißt im Rätoromanischen Polín mit Betonung auf der letzten Silbe. So nennen sie Lucas Vater heute noch in Sins: Polín Salamun.
Einen besseren Beweis als den Schrei der Frau für Pauls Vaterschaft hätte Luca sich nicht wünschen können.
Seither ist Luca Pauls Sohn. Aber würde er es nach dem neunten Dezember bleiben? Wie lange ist man nach dem Tod der Eltern noch deren Kind? Wird man erwachsener, wenn die Eltern sterben? Luca weiß es nicht.
Luca erzählte damals seinen Eltern von der Begegnung mit der Bäuerin. Daraufhin zeigten sie ihm Fotos von Paul als Kind. Sie verglichen: Die Ähnlichkeit war verblüffend. Paul war auf einem Porträtfoto als Siebenjähriger von Luca kaum zu unterscheiden.

Luca ruft den Personalchef des Orchesters an und bekommt drei Wochen Urlaub, ohne dass er den Grund angeben muss. Er trägt die drei Wochen in den Kalender ein. Drei Wochen nicht im Graben. Luca spielt Bass. Ursprünglich wollte er Komponist werden, wollte von Johann Sebastian Bach beeinflusste moderne Kantaten schreiben, blieb aber hin- und hergerissen zwischen Klassik und Unterhaltungsmusik und landete schließlich beruflich im Orchestergraben, privat in Jazzkneipen.

Der Termin und alle Vorbereitungen bleiben geheim. Nur Luca, sein Bruder Reto sowie Pfarrer und Arzt Dr. Walter Strub von der ROWS, der Right of Way Society wissen davon. »Ob du es Sabine sagen willst, kannst du selbst entscheiden«, hatte Paul gesagt. »Dasselbe gilt auch für Reto und Christina.«

Luca erinnert sich an den Geruch des Todes, an das Schnüffeln. Als Kind hatte Paolo in Neapel »l'odore della morte« gespielt. Man reibt mit der einen Hand, am besten mit den Knöcheln und den unteren Fingergliedern, den Handrücken der anderen Hand. Haut auf Haut. Trocken. Dann riecht man daran. So, dachte Paolo – und eine Generation später Luca –, riecht der Tod.
Kinder, denen man das erzählt, spielen es gern. Manche halten auch die Luft an, die Ohren zu und schließen die Augen, um den Tod zu spielen, und hören dabei neue Geräusche. Je länger man reibt, desto schrecklicher riecht es.
Luca reibt nach vielen Jahren zum ersten Mal wieder und fragt sich, wie man Todesangst überwindet.

Luca mag es nicht, wenn man ihm unangenehme Nachrichten scheibchenweise auftischt. In der Kindheit Gespräche über die eiserne Lunge, später die ROWS-Mitgliedschaft der Eltern, dann der Befund, dann die Mitteilung, dass »sie beide gemeinsam gehen werden«, schließlich die Frage, ob er das Datum wissen wolle, am Ende das Datum selbst.

Die Mitteilung Pauls kommt Luca wie eine Beichte vor. Etwa vier Monate bevor Paul seinen zwei Kindern den Termin, den neunten Dezember, mitteilt, berichtet er ihnen über den Befund. Bei beiden Benachrichtigungen schwingt für Luca eine Art Schuldbewusstsein mit, vielleicht wegen der Verzögerung, mit der Paul davon erzählt, vielleicht wegen der Konsequenz, die er aus dem Befund zieht.

Luca sieht an einem Augusttag seinen Vater am Bahnhof aus der Menschenmenge auftauchen und weiß sofort, dass etwas nicht stimmt. Paul verbirgt etwas. Nichts Gutes.
Die Mutter wartet im Auto, weil sie im Halteverbot steht. Eine oft wiederkehrende Szene: Der Sohn auf Kurzbesuch wird von den Eltern abgeholt. Nach der ersten Ampel müss-

te Paul reden. Aber er wartet noch. Luca fragt nicht. Nach der ersten Ampel hatte Luca vor zehn Jahren von Sabines Schwangerschaft erzählt. Wenn spätestens bei der zweiten Ampel nichts Wichtiges berichtet wird, ist alles wie immer.
Die Neuigkeit an dem Augusttag ist so wichtig, dass Paul wartet, bis er zu Hause in seinem Eames-Sessel, einem schwarzen Lounge Chair, sitzt, die Beine ausgestreckt, den Campari neben sich, die Zigarette zwischen Zeige- und Mittelfinger. Er ist verlegen, blickt zu Franca, dann zu Luca und wieder zu Franca. Schließlich konzentriert er sich ganz auf Luca.
Paul fasst die Ereignisse vom ersten Blut im Urin bis zur eindeutigen Diagnose des rosenkohlgroßen Tumors in der Blase zusammen.
Nein, sagt Luca, schüttelt den Kopf und schweigt.
Es ist wie bei einer Prüfung. Paul ist der Schüler, Luca der Lehrer, Franca die Schulinspektorin.
Luca schweigt, aber in Gedanken nimmt er die Konsequenzen aus dem Befund vorweg.
Paul fährt fort: Eine Operation komme nicht in Frage. Seine Situation erinnere ihn an Peter Nolls »Diktate über Sterben und Tod«, sogar der Tumor sei ähnlich. Nolls Diktate seien damals viel diskutiert worden. Noll starb 56-jährig vor zwanzig Jahren. Er habe seinen Entschluss und die Folgen, sich nicht operieren zu lassen, für jedermann plausibel protokolliert. Paul Salamun geht einen Schritt weiter als Peter Noll. Paul will nicht nur die Operation vermeiden, sondern auch alle zu erwartenden Komplikationen nach dem Befund: Schwindel, Schmerzen, Fieber, Delirien, Morphium. Nach einer Operation habe Paul mit Glück vielleicht noch zehn oder fünfzehn Jahre vor sich, den Urinbeutel immer mit sich herumtragend. All das komme für ihn nicht in Frage. Er will den Schlussstrich selber ziehen.
Paul erwähnt seine Tagebücher, seine Bibliothek und die ROWS. Er trinkt einen Schluck Campari, drückt die zweite

Zigarette seit Beginn seines Berichts aus und blickt zu Franca. Sie sorgt für gedämpfte Heiterkeit mit dem Hinweis darauf, dass Zeit bleibe, viel Zeit. Sie hat Lucas Lieblingsgericht gekocht, Safran-Risotto mit Steinpilzen.

Luca abends in seinem Jugendbett, in seinem Jugendzimmer, mit den Jugendfotos, einigen Jugendkleidern, der Jugendlampe, zwei moosgrüne drehbare Halbkugeln, eine etwas größer, die andere etwas kleiner, die sich ineinander schieben lassen, wodurch das Licht regulierbar ist und sich so weit dämpfen lässt, bis die Lampe keine Schatten mehr wirft, dem Jugendplattenspieler, den Vinyl-Platten, den Rattanmöbeln. Alles gut konserviert.

Luca hört die Holztreppe. Geräusche der Eltern aus dem Badezimmer. Ob Paul wieder Blut harnt, fragt sich Luca. Er wird bald freiwillig sterben, statt um sein Leben zu kämpfen, statt sich sofort operieren zu lassen.

Paul druckt seinem Sohn Passagen aus den ersten fünf Jahren seines Tagebuchs aus, das er mit fünfundsechzig, mit Beginn seines Ruhestands, am PC zu schreiben begann. Luca nimmt auch einige Essays und Nolls »Diktate« aus Pauls Bibliothek mit nach Siena. Luca versucht sich zu erinnern, wann Paul diesen Weg eingeschlagen hat.

Sins vor mehr als dreißig Jahren in den Winterferien: die Familie von Polín Salamun in der *chadafö,* dem Feuerhaus mit der gewölbten Decke. Neue Besucher werden auf die Probe gestellt. Warum ist die Küchendecke vor vierhundert Jahren rund gebaut worden? Die beiden Söhne, Reto und Luca, sechzehn und zwölf, kennen alle möglichen Antworten auf die Gewölbefrage.

»Ich würde auch in einer eisernen Lunge weiterleben wollen«, sagt der Vater unter der runden Küchendecke. Ihm sei es nur wichtig, klar denken zu können. Dazu brauche er keinen Körper.

In der eisernen Lunge ist nur der Kopf frei. Die Atmung wird im engen und abgedichteten Raum mechanisch bewirkt. Man liegt in dem dröhnenden Zylinder wie in einem Sarg.
Franca widerspricht heftig, in einer eisernen Lunge wolle sie nicht weiterleben. Lieber sterben. Franca trägt ihr braunes, schulterlanges Haar streng nach hinten gekämmt und zu einem Knoten geschlungen, der von einer Nadel gehalten wird. Nein. Reglos in einer Beatmungsmaschine möchte sie nicht leben.
Die Söhne sind unsicher. Lieber sterben? Lieber gelähmt leben? Und warum sollten sie sich in ihrem Alter das Leben in einer eisernen Lunge vorstellen?
Luca meint, dass beide, Vater und Mutter, gerne darüber diskutierten. Das Thema wurde variiert, vorzugsweise wenn Gäste im Haus waren. Es war für die Eltern interessant, deren Meinung zu hören. Die Söhne tendierten mit der Zeit dazu, von Kopf bis Fuß gelähmt weiterleben zu wollen.
Luca versucht in seinem Jugendzimmer steif und mit eng an den Körper angelegten Armen wie in einer eisernen Lunge einzuschlafen, so wie früher.

Nach Pauls Befund schreibt sich Luca in einen Bridge-Club ein. Den Begriff Fit hat er in einer der ersten Bridge-Lektionen gelernt. Fit bedeutet, in einer Partnerschaft insgesamt mindestens acht Karten in einer Farbe zu haben. Dann sagt man, dass die beiden Spieler einen Fit haben.

Mit jeder Bridge-Lektion nähert sich Luca den Eltern. Er verinnerlicht die Prinzipien im Bridge: Schlemms werden die Kontrakte auf der 6er- und 7er-Stufe genannt. Bei Großschlemms müssen alle dreizehn Stiche nach Hause gebracht werden. Das Paar, das einen Schlemm reizt und erfüllt, bekommt einen erheblichen Bonus.

Eine der Merkwürdigkeiten beim Bridge besteht darin, dass nach dem Bieten, dem Reizen und dem Erstellen des Kontrakts einer der vier Spieler sterben muss: *The dummy, le mort, der Tisch.* Nachdem der Todgeweihte – so wie seine in die drei anderen Himmelsrichtungen verteilten Spieler – geboten und gereizt hat, scheidet er (oder sie – bei jedem neuen Spiel kann jemand anderer sterben) aus. Während des eigentlichen Spiels hat der Tote keine Funktion mehr. Er kann in das Spiel nicht mehr eingreifen. Er lehnt sich zurück, steckt sich eine Zigarette an, trinkt einen Schluck, geht auf die Toilette. Aber für die anderen drei ist er tot. Er darf allenfalls noch die Karte in die Mitte des Tisches schieben, die der Alleinspieler jeweils fordert.

In den verschiedenen Wohnungen, in denen Lucas Eltern lebten, gab es immer eine Bridge-Ecke. Am Anfang war es aus Platznot noch der Küchentisch. In der letzten steht ihnen ein eigener Raum zur Verfügung.

Luca strich manchmal mit der Hand über den grünen Filz des Bridge-Tisches. Sie besaßen nie Haustiere, weil Franca Angst vor Allergien hatte. Der Bridge-Tisch-Filz war für Augenblicke sein Haustierersatz.

Immer wenn Paul und Franca ein befreundetes Paar eingeladen hatten, hingen die Rauchschwaden über dem Tisch. Bei jedem neuen Spiel starb nach den geheimnisvollen Vorreden der vier in die Karten vertieften Erwachsenen einer von ihnen. *Chicane, adversaire gauche, enchère d'essai, déclarant* – und zack, du bist tot. Die Reizung vor der Exekution war ein Furcht einflößendes, stilles Ritual, eine angespannte Meditation, wie Luca sie auch später in keinem Gotteshaus erlebt hat; ein religiös anmutendes Zeremoniell, das am ernsthaftesten – und erfolgreichsten – von Paul betrieben wurde.

Andacht. Sie waren alle konzentriert, sprachen leise ihre magischen Worte: *Un sans atout, deux Cœurs, trois Piques, quatre Carreaux* ... Einer nach dem anderen, reihum, in alle vier Himmelsrichtungen zählten sie sich hoch, steigerten sich mit manchmal langen, vor Spannung knisternden Pausen, versuchten die Karten des Partners zu erraten, eine unsichtbare Brücke zu schlagen, mit der sie die Gedanken der anderen lesen konnten – und dann folgte ein resigniertes *passe* und noch ein *passe* ... und dann war das Urteil gesprochen. Erst wenn einer die Karten ablegte, verstand Luca, wen es erwischt hatte. Wenn es Franca war, ging er zu ihr, um sie zu trösten. Sie legte die Karten nieder, ordnete sie offen auf dem grünen Filz, so als streckte sie ihre Waffen, lächelte aber seltsam heiter und stand auf. *Femme debout.* Luca verstand nicht, dass sie keinen Trost wollte, und lernte erst sehr viel später, dass sie keinen Trost brauchte.

Die Familie zum ersten Mal im Auto unterwegs nach Sins. Ein neues Verkehrsschild: Im roten Warndreieck ist diagonal eine unebene, schwarze Fläche eingezeichnet, die sich von links unten nach rechts oben zieht. Links daneben sind schwarze Flecken auf weißem Grund eingezeichnet. Darunter steht auf Rätoromanisch »Privel da crappa«.
Dieses Schild gibt es wohl nur im Engadin, vermutet Paul, der nervöse Beifahrer. Paul erklärt, dass *privel* Gefahr und *crappa* Steine heißt.
»Warum braucht es dafür ein Schild?«, fragt Franca. Sie sitzt am Steuer. Bisher war die Familie immer mit der Rätischen Bahn nach Sins gefahren, die über schlanke und hohe Brücken und durch feuchte Tunnels fährt, meist enge Röhren, die auch bei geschlossenen Fenstern stark, aber nicht unangenehm riechen.
Paul hat zwar noch einen Führerschein, aber er fährt schon lange nicht mehr. Er hat zu viele Unfälle verursacht.
Paul hat den Führerschein mit vierzig Jahren gemacht. Er ist handwerklich ungeschickt, und das wirkt sich auch beim Autofahren aus.

»Wenn uns ein Stein aufs Dach fällt, dann fällt er eben. Dagegen können wir nichts unternehmen«, sagt Franca. Autofahren ist Francas Domäne, obwohl Paul und Franca den Führerschein gleichzeitig gemacht haben. Franca saß von Anfang an gern am Steuer. Vielleicht lag das auch an dem Fahrlehrer. Franca und Paul hatten denselben Lehrer. Der Lehrer mochte Franca, lobte sie, und dementsprechend schnell machte sie Fortschritte, was Paul nicht gefiel und ihn von Anfang an demotivierte.

Die Söhne hinten. Dort herrscht Stille. Die Familie fährt die kurvenreiche, schmale Straße Richtung Osten. Rechts unten schlängelt sich der grün leuchtende Inn durchs Tal. Die Familie überholt die Flusswellen. Links ragen steil die Felshänge hoch. Die Straße ist zum Teil in Fels gehauen.

»Wenn uns ein Stein aufs Dach fällt, dann fällt er eben.«

Wahrscheinlichkeit hat Paul als Bridge-Spieler und als Mathematiker beschäftigt. Der Einbeinige, der bei der Tombola ein Fahrrad gewinnt – Zufall kann grausam sein.

Der gemeinsame Nenner fast aller Religionen besteht in dem Versuch, dem Zufall einen Sinn zu geben.

Für Paul, Zahlenmensch und Agnostiker, ist Gott nicht tot. Gott wurde nicht geboren. Das Wort »gottgewollt« ist Kokolores.

Die Wahrheit liegt im Würfel. In der Analyse des Gewürfelten und in der Vorhersage der zu würfelnden Zahlen.

So wird Luca seinen Vater, den Bridge-Meister, in Erinnerung bewahren.

Lucas Sorgen wachsen beim Warten auf den Tod, so als verberge sich etwas hinter Pauls Entschluss, das er kennt und verdrängt.

Franca ist einundzwanzig, als ihr Vater stirbt. Sie kehrt nach Genf zurück und Paul stürzt sich in Basel in eine heiße Bridge-Phase.
Die Stadt ist voller Flüchtlinge. In Hemingways »Fiesta« liest Paul: *Außerdem hatte er mit einigen Bekannten in ein paar riesig feschen Bridgepartien zu viel höheren Einsätzen gespielt, als er es sich eigentlich leisten konnte, hatte fabelhafte Karten gehabt und mehrere hundert Dollar gewonnen. Das hatte ihn auf seine Bridge-Begabung eitel gemacht, und er sagte mehrere Male, dass es doch ein Leichtes sei, wenn es sein müsse, seinen Unterhalt durch Bridgespielen zu bestreiten.*
Im Gegensatz zu Robert Cohn gewinnt der hoch gewachsene Paul auch mit schlechten Karten. *Bridge is silence and pleasure,* sagt Paul. Der Satz begleitet ihn sein ganzes Leben. Er sagt ihn mit einem Schmunzeln, mit gespielt belehrendem Tonfall und mit einem Funkeln in den Augen. Und das Funkeln bedeutet: Bridge ist kein Glücksspiel. Bei Turnieren ist es nicht wichtig, gute Karten zu haben, sondern mit den Karten, die man hat, besser zu spielen als die anderen. Die Leistung der Spieler lässt sich messen, da die »Hände«, die verteilten zweiundfünfzig Karten, vor dem Spiel bestimmt werden. An anderen Tischen spielen gegnerische Mannschaften mit exakt denselben Karten. Die Stärke der Spieler ist daher vergleichbar. Ein Stich mehr dank eines exakteren Kontrakts oder einer genaueren Berechnung kann den Turniersieg bedeuten.

Den Satz hört Paolo schon als Kind und später: *Stille und Vergnügen.* Die Salamuns bleiben abends zu Hause – Fliegeralarm in Neapel. Sie spielen mit Gästen – mit zwei oder vier Kartensets – regelmäßig Jass. Paolo mit wenig Begeisterung. Erst als jemand »Auto-Bridge« mitbringt, fängt er Feuer, lernt die Regeln und erste Gewinnstrategien.
Von einem Sins-Aufenthalt kehrt Paul 1943 nicht nach Italien zurück. Nach der Landung der Briten und Amerikaner

auf Sizilien bringen 105 alliierte Bombenangriffe auf Neapel das Leben der Millionenstadt fast zum Erliegen. 22.000 Menschen fallen den Bomben zum Opfer, 100.000 Wohnungen sind zerstört. Die Bar Salamun bleibt verschont und kann schon nach wenigen Monaten wieder öffnen.
Paul schreibt sich an der Uni Basel ein. In Naturwissenschaften. Später bezeichnet er die Fächerwahl als größten Fehler seines Lebens. Er hätte Mathematik und Philosophie studieren sollen. Er hasst Chemie und Physik. Das Labor – Reagenzgläser, Bunsenbrenner – bringt ihn zur Verzweiflung. Als er eine Mappe mit einer fertigen Seminararbeit verliert, kündigt er innerlich das Studium. Er bleibt aber immatrikuliert. Sein Vater, seine Mutter und seine älteren Brüder Silvio und Leo glauben, er habe das Studium beendet. Die Lüge fliegt erst viele Jahre später auf, als er längst das Studium nachgeholt hat, die Eltern gestorben sind und er Mathematiklehrer an einem Gymnasium ist.

Kurz nach Kriegsende, ein Studentenheim in Basel, erster Stock: Vor allem Franzosen spielen leidenschaftlich Poker. Das Geld wird unter dem grünen Tischteppich versteckt. Glücksspiel ist verboten. Paul macht nur selten mit. Gewinnchancen und seine Geldreserven sind gering. Im Parterre wird auch Bridge gespielt. Paul beteiligt sich. Er stellt fest, dass es sein Budget nicht strapaziert. Im Gegenteil. Fedy Galvic aus Dubrovnik leiht ihm Culbertsons »Gold Book« und sagt: »Schau, ein neues Bridge-Buch. Wenn du alle Seiten liest, wirst du viel Geld gewinnen.«
Paul lernt in wenigen Wochen Bridge-Englisch. Fedy und Paul werden zum Top-Team, organisieren täglich Spiele und geben Unterricht.
Sie spielen im Sonnenhaus von morgens bis abends. Lichtscheu, rauchend, Kaffee trinkend. Gegen Mittag ein Tellergericht – der Wirt kennt sie. Oscar Kaufman, ein Rumäne, den sie Ossi Possi nennen; Harry Kleinlein, genannt Harry

Parry, ein Ungar aus der Familie des Erfinders der Biro-Stifte; Csengary, genannt Tschumi, auch aus Rumänien. Er begnügt sich – wahrscheinlich aus finanziellen Gründen – mit Bier und weist beharrlich auf den Nährwert hin. Der Wirt duldet auch ihn. Oft sind noch andere Ungarn dabei, fast immer auch Pauls Partner, der Jugoslawe Fedy Galvic, sowie einige Franzosen. Basler nur wenige, Frauen noch weniger – Alexander Poseda und Elsa Zehntner sind Ausnahmen.

Paul und Fedy spielen wie besessen, schätzen je nach Strategie den Ausgang einer Partie ein; erraten die Absichten des Partners und der Gegner; merken sich die gespielten Karten – je mehr, desto besser. Was Laien übersehen: das Suchtpotential von Bridge, wenn es professionell gespielt wird und man für Wettkämpfe trainiert. Aber Paul und Fedy denken noch nicht an Turniere. Sie pfeifen auf das Studium, steigern sich in den Zeitvertreib und warten auf den richtigen Moment, um ins gelobte Land, nach Südamerika, zu emigrieren. Paul hat sich für Chile entschieden, und in der bridgefreien Zeit lernt er Spanisch. Sie spielen oft auch nachts in Harry Parrys Bude. Zwischendurch gibt es rohe Paprika mit Öl und Salz und dann wird weitergespielt bis zum Morgengrauen.

Alex klinkt sich oft schon vorher aus. Er spielt zu vorsichtig, versteht nicht, dass sich Culbertson durchsetzt. Wenn Paul einen Schlemm macht, nennt er ihn Schlemm, Schlemi oder Schlemihl. Er sagt: »Paolo Schlemm! Schlacksi Schlemi hat wieder zugeschlagen.«

Nach etwa zwei Jahren löst sich die Runde auf: Ossi Possi geht nach Rumänien. Später flüchtet er nach Deutschland. In den achtziger Jahren ruft er Paul an, hinterlässt aber eine falsche Telefonnummer auf dem Anrufbeantworter. Harry Parry emigriert nach Argentinien und Tschumi nach Chile. Paul hört nie mehr etwas von ihnen. Fedy heiratet eine Schweizerin, geht nach Peru, leitet eine Fabrik für Boden-

beläge, lässt sich scheiden und kehrt nach Jugoslawien zurück. Seither ist der Kontakt abgebrochen. Nur Alex, Elsa, die inzwischen zurückgekehrte Franca und Paul bleiben in Basel. Gesprochen wird Bridge-Englisch, Italienisch und Französisch. Im Alltag dominiert aber Schweizer Mundart, die Franca und Paul bis zuletzt nur mit Akzent sprechen.
Paul gründet den Basler Bridge Circle und tritt dem Bridge Bund Schweiz (BBS) bei, dessen Präsident er später wird. Wäre er nach Chile gegangen, er hätte eine Bar mit Bridge-Salons eröffnet. Franca hätte einen anderen geheiratet, wäre vielleicht Jahre später nach Südamerika gereist und hätte ihn zufällig in Santiago getroffen. Aber Paul wusste von Anfang an, von der ersten Begegnung mit Franca auf dem Studentenball der Romands, dass er sie fürs Leben will – er ist der begabte neunzehnjährige Student in Basel, sie das fünfzehnjährige Mädchen aus Genf, das in Begleitung der älteren, an der Uni immatrikulierten und Paolo flüchtig bekannten Schwester ihr erstes großes Fest besuchen darf – und schon damals schreibt Paul in sein Tagebuch: »Franca ist eine Blume, die gepflegt werden muss.«

Luca erinnert sich beim Lesen von Pauls Tagebüchern an die Schwarzweißfotografien in den schweren, mit dicken Kordeln zusammengebundenen Fotoalben, die er als Kind oft durchblätterte. Manche der vergilbten Fotos haben einen lackierten und daher strahlend weiß gebliebenen, gewellten Rand.
Als Paul einige Jahre vor Lucas Geburt zum ersten Mal die Schweizer Bridge-Meisterschaft gewinnt, hat er kurz zuvor Franca geheiratet. Ein kleines Foto zeigt Paul und Franca abends nach dem Sieg auf der Treppe vor dem Circle – beide strahlend.
Ein Genfer Journalist und Bridge-Spieler ist begeistert. Er schreibt einen ausführlichen Zeitungsartikel über den sensa-

tionellen Sieg der Basler gegen die als Favoriten geltenden Genfer – und vor allem über diesen jungen Spieler Paul Salamun, der offenbar dank seiner glücklichen Ehe ausgerechnet mit einer *Genevoise* zu Höchstleistungen fähig ist.

Es gibt Bilder, die sich Luca für immer eingeprägt haben. Paul und Franca im Palace in St. Moritz kurz nach der Verlobung. Die Mutter im trägerlosen weißen Samtkleid mit weißen Handschuhen bis über die Ellenbogen.
Paul und Franca nach einem Bridge-Carneval. Franca schminkt Paul ab. Beide blicken mit lasziven Mienen in die Kamera, wie er sie im Leben nie an ihnen bemerkt hat. Sie wirken frei, unbeschwert und verdorben.
Pauls Lebensfreude damals: Paul in der Hocke umarmt einen vollen Schirmständer, hinter ihm stehend drei verwegen dreinblickende Bridge-Freunde. Überdrehte Stimmung.
Ohne die Musik könnte Luca die Bilder nicht verstehen: Paolo war der Bärentänzer. An der Bar ahmte er Humphrey Bogart nach. In Wirklichkeit glich er zu seinem Leidwesen eher dem spröden James Stewart, wie er 1939 in »Made for Each Other« spielt: magerer als Bogey, erschreckend knochig, nicht teuer, aber sorgfältig gekleidet, dicke Unterlippe, starrer Unterkiefer, langer Hals, hüpfender Adamsapfel und für manche Frauen von unwiderstehlichem Humor.
Bärentänze, so nannte Paolos Vater Gian den Jazz und die Zuckungen, die US-Soldaten nach Neapel bis in die Bar Salamun gebracht hatten. Urwaldmusik, sagte Gian. Aber Franca lachte, wenn der schlaksige Paul Grimassen schnitt, Beine und Arme verdrehte und unkontrolliert, vom Swing Louis Jordans und vom Drive Cab Calloways und seinen Alabamians getrieben kreuz und quer über die Tanzfläche wirbelte.
Dagegen die Turnier-Fotos. Stille. Die konzentrierten Gesichter an den Bridge-Tischen.
Der Kontrast zwischen den lauten und den stummen Fotos.

Luca in Gedanken bei den alten Eltern im winterlichen Engadin. Schneefelder bei Stuvar wie weiße Schatten an der Hauswand in Sins.

Kein Foto. Schlimmer: Elsa, Mitte vierzig. Elsa, lebensfroh und verzweifelt zugleich, vor dem Kaminfeuer seiner Eltern. Ein Glas Whisky in der einen, eine Zigarette in der anderen. Luca ist zwölf Jahre alt. Und Elsa sagt: »Ich will noch leben!« Wenige Wochen später ist sie tot. Dieses Bild der äußerlich kerngesunden Elsa vor dem Kaminfeuer wieder vor Augen, erinnert sich Luca an die Anfänge: Erinnerungen an die Erinnerungen der Eltern.

Ein Knöllchen am Handgelenk Elsas, dort, wo man den Puls fühlt. Das Knöllchen ist fast unsichtbar. Nur wenn man genauer hinsieht, schimmert es bläulich durch die Haut. Kleiner als ein Kirschkern lässt es sich auf und ab bewegen. Kein Anlass zur Sorge, meint Elsa.

Paolo Salamun, Franca Sillage, Elsa Zehntner und Alexander Poseda treffen sich oft im Bridge Circle.
In den Sommermonaten liegt Paul manchmal am Rheinufer, Culbertsons »Gold Book« aufgeschlagen vor sich, und statt darin zu lesen, beobachtet er, wie Alex und Elsa mit Franca im Fluss schwimmen: drei Fische im Wasser.

»Paul«, sagt Franca, »Elsa ist endlich zum Arzt. Er hat sie sofort ins Spital geschickt.«

»Ordnen Sie Ihre Papiere«, sagt der Arzt, nachdem er Elsa untersucht hat.
Es ist so einfach. Doch eine Frist bleibt. Das »Ordnen-Sie-Ihre-Papiere«-Zitat klingt wie ein Refrain. Eine Galgenfrist, um Rechenschaft abzulegen.

Rechenschaft: Das Wort stammt aus dem 14. Jahrhundert. Wegen Christina, die als Deutschlehrerin an einem Mädchengymnasium arbeitet, hat sich Paul nach der Pensionierung mehrere Herkunftswörterbücher besorgt. Beharrlich machte Christina ihren Schwiegervater auf Besonderheiten der Sprache aufmerksam.

Rechinschaft hieß das früher. Berechnung. Paul berechnet, wofür er verantwortlich ist.

Verantwortlich.
Für Alexanders Tod auf dem Exerzierplatz?
Diese Geschichte haben die Eltern Luca zu früh erzählt. Luca, zwölfjährig, lag nachts im Bett und stellte sich vor, wie Alex die Granate in der Hand hielt. Luca konnte an nichts Spannenderes denken als an das Werfen einer Handgranate: Eine metallische Kugel, die man zum Mordwerkzeug macht, indem man sie entsichert; eine Bombe, die man dann – exakt nacheinander die Sekunden zählend – in der Hand halten muss, damit sie nicht zu früh beim Feind landet, der sie heben und zurückwerfen könnte. Luca stellte sich vor, wie sie an Alex' Hand wie magnetisch haften blieb und sich nicht abschütteln ließ, als wäre sie sein Handschatten.

Luca denkt in Schwarzweiß an das Unglück. Das Blut ist grau.
Francas Traum ist vielleicht schuld daran. Sie hat in Farbe von der Südsee und von Schwarzen geträumt, die immer nur barfuß laufen, und niemand kann ihnen die Schuld in die Schuhe schieben.

Elsas Metastasen. Vier Monate Ruhe, dann die ersten Beschwerden und danach drei Morphium-Wochen. Schließlich die Hilfe der ROWS. In der Todesanzeige bedankt sich Elsa

bei der ROWS, für »die wunderbare Hilfe auf der letzten Reise«.
Elsa hatte Franca von ihren guten Gesprächen mit der jungen Sterbebegleiterin Claudia Zuber erzählt. Seither sind auch Franca und Paul Mitglieder bei der ROWS.

Dem Verschwinden geht der Rückzug voran. Unmerklich nehmen der Ehrgeiz und die Lust ab, den Alltag anzunehmen. Neues wird lästig. Jede Innovation wird von der Frage begleitet, wozu man sich damit noch beschäftigen soll. Gebrauchsanleitungen – zum Teufel! Bei Franca ist es nicht nur ein Rückzug. Sie baut manchen Bereichen gegenüber eine Abwehrhaltung auf – Technik, Medizin, Leidenschaft. Anderen Themen öffnet sie sich umso mehr.

»Weißt du, was Elsas Vater antwortete, als sie ihn fragte, ob er sich schon mit dem Sterben beschäftigt hat?«, fragt Franca ihren Mann, als Elsa selbst schon im Sterben liegt.
Elsa hatte sich an ihren schrulligen, unzugänglichen Vater erinnert, der bis zuletzt wie hinter einer zufriedenen, oft fröhlichen Maske sein Leben mit Bier und Zigaretten (Player's No 6 für 77 Rappen das Päckchen – das war auch Pauls Marke) genoss. Sie würden nie erfahren, ob er nur eine Maske trug oder ob er wirklich ein Schelm war. Elsas Vater schloss jedenfalls gekonnt alles Unangenehme aus seinem Blickfeld aus. Misserfolge, lästige Gedanken, negative Stimmungen verdrängte er. Auch beim letzten Gespräch mit Elsa wich er ihren Fragen aus.
Er fragte zurück: »Mit den Serben?«
»Nein, Papa, mit dem Sterben!«, versuchte es Elsa noch einmal. Sogar die Tochter konnte nicht sagen, ob die Augen, aus denen der Schalk sprach, ihre Worte verstanden hatten und ihr nur auswichen oder ob die Ahnungslosigkeit echt war, die sie gleichzeitig ausdrückten. Er war ein alter, runzeliger, lustiger Baum, obwohl er fast wehrlos, längst gefällt

und für den Brennofen bereit, im Klinikbett lag. Eine Mischung aus feuchter Aussprache und Schwerhörigkeit, die zu Schlitzen verengten, gelben und blutunterlaufenen Augen, die Nikotinfinger, das graue, strähnige Haar, der kalte Rauch auf seiner Haut, die Stoppeln am Kinn, die niemand mehr entfernen würde, die Reibeisenstimme, der herrliche Husten, dem Paul Konkurrenz machte, die Speichelreste in den Mundwinkeln, die vergilbten, schiefen Zähne.
Elsa schwankte zwischen Heulen und Lachen. Sie hatte das Gefühl, ihr ganzes Leben lang kein einziges Mal ein wirklich wichtiges Gespräch mit ihrem Vater geführt zu haben; ein offenes Gespräch, in dem er sich nicht verstellt. Und er sollte sterben, ohne dass sie erfuhr, ob er sich immer nur verstellt hatte oder ob er wirklich so war, so gut gelaunt, so unerschütterlich.
»Mit dem Sterben!«, wiederholte sie ein letztes Mal nah an seinem haarigen Ohr.
Aber er hatte beschlossen, keine Trauer, kein Drama aufkommen zu lassen. Er blieb bis zuletzt ein Schelm und erwiderte: »Mit den Erben?«
Damit hatte er ihr endgültig den Wind aus den Segeln genommen. Er deutete an, ihren Wunsch nach Ernsthaftigkeit verstanden zu haben. Er wich gleichzeitig aber noch immer aus. Und er ließ offen, ob er sich vielleicht wirklich verhört hatte. Damit behielt er die Kontrolle über das letzte Gespräch mit Elsa, denn sie redeten nur noch über die Kleinigkeiten des Klinikalltags.

Alexander Poseda und Elsa Zehntner sind zwei ungleich Liebende. Alex ist ein Bild von einem Mann, Athlet und Offizier, allerdings mäßiger Bridge-Spieler. Zigaretten raucht er nur zur Hälfte, weshalb die Aschenbecher öfter geleert werden müssen. Er fühlt sich hingezogen zu schöneren Frauen als Elsa. Aber er wagt es nicht fremdzugehen.

Gleichzeitig ist er besitzergreifend und noch eifersüchtiger als Paul.
Das ist eine Gemeinsamkeit, die neben Bridge ihre Freundschaft ermöglicht. Er sei »neugierig wie ein eifersüchtiges Weib«, gesteht Alex, was Paul dann aber doch unangenehm ist.
Im Militärdienst und später in den Spielpausen erzählt er Paul haarklein von seiner Neugier. Weil Elsa besser Bridge spielt als er, hat er stets ein ungutes Gefühl intellektueller Unterlegenheit.
Alex lässt Elsa nicht aus den Augen, verdächtigt sie und macht ihr mit seinem Misstrauen das Leben so zur Hölle, dass Elsa, die ihn trotz allem liebt, sich etwas wünscht, was Paul in einer funktionierenden Beziehung nicht für möglich gehalten hätte. Er würde es immer noch nicht glauben, wenn Elsa es ihm nicht versichert hätte.
Elsa und Alex leben viele Jahre nebeneinander, ohne dass sie es wagt, ihren Wunsch auszusprechen. Sie will, dass er eine Affäre eingeht. Sie wünscht sich inständig, dass er sich einen seiner Träume erfüllt, die ihn manchmal nächtelang beschäftigten. Sie würde nichts lieber erleben als eine Liebesgeschichte ihres Mannes mit einer jener schönen Frauen, für die er schwärmt, wobei an erster – und vielleicht einziger Stelle Franca steht.
Aber Alex wagt es nicht. Und er hat keine Ahnung, dass es noch einen anderen Grund für diesen seltsamen Wunsch seiner Frau gibt.

Paul glaubt, dass Alex das alles – auch seine Unwissenheit – den moralischen Vorteil einbringt, den er Elsa gegenüber braucht, um seine Eifersucht zu rechtfertigen.
Alex und Elsa lieben sich, aber sie bekämpfen sich unterschwellig, sind sich fremd, fremder, als Franca und Paul es sich je waren.

Als Alex in einem Supermarkt zufällig Elsa sieht, macht er sich nicht bemerkbar. Er hat schon bezahlt und packt seine Ware ein, während sie sich in der Schlange der Kasse nähert. Alex ist selbst verblüfft, dass er sie nicht anspricht. Er bringt kein Wort heraus und beobachtet sie heimlich, während sie ihre Lebensmittel aus dem Einkaufswagen nimmt und auf das Förderband legt. Irgendetwas hemmt ihn. Er überlegt, ob sie ihn vielleicht gesehen hat. Er rekonstruiert die Szene und kommt zu dem Schluss, dass Elsa aus ihrer Position in der Schlange ihn nicht entdeckt haben kann, zumal direkt vor ihr ein großer Mann steht.
Wie betäubt verlässt Alex den Supermarkt. Tagelang grübelt er darüber nach, warum er nicht Hallo gesagt hat. Es gibt mehrere Möglichkeiten: Vielleicht, weil er nicht wusste, welche Stimmlage er aus dieser Distanz anschlagen sollte; oder weil er sich verpflichtet gefühlt hätte, zu ihr zu gehen und ihr einen Kuss zu geben, wie er es tut, wenn er nach der Arbeit nach Hause kommt – aber hier in aller Öffentlichkeit? Vielleicht, weil er ihre Antwort fürchtete, ihre Stimme in jenem Augenblick nicht hören wollte? Vielleicht, weil er fühlte, dass er sie in diesem Moment – wenn sie eine fremde Frau gewesen wäre – als solche betrachtete er sie in jenen Sekunden im Supermarkt – lieber nicht kennen gelernt hätte? Vielleicht, weil er sie in Gedanken mit Franca verglich? Vielleicht, weil er Franca in dieser Situation sofort angesprochen hätte?

Wie passt das zusammen? Wie kann man so eifersüchtig sein, seine Frau ständig beobachten und verdächtigen und gleichzeitig eine andere Frau begehren?
Einige Wochen nach dem Treffen im Supermarkt erzählt Alex ihr davon. Elsa erinnert sich daran und jagt ihm damit einen gehörigen Schrecken ein. Sie hatte ihn vorher gesehen, dann den Blick auf das Förderband gesenkt und ihre Lebensmittel darauf gelegt.

Elsa hatte den Blick in jenem Moment von ihm abgewendet, in dem sie realisierte, dass er aufschauen und sie entdecken würde. Es ging um Sekundenbruchteile. Und sie wusste, dass er sie danach in dem Glauben gesehen hatte, dass sie ihn nicht bemerkt hatte.

Elsa ist eine gute Schauspielerin. Diesbezüglich hat sie Alex im Griff. Sie hielt den Blick gesenkt und wartete mit einer Mischung aus Vorfreude und Bangen auf seine Stimme. Doch sie kam nicht. Nie davor und nie danach war sie wütender auf ihren Mann als nach jenem Augenblick im Supermarkt.

Drei Aschenbecher auf dem grünen Filz, fünf Zigarettenpäckchen, zwei davon leer, zwei Streichholzschachteln und zwei Feuerzeuge, eine Flasche Mineralwasser, vier Gläser, die Spielkarten und vier Menschen, schweigend vertieft in Möglichkeiten, vertieft in Wahrscheinlichkeiten, über das eigene und das Blatt des Partners grübelnd, über die Trümpfe des Gegners spekulierend. *Passatempo.*

Die Bridge-Partien mit Franca sind für Paul spielerisch betrachtet langweilig: *I wandered through my playing cards.* Auf Pique-König hätte Franca nicht den Cœur-Verlierer, sondern den Trèfle-Verlierer abwerfen müssen, worauf Elsa den Gewinn bringenden Weg, Cœur hochzuspielen, wohl trotzdem nicht gefunden hätte.
Paul muss sich nicht konzentrieren, um zu gewinnen. Ihr ausführliches Frage- und Antwortspiel hat ihm schon zu viel verraten.
Francas und Elsas Gesichter hinter dem blauen Dunst. Die weit auseinander stehenden blauen Augen Elsas, die Stupsnase, das rundliche Gesicht und die kurz geschnittenen blonden Haare, ihre Stirn in Falten, den Blick stur auf ihr

Blatt gerichtet, manchmal seitlich auf den Aschenbecher, in dem ihre Zigarette steckt. Erst nachdem sie die Karte gespielt hat, streift ihr Blick Franca, immer zuerst Franca, dann Paul und Alex. Elsa hat ein Gesicht, das sein Geheimnis nicht schnell preisgibt.
Franca dagegen ist beim Bridge-Spiel wie ein offenes Blatt, beim Ordnen der Karten souverän und mit dem Bewusstsein, a priori den Kürzeren zu ziehen. Keine Spur von Siegeswillen. Aber entspannt, genießerisch auf ihrem Einmaleins-Niveau und doch in einer tadellosen Haltung von oben herab mit kerzengeradem Rücken.
Smoke gets in your eyes. Francas zusammengekniffene Augen. Der Rauch stört sie und doch fühlt sie sich gut in solchen Momenten. Sie zögert: In der Rechten das Blatt, die Linke schwebt über den Karten, unschlüssig, welche sie ziehen soll. Die Kuppe des gestreckten Daumens berührt die Kuppe des gebogenen Zeigefingers. Die Zigarette zwischen den Lippen zeigt nach oben, dazu hat sie den Unterkiefer etwas vorgeschoben. Sie atmet hörbar durch den Mund, raucht auf Lunge, muss dann aber den Kopf in den Nacken werfen, muss ein Auge fast ganz schließen und auf der Stelle die Karte ziehen, nicht weil sie sich entschieden hätte, sondern um eine Träne zu vermeiden und mit der frei gewordenen linken Hand die Zigarette endlich aus dem Mund nehmen zu können.

Luca übt nicht mehr stehend am Kontrabass mit Blick auf den Rasen, sondern sieht Franca am Bridge-Tisch, Paul ihr gegenüber, Francas Karten offen auf dem Tisch. Diese und andere Szenen tauchen auf. Luca nutzt die verbleibenden Tage in Siena, um sich zu erinnern. Er versucht, die Distanz aufzuheben, die er gedanklich und räumlich über zwanzig Jahre lang aufrechterhalten hat. Während jener Zeit stand die Beziehung zwischen ihm und seinen Eltern still. Weil

Luca aus der Sicht Pauls und Francas nach falschen Ideen gelebt, nicht die ideale Frau geheiratet und nicht den geeigneten Beruf ergriffen hatte, herrschte ein harmonisches, aber kühles Verhältnis. Meinungsverschiedenheiten aus der Kindheit und aus der Jugend – Streit über Manieren zum Beispiel – wurden nie ganz ausgeräumt. »Partielle seelische Erstarrung« nennt seine Kollegin im Orchester, die Cellistin Marina Cardona, Lucas Zustand.

Pauls Befund beendet Lucas jahrelange Ruhe. Luca stellt sich Einzelheiten vor. Er träumt. Er weiß, er kann seine Eltern alles fragen. Luca will Paul als Bridge-Spieler, als pflichtbewussten Bürger und als Mann begreifen. Er will seinem Vater, dem er früher so glich, näher kommen. Luca will sich bewusst machen, dass er noch Sohn ist. Vielleicht will er sich versöhnen. Luca kommt es so vor, als erwachte er aus einer über zwanzig Jahre währenden Lähmung, so als hätte er in einer unsichtbaren eisernen Lunge gelebt.
Frühreife Kinder werden manchmal nicht erwachsen. Luca trug als Erster in seiner Klasse einen Bart und bildete sich ein, in Gesprächen mit Erwachsenen selten den Kürzeren zu ziehen.
Luca ist in Gedanken bei den Eltern in Sins. Er kennt große Teile der ersten fünf Jahre des Tagebuchs, das Paul seit seiner Pensionierung schreibt. Jeden Abend zieht sich Luca zurück, liest Pauls Eintragungen und schlüpft in seine Haut.

Auch bei bewölktem Himmel über Sins dringt Mondschein durch das Fenster ins Arvenzimmer. Franca schläft. Kristallklar und kalt ist es draußen. Angenehm der Kontrast, die Wärme im Zimmer. Keine Wolke am Himmel, und doch bilden sich winzige Flocken in der eisigen Luft vor dem Fenster. Es ist still im Haus. Unter der Silhouette der Berggipfel glänzen die Schneehänge weiß.

Wie die Lösung eines mathematischen Problems beantwortet der Befund eine jahrelang offene Frage und wirft gleichzeitig neue Fragen auf.
Paul weiß, wie es mit ihm weitergeht.
Eine Operation kommt nicht in Frage. Ohne Eingriff gibt ihm die Ärztin zwischen drei und sieben Monaten bis zu den ersten ernsten Komplikationen.
Die Weichen hat er schon gestellt. Jetzt gilt es, die Planung in die Realität umzusetzen. Doch unerwartete Probleme kommen auf Paul zu.
Nachdem er den Befund und seine Ansichten über Alter, Tod und Kliniken seinen Söhnen mitgeteilt hat, stellen sie Fragen nach dem Geheimnis einer langen Ehe; den schönsten Momenten in seinem Leben oder nach dem Rezept für die Engadiner Nusstorte, die ursprünglich aus der Westschweiz oder gar aus Frankreich stammt, denn Walnussbäume gibt es im Engadin nicht.
Wie den Söhnen einen Jahrzehnte währenden Prozess und die Eigentümlichkeiten einer inzwischen 46-jährigen Ehe erklären? Elsas Kirschkern war nicht der Anfang dieser Entwicklung. Es gab die Einsicht, dass irgendwann die lebenden Verwandten, Freunde und Bekannten in der Minderzahl sind.
Paul erinnert sich an den Moment, als er wahrnahm, dass dieses Verhältnis plötzlich gekippt war. Eine neue, unangenehme Mehrheit hatte sich eingestellt, eine schweigsame Koalition der Erinnerungen. Kein Echo mehr. Gespräche waren Einbahnstraßen. Monologe.
Nach dem Befund wächst das Nachdenken über die tote Mehrheit exponentiell.
Paul hat nur wenig von seinen Eltern erfahren.
Er sieht seine Mutter am Küchentisch vor sich. Was gäbe er darum, sich diese Szene jetzt nicht nur auszudenken, sondern sie wirklich zu erleben! Was würde geschehen? Vielleicht – nein –, wahrscheinlich würden sie sich anschwei-

gen, wortlos wegen der letzten neunundvierzig Jahre, die sie nicht kennt.
Als Políns Mutter ahnte, dass es das letzte Treffen sein könnte, machte sie sich frisch. Sie war fast blind, strahlte aber wie ein junges Mädchen trotz der Schmerzen. Ihr Gesicht verriet Freude und Erleichterung, so wie Francas Gesicht nach der Geburt von Reto und von Luca. Solch ein Gesicht hat Paul in seinem Leben nur drei Mal gesehen.
Políns Mutter glaubte, er sei wieder ihr kleines Kind, ihr jüngster Sohn, und fragte, ob er seine Hausaufgaben gemacht habe. Die Frage war ein Volltreffer. Polín, Bridge-Spieler und Studienabbrecher, errötete, obwohl sie ihn nicht sehen konnte.

Paul, der zwei ältere Brüder hat, glaubt, dass Frauen Söhne haben wollen, damit ihre Liebe auf der Welt bestehen bleibt; damit die Wesen, die für sie Liebe bedeuten, weiterleben und sich eines Tages andere Frauen in sie verlieben, auch wenn es dann in Francas Augen nicht immer die richtigen sind. Und doch lebt das weiter, was Franca liebt. Mit Reto und Luca.
Vielleicht hätte eine Tochter Paul verändert, so wie ihn jetzt schon seine Enkelin Nora zu verändern beginnt. Polín habe ein neues Leuchten in den Augen, sagen manche, seitdem Nora auf der Welt ist. Vielleicht wäre er mit einer Tochter zugänglicher für Gefühle gewesen. Vielleicht könnte er dann so leicht loslassen wie Franca.

> Genug für andere gelebt, leben wir wenigstens dieses letzte Stück Leben für uns selbst ... packen wir unsere Sachen; nehmen wir rechtzeitig Abschied von der Gesellschaft; machen wir uns los von diesen aufdringlichen Banden, die uns an anderes fesseln und uns von uns selbst entfremden.
> *Montaigne*

Paul zitiert in seinen Tagebüchern Passagen von Améry, Cioran, Montaigne, Werfel oder von Naturwissenschaftlern der Gegenwart. Pauls Texte enthalten Etymologisierungen, so als wollte er sich vor dem Tod seiner Worte und seiner Herkunft vergewissern. Manchmal analysiert Paul einzelne Begriffe.

Lebenssatt.
Einige Jahre vor der Pensionierung hört Paul zum ersten Mal dieses Wort. Aus Francas Mund. Lebenssatt.
Er hält es zunächst für eine ihrer Launen. Aber sie wiederholt es: lebenssatt. Eine späte Variante der eisernen Lunge. Kinder längst aus dem Haus. Erste Gebrechen, die Hüfte, Gallensteine. Mehr Falten. Alles erledigt. Alles Sehenswerte gesehen. Alles gelebt. Aufgaben erfüllt. Vieles nur noch Routine. Auch die kleinen Freuden – nur Wiederholungen. Neugier abhanden gekommen.

Zunächst gibt Paul Kontra. Er, der Mathematiker, der immer behauptet hatte, auch in einer eisernen Lunge oder vom Halswirbel abwärts querschnittgelähmt weitervegetieren zu wollen, nur um denken zu können. Solange das Gehirn funktioniert, hätte es keinen Grund für Paul gegeben, aufzuhören. Er gibt Kontra – und wie! Es ist ein Zeitvertreib. Grundlage für unzählige Gespräche.
Kleine Ziele soll man sich setzen. Immer wieder kleine Ziele, sagt Paul. Hausarbeit sei dafür nicht geeignet, erwidert Franca.
Die Diskussionen sind zu Beginn Teil der neuen kleinen Freuden selbst. Doch Franca fängt immer wieder davon an: lebenssatt.

Sie hat viele Argumente, und mit der Zeit höhlt sie seinen harten Bündner Schädel, so dass er Jahre später zwischen Todesangst und Todessehnsucht zu schwanken beginnt.

»Dass jeder Suizid im Grunde eine Verzweiflungstat ist und dass sich derjenige, der sie begeht, eigentlich eine andere Lösung seiner Probleme gewünscht hätte«, liest er ihr aus der Zeitung vor und fährt fort: »Das bestätigen auch Untersuchungen von Experten. Den sogenannten Bilanz-Suizid, den angeblich jemand begeht, weil er einfach zufrieden ist mit dem, was er bis dahin erlebt hat, und weil er nicht nach mehr verlangt, gibt es so gut wie gar nicht ...«
»Da hast du es«, widerspricht Franca. »›... so gut wie‹. Das gilt nicht für uns, Paul. Das gilt für junge und verzweifelte Menschen. Wir gehören zu einer anderen Gruppe, die Ärzte, Seelsorger, Politiker und sonstige Heuchler nicht wahrhaben wollen.«
Als sie ihm in derselben Zeitung das kaum wiedererkennbare Gesicht eines bekannten Schauspielers unterhalb der Überschrift »Alt werden braucht Mut« zeigt, diskutierten sie noch lange weiter über Feigheit, Freiheit und Freitod und über bestehende Möglichkeiten, das Provisorium selbst zu beenden.
Das ist einer jener Tage, an denen er Franca Recht gibt, wenn sie sagt, dass sie keine Probleme haben, dass sie zufrieden sind, nur eben lebenssatt.

Luca könnte sich damit zufrieden geben. Eiserne Lunge. Lebenssatt. Infantilisierung vor dem Tod. Stichworte auf dem Weg zu einer ungewöhnlichen Alternative, für die sich seine Eltern entschieden haben – Stichworte auf dem Weg zum assistierten Freitod. Doch Luca weiß nicht: Würde er bald ein trauernder und verlassener Sohn sein oder ein Mann, der das selbstbestimmte Sterben seiner Eltern verteidigt, ihr Leben idealisiert und sein eigenes Ende nach deren Vorbild plant?

30. November
von: christina.salamun@swissmail.ch
an: lusala@sienanet.it

Lieber Luca,
danke für deinen Anruf. Es tut mir Leid, aber ich verstehe das nicht.
Reto hat sich jetzt auch mit der Entscheidung abgefunden. Gestern waren wir bei Paul und Franca. Ich war danach völlig fertig. Als Franca mich fragte, ob ich es denn akzeptieren könne, da es doch ihr Wille sei, habe ich ja gesagt. Ich glaube, das ist ein Fehler.
Ich finde, du solltest nicht noch länger in Siena warten, sondern sofort fahren, um noch mal mit ihnen und den Leuten von der ROWS zu sprechen.
Ernsthaft krank ist nur Paul. Ja, er hat Blasenkrebs. Der soll übrigens von den Zigaretten kommen. Das Nikotin senkt sich im Lauf der Jahrzehnte ab und kann Blasenkrebs auslösen. Aber wenn Paul sich jetzt sofort operieren lässt, hat er Chancen. Er ist noch beschwerdefrei!
Und Franca? Ja, manchmal Krämpfe und dieser Verdacht auf Magenkrebs. »Ungeklärte Baucherkrankung« steht im Bericht. Sie weigert sich, den Ursachen auf den Grund zu gehen. Für sie ist eine Endoskopie schon zu viel. Ihre Klinik-Phobie ist unmöglich. Ich glaube, dass ihr Pauls Krebs gelegen kommt.
Wenn nichts geschieht, werden sie mit 75 und 71 Jahren sterben. Das ist heute kein Alter! Aber sie sind guter Dinge. Sie sind ruhig und zärtlich zueinander.
Noch ist es nicht zu spät, sie daran zu hindern. Gemeinsam sterben, das geht sowieso nicht. Hast du schon daran gedacht, was passiert, wenn wir nach ihrem Tod versuchen, die Geschichte Freunden und Bekannten zu erzählen?
Chris

Lucas Leben splittert in diesen Tagen.

Chris am Telefon.
»Francas Angst vor dem Altern ist krankhaft. Das Problem einer besonders schönen Frau. Und ihre Angst ganz allgemein! Wenn ich daran denke, wie sie eure Nora behandelt. Hygiene-Hysterie! Und noch etwas, Luca: Man kann sich den Tod doch nicht bestellen wie eine Pizza beim Heimservice. Man darf nicht selbst seinen Zeitpunkt bestimmen. Und schon gar nicht die Art, die Zutaten! Oder kann man sich demnächst ein bestimmtes Aroma wünschen, das die ›Medizin‹ haben soll?«

Luca im Kino.
»Das Leben ist eine Nuss«, sagt eine Mutter ihrer Tochter, die noch ein Teeny ist. Die beiden sprechen nie wieder darüber, trotzdem denkt die Tochter manchmal daran. Jahre später, die Mutter liegt auf dem Sterbebett, fragt die Tochter: »Was hast du damals gemeint mit dem Leben und der Nuss?«
»Keine Ahnung«, erwidert die Mutter.

Luca siebenjährig in Sins. Er rennt um den großen Dorfbrunnen herum, auf dessen Graniträndern er in der Mittagshitze mit einer Lupe manchmal Ameisen verbrennt. Nach einer langen Wanderung misst er seine Sprünge und seine Geschwindigkeit an den Bewegungen seines Schattens, was er eigentlich nicht mehr tun wollte, weil sich seine Eltern einige Wochen zuvor bei einem Schulsporttag lustig über Luca gemacht hatten. Franca hatte gesagt, Luca solle beim Wettlauf nicht seinen Schatten, seine wehenden Haare bewundern, sondern schneller rennen. Luca springt um den Brunnen und mit der Sonne im Rücken sieht er seinen langen Abendschatten auf der *salaschada,* dem Natursteinpflaster. Er hat ein großes Bonbon im Mund, das er zur

Belohnung am Ende der Wanderung bekommen hat, das ihm aber beim Hüpfen im Hals stecken bleibt, als er sich an die Bemerkung der Eltern am Schulsporttag erinnert. Luca würgt und bekommt keine Luft. Er krümmt sich und röchelt, alle klopfen ihm auf den Rücken, doch das Bonbon bleibt stecken. Die Eltern tragen Luca wie ein Brett, Paul vorne, Franca hinten, Lucas Gesicht nach unten, im Laufschritt nach Hause. Erstaunt stellt Luca trotz der Angst und der Schmerzen fest, dass er nie zugleich in Bewegung und seinem Schatten so nah war. In der Küche trinkt Luca heißen Tee, bis der Kloß im Hals qualvoll langsam schmilzt. Seither kann Luca auch nicht die kleinsten Tabletten schlucken. Erst Jahre später als Erwachsener in Italien lernt er es.

Chris, die ihm ein Gedicht von Klabund – es sei wie für Paul geschrieben – schickt:

Der Tod im Bridge

Es spielen dreie mit verdeckten Karten.
Ein dummer Vierter findet sich zumeist,
Der ihre Heuchelei als Tugend preist
Und den sie mit erhab'nen Reden narrten.

Dieweil er sinnend in den Höhen kreist,
Und seine Sinne der Erfüllung harrten,
Lächeln die andern höhnisch, und sie karrten
Schutt auf sein Veilchenbeet, das Wehmut heißt.

Er nennt die Wahrheit Spiegel, Spiel und Pflicht.
Und offen will er seine Pfeile senden.
Sein Gegenspieler ist auf Mord erpicht.

Umsonst: er kann das Schicksal nicht mehr wenden.
Den andren demaskiert das Morgenlicht
Und dreizehn Trümpfe hält er schwarz in Händen.

Paul, der seinem Sohn neue Auszüge aus seinem Tagebuch und Briefe schickt.

Lieber Luca,
die ROWS erweist sich als kompetent und routiniert, wenngleich sie es nur sehr selten mit Ehepaaren zu tun hat. Gegründet wurde sie 1985 in den USA. Dort hat man sich nach dem Film »Right of Way« (Wegerecht) benannt, worin ein altes Ehepaar, das gemeinsam sterben will, sich vor Gericht für diesen Wunsch rechtfertigen muss.
Diese internationale Organisation wird sich hoffentlich in einigen Jahren erübrigen. Solange jedoch Kirchenvertreter, Politiker und Ärzte dieses Recht verweigern und die ROWS angreifen, werden sich weiterhin Menschen von Hochhäusern und Brücken stürzen, vor die U-Bahn werfen, die Pulsadern aufschneiden oder erschießen. Das ist nicht nur für die Selbstmörder furchtbar, sondern auch für die Angehörigen und manchmal für Fremde, für Unbeteiligte, weil zum Beispiel ein Lebensmüder auf der Autobahn wendet und so lange gegen den Verkehr rast, bis es kracht. Das geschieht häufiger, als man denkt. Noch schlimmer: Ein Lebensmüder parkt sein Auto auf den Gleisen, wartet auf den Zug, verliert im letzten Augenblick den Mut und läuft davon. Der Zug rast in das leere Auto und entgleist. Ergebnis: Tote und Verletzte.
Die ROWS ermöglicht einen gewaltfreien Tod nach Absprache, der keine Spaziergänger im Wald, keine U-Bahnfahrer, keine Lokführer traumatisiert oder tötet. Es muss eine Selbstverständlichkeit werden, dass man über den bevorstehenden Freitod, wenn er denn wirklich gewollt und begründet ist, reden darf.
Das Drama im stillen Kämmerlein, die heimlich anwachsende Depression, die nur noch in einer letzten Verzweiflungstat ihr Ventil findet, muss durch Aufrichtigkeit und medizinisch durch eine

Weiterentwicklung des antiken Giftbechers ersetzt werden. Sokrates' Tod ist ja kein Märchen.
Die ROWS ermöglicht dies. Öffentliche Debatten, prominente Befürworter und Mitglieder (auch solche, die die Dienste der ROWS bereits in Anspruch genommen haben) konnten aber der Organisation nicht zu der Anerkennung verhelfen, die sie verdient.
In der Bevölkerung nimmt die Akzeptanz dank der Medienberichterstattung über den lebensverlängernden Irrsinn, der immer öfter in den Kliniken praktiziert wird, langsam zu. Denk nur an die Pfleger und Ärzte, die zu Serienmördern werden und in ihrer Verzweiflung ihre Patienten töten – ob aus Stress, aus Mitleid oder weil sie die ständige Vorwegnahme des Bildes ihres eigenen Todes nicht mehr aushalten. Oder denk an die mögliche Sanierung des Gesundheitswesens dadurch, dass bei final erkrankten Patienten die Apparate einige Tage vor dem Tod abgestellt werden. Klingt grotesk und darf nie geschehen, aber die Zahlenspiele hierzu gibt es. Die meisten Politiker scheinen sich vor der ROWS mindestens ebenso sehr zu fürchten wie vor dem Tod selbst. Hier könnte ein Umdenken stattfinden. Und die Zeit drängt angesichts der Überalterung der Gesellschaft. Doch was kümmert's mich? *Après moi le déluge!*
Aber was sage ich. Entschuldige, Luca. Nach mir seid ihr dran und danach Nora und hoffentlich noch einige Urenkel von mir. Ich wünsche euch, dass dereinst euer Sterben gelingt.
Herzlich, Paul

Chris am Telefon.
»Nach dem Befund habe ich Franca und Paul einen kleinen Liguster für den Garten geschenkt. Paul ärgerte sich über eine Lücke, weil die Nachbarn hindurchblicken konnten. Liguster wachsen in den ersten Jahren sehr langsam. Tod-

geweihten schenkt man keinen Liguster. Das ist meine Art, ihnen zu sagen, dass ich mit ihren Plänen und der ROWS nicht einverstanden bin.
Luca, ich kann nicht gegen deinen Willen in dieser Situation Unfrieden stiften. Ich habe ihnen gestern nur von meinem Großvater erzählt. Was er mir beigebracht hat, was er mir heute noch bedeutet. Wenn er so gehandelt hätte, wie Paul und Franca jetzt, würde mir heute sehr viel fehlen: Lebensweisheit. Erinnerungen.
Manchmal streite ich mich mit Reto darüber, was mutig und was feige ist. Wozu braucht es mehr Mut? Alt werden und bis zuletzt kämpfen oder frühzeitig Schluss machen?«

30. November
von: lusala@sienanet.it
an: christina.salamun@swissmail.ch

Chris, werden wir alle nervöser und unsicherer, je näher der Tod rückt?
Warum hast du Paul das alles nicht sofort gesagt, gleich nach dem Befund?
Ich habe Paul und Franca gedrängt, eine Auszeit zu nehmen. Ich erzählte von den Wundern der Welt: eine Kreuzfahrt, ein Malediven-Urlaub, Schildkröten in Malaysien, der Borobudur, die Pyramiden ...
Leider konnte ich weder Franca noch Paul begeistern.
Ich glaube, sie haben schon genug gesehen und entdecken gerade den Mikrokosmos neu. Mehr brauchen und wollen sie wohl nicht.
Ich habe von Drogen erzählt. Ich habe noch Kontakte zur Jazz-Szene. Ich hätte ihnen alles besorgen können.
Ich erzählte von der Wirkung: Wenn ein Joint ein paar Flaschen Bier entspricht, dann ist LSD eine Reise zum Mond. Sie wollten natürlich nichts davon wissen. Eine der Gemeinsamkeiten von Franca und Paul ist ihre

Selbstbeherrschung. Nichts hassen sie so sehr, wie die Kontrolle über ihr Bewusstsein zu verlieren. Paul hat als Student eine Überdosis Muskatnuss (sic!) erwischt. Das reicht ihm. Und Franca trinkt seit ihrer Jugend keinen Schluck Alkohol, nicht einmal an Silvester zum Anstoßen. Mit Morphium habe ich keine Erfahrungen, aber ich hätte es vielleicht bekommen. Auch für Franca. Sie hat Schmerzen. Denk an das Blut im Stuhl an Weihnachten. Denk an ihre Angst und ihre Depressionen. Ja, das Blut war offenbar nur eine Nebenwirkung der Schmerztabletten. Aber den Schrecken wird sie nicht los.
»Mit dem Morphium könnt ihr euch diese merkwürdige Right of Way Society sparen«, sagte ich. »Ihr steigert die Dosis und in ein bis zwei Monaten, bevor es Komplikationen gibt, bevor ihr Schmerzen habt, und ohne jemals auf Entzug gewesen zu sein, setzt ihr euch den Goldenen Schuss.«
Gewiss, es war nur ein Gedankenspiel. Sie wussten, wie sie die letzten Monate verbringen wollten. Wenn sie sich etwas in den Kopf setzen, ziehen sie es durch. Solche Ehen gibt's doch heute gar nicht mehr. Sie war 15 und er 19, als sie sich kennen lernten. Seither, bis heute, sind sie eng zusammen. Deshalb wollen sie jetzt zusammen sterben. Mit Vernunft kannst du Paul und Franca nicht umstimmen. Du könntest sie moralisch unter Druck setzen. Aber willst du das?
Bis bald, Luca

Nach Pauls Befund ist die Musik für Luca nahezu bedeutungslos geworden. Von der Fähigkeit zu komponieren ist er weiter entfernt als je zuvor. Manchmal hört er die dunklen, bedrohlichen und langsamen Glockenschläge zu Beginn von »Mother«, Dong-dong-dong. Als Jugendlicher erregten ihn die Zeilen *you had me but I never had you.* Sie fielen zusammen mit dem Lateinunterricht: procul – fern, entfernt. Luca lernt, nur noch in Worten an den Tod zu denken. In stummen Buchstaben statt Noten. *I wanted you but you didn't want me.* Tonlose, allenfalls farbige Lettern: ein A – ein scharlachfarbenes A am Anfang.

Lucas Elterntod zerfällt in Episoden. Wie in anderen Augenblicken seines Lebens – bei der Abiturfeier, bei der Überreichung des Diploms durch den Direktor des Konservatoriums, bei seiner Hochzeit oder bei Noras Geburt – ist Luca nicht er selbst, sondern steht wie sein eigener Schatten neben sich und nimmt das Geschehen punktuell und aus der Ferne wahr, obwohl er sich um Kontinuität und Nähe bemüht. Nicht Lucas Erwachsenengesicht gleicht seinem Vater, aber mancher Gedanke.

Luca blättert in Pauls Büchern und sucht Bleistiftmarkierungen, Bleistiftlinien und Eselsohren – dort liest er.

Paul hat die Angewohnheit, Anmerkungen mit der langsamen, großen und dicken Bleistiftschrift eines über Siebzigjährigen an den Rand zu schreiben und ganze Zeilen zu unterstreichen. Bevor Luca liest, verfolgt er Pauls krumme Linien: fette Striche mit einer weichen Mine gezogen. Luca starrt auf die Schrift des Vaters. Sie strahlt Selbstsicherheit aus. Daneben die unterstrichene Druckschrift. Manchmal bleibt Luca hängen: *Denn objektive Wahrscheinlichkeit sagt uns nur, was durchschnittlich geschieht, wenn ein solches Ereignis sich viele Male wiederholt. Über das Einzelereignis selbst sagt die objektive statistische Wahrscheinlichkeit nichts ... Wir müssen folglich mit evolutionären Abläufen von der Art eines zufallsartigen Weges rechnen. Ein zufallsartiger Weg – random walk – ist beispielsweise der Weg, den ein Mann zurücklegt, der bei jedem Schritt ein Roulett konsultiert, um die Richtung seines nächsten Schrittes zu bestimmen.*

Paul ist wie besessen von Wahrscheinlichkeiten, vom Zufall und von der Vernunft, damit umzugehen. Klabautermann und Vagabund sind ihm zuwider. Paul hat für Menschen auf *random walks* nichts übrig.

Franca putzt bis zur Erschöpfung, weil hinter der Eingangstür eine neue Isolierung angebracht worden ist, damit die Kälte nicht in den Flur hineinzieht, und weil der Holzboden geschliffen wurde und sich überall eine dünne Staubschicht gebildet hat. Franca, die zufrieden ist, wenn sie vorankommt. Ihr Pflichtbewusstsein hat sie daran gehindert, das Leben richtig zu genießen. Sagt sie selbst. Dagegen sind Paul und seine Söhne nie angekommen.

Paul stellt ein kleines Kalkül an. Von seiner Geburt bis zum Befund sind knapp 30.000 Tage vergangen. Von diesen Tagen sind ihm nur wenige in Erinnerung geblieben. Besonders die ersten 5.000 sind wie ausgelöscht. Aber auch danach herrscht eine Abfolge von mehrheitlich in Vergessenheit geratenen Tagen voller kleiner Sorgen und Beschäftigungen: alle immer wieder anders und doch alle immer wieder gleich. Manche voller Routine und Träume, andere voller Reue. Hat es sich gelohnt? Viele Tage heben sich gleichsam gegenseitig auf, wenn Paul versucht, sie zu rekonstruieren. Es ist fast so, als hätte er sie gar nicht gelebt. Weg sind sie – verschwunden in der Bedeutungslosigkeit. Sie sind nur noch Trott.
Wenn der Wintergarten rechtzeitig fertig wird, wenn Paul und Franca den ROWS-Termin halten und alles so läuft, wie sie es sich vorstellen, dann hat er fast schon alle der 260 letzten Tage verlebt. Sie waren weniger als ein Prozent der vorbefundlich vergangenen Tage. Waren die nachbefundlichen anders als die vorhergehenden 30.000?
Sie sind intensiver, und er lebt sie bewusster. Aber das ändert nichts daran, dass er die vorbefundlichen so gelebt hat und nicht anders. Man kann noch so viele Zettel und Mag-

nete mit Memento-Mori-Sprüchen an die Kühlschranktür und sonst wohin hängen, erst der Befund löst eine neue Intensität wie einen Adrenalinschub aus. Noch einmal alle Sinne öffnen, die man unter normalen Umständen keine hundert Tage in Folge offen lässt.

Franca putzt die Treppe, eine Strähne hat sich von ihrem hochgesteckten Haar gelöst. Paul liest auf der Bank vor dem Haus in der Zeitung:

> In Norwegen hat eine 79-jährige Frau eine extreme Unterkühlung überlebt, obwohl ihre Körpertemperatur bereits auf 18,6 Grad Celsius gesunken war. In der medizinischen Literatur wird das Absinken der Temperatur unter 20 Grad Celsius als absolut tödlich bezeichnet. Die 79-jährige lag nach einem Sturz vor ihrem Haus bei Außentemperaturen von minus acht Grad zehn Stunden auf eiskaltem Boden. Erst 20 Stunden nach Einlieferung in ein Spital erreichte ihr Körper wieder die normale Temperatur von 37 Grad Celsius.

Paul liest ihr den Artikel vor.
»Wie kann man da auf Nummer sicher gehen?«, fragt er.
»Ja, ohne die ROWS müssten wir aufpassen, um nicht in einer Klinik wieder aufzuwachen«, sagt sie und wischt sich mit dem Unterarm die Strähne aus dem Gesicht. Franca ist auch bei der Hausarbeit schön.

Als Luca ins Gymnasium kommt, muss Paul zum ersten Elternabend gehen, weil Reto krank ist und Franca sich um ihn kümmern muss. Die Schüler sind anwesend, und am nächsten Tag sagt einer der neuen Schulfreunde zu Luca: »Bei dem Vater und wenn ich dich so ansehe, muss deine Mutter eine echte Schönheit sein«, womit er einen Lacherfolg landet.

»Es bedeutet ja nicht unbedingt, dass ich hässlich bin«, witzelt Paul später.

Franca zieht sich die Plastikhandschuhe aus. Paul gibt ihr eine Zigarette. Sie sitzen auf der Bank, und Paul fängt von vorne an: »Aber werden die Kinder uns verstehen? Verstehen sie, dass wir es nicht nur aus egoistischen Gründen tun? Dass wir uns nicht nur den Ärger sparen wollen, der einem beim Älterwerden zur Qual wird? Vielleicht haben die Kinder auch etwas davon. Es ist kein Vergnügen, seine Eltern im Krankenhaus oder im Altersheim sterben zu sehen.«
Pauls Vater wog am Ende keine vierzig Kilogramm. Paul hob ihn aus dem Bett, trug ihn aufs Klo, putzte ihn ab, trug ihn zurück ins Krankenhausbett. Einen Tag später war Gian tot. So hat Paul ihn in Erinnerung behalten. Ein hilfloses Bündel.

Bis jetzt konnten Paul und Franca ihren Söhnen Ratschläge geben, konnten ihnen helfen. Jetzt käme die Zeit, in der eher die Kinder den Eltern helfen müssten. Aber Paul weiß aus eigener Erfahrung, dass nach einer gewissen Zeit die Alten den Jungen zur Last fallen. Jeder muss selbst für sich entscheiden – unabhängig vom Urteil der Jungen –, wann die Zeit für ihn gekommen ist. Die meisten Menschen verdrängen diese Aspekte und leben einfach – zum Teil recht rücksichtslos, findet Paul –, solange die medizinischen Möglichkeiten es zulassen. Wenn sie dann jahrelang noch am Tropf hängen, möchten sie vielleicht doch irgendwann freiwillig Schluss machen. Aber dann können sie nicht mehr, auch wenn sie es möchten. Der Wille, die Entschiedenheit, die Kraft fehlen. Paul und Franca möchten den richtigen Zeitpunkt nicht verpassen.
Paul glaubt nicht, dass dieser Schritt so schwer ist. Eine kurze und schnelle Trennung ist angenehmer als ein endloser Abschied mit dem Geruch von Desinfektionsmitteln und

den sterilen Klinik-Caféterias, in denen man nicht rauchen darf.

Luca akzeptiert das, aber solche klaren Einsichten prallen manchmal auf Widerstand, auf Nora zum Beispiel. Ein Geburtstagsfest vor vier Jahren in Sins mit vielen *randulins* und mit Políns Brüdern: Silvio (76) und Leo (80). Der flinken Mazzina (78), auch eine Sinser Schwalbe – im Rätoromanischen heißt *randulina* Schwalbe – sitzt Polín (71) gegenüber. Sabine, Luca und Nora (5) am Tisch hinter Mazzina. »Wenn du Nora ansiehst, lächelst du anders«, sagt Mazzina. Polín ist mit Mazzina und anderen Anwesenden vor fünfzig Jahren manche Berge um Sins rauf und runter. Mazzina kennt Polín gut.
Die kleine Nora ist schon so witzig, spricht Italienisch oder Deutsch – je nachdem, wen sie gerade mit ihrem Charme um den Finger wickelt, ist meistens fröhlich und liebt ihre Großeltern. Für Franca ist Nora das Haupthindernis.

Nachts alleine vor der Haustür, mit Mantel, Mütze, Schal und Filzpantoffeln auf der dünnen, knirschenden Schneeschicht. Rauch steigt aus Pauls Mund, unterscheidet sich im Mondlicht kaum vom Atem. Oben schläft Franca.
A little fantasy ran through her mind ... Paul hat den Satz beim Fernsehen aufgeschnappt. Franca träumt. Solange sie träumt, ist sie glücklich. Paul denkt nicht an die normalen Träume, die den Schlaf, ja ganze Nächte zu einem Erlebnis werden lassen, falls man sich an sie erinnert. Beim Aufwachen hat er nach solch seltenen Abenteuern das Gefühl, dass Träume – gelänge es, ihren Vorgang zu systematisieren – das Leben an Attraktivität tatsächlich übertreffen könnten. Paul denkt an Francas Tagträume, die einen beträchtlichen Teil ihrer Lebenszeit beanspruchen. Sollte Paul jemals versuchen, die Anteile der wichtigsten Beschäftigungen zu

berechnen, die ihr Leben ausmachen, wird der Tagtraum mehr Zeit einnehmen als bei Paul.
Für einen Mathematiker ist es erstaunlich, wie intensiv die Realität bei einer eher gefühlvoll veranlagten Frau verdrängt werden kann. Statt zu handeln, wird das Handeln gedacht, und die Ergebnisse des Handelns, das ja nicht stattfindet, werden tagträumend vorweggenommen. Er schätzt, dass Franca in ihrem Leben täglich etwa eine Stunde, vielleicht mehr, so verbracht hat und immer noch so verbringt. Bei ihm sind es dagegen vielleicht im Durchschnitt zehn Minuten, wenn überhaupt. Mag sein, denkt Paul, dass dank dieses Verhaltens Franca manche Aktionen – das Sterben – umso entschiedener vorantreibt.
Franca oben. Schläft.
Pauls Schal hat zwei Seiten, eine grüne aus Lodenstoff und die andere aus Seide mit einem Paisleymuster. Reto und Luca haben beide Lodenmäntel. Franca hat ihnen vor Jahren welche gekauft und sie sind dabei geblieben, haben sich als junge Erwachsene neue gekauft. Einer von beiden wird diesen Schal erben. Streiten werden sie sich nicht.
Paul steht allein auf dem großen Platz. Der Brunnen plätschert. Eiszapfen hängen vom Hahn herab.
Vielleicht Luca, denkt Paul. Luca hat keine Probleme mit Secondhand-Ware. Vielleicht wird er den Schal über das Gesicht ziehen bei Temperaturen unter Null auf dem Fahrrad, nachts auf dem Rückweg von einem Konzert, wird damit seine empfindliche Haut schützen, die er von Franca geerbt hat und die feuerrot wird, wenn sie aus der Kälte in die Wärme kommt; wird also im Dunkeln Rad fahren und vielleicht knüpft er den Schal etwas zu eng, bevor er losfährt, weil das Tuch ja unterwegs nicht rutschen soll, und atmet durch den ziemlich dicken Stoff hindurch, riecht schwach den alten Nikotinrauch, vielleicht noch einen Hauch Rasierwasser und denkt, während der nasse Fleck vor seinem Mund größer und unangenehmer wird, an seinen Vater.

Paul wehrte sich lange gegen den Verlust der Alltagskompetenz, las viel – auch Tageszeitung, klickte durch das Internet, sah fern, hatte aber immer weniger interessante Partner, mit denen er sich darüber unterhalten konnte.
Luca weiß, dass Franca seit Jahren den Rückzug steuert. Gute Freunde werden weniger. Paul und Franca kennen ihre Geschichten, die letzten Erlebnisse mit Ärzten und Krankenschwestern bis in die Einzelheiten. Alles nicht nachahmenswert. Franca und Paul sind sich in diesem Punkt einig. Und wenn Paul ihr zuhört, wenn sie bei jedem Detail so tut, als wäre es besonders wichtig, als müsste Paul letztlich exakt ihrer Meinung sein, kommen ihm Zweifel an der Notwendigkeit der Alltagskompetenz.
Geschichte – die alten Griechen –, die mathematischen Errungenschaften der Araber. Schach. Ja, Paul sollte noch einmal jemanden für eine Partie Schach finden.
Aber Kriege und Katastrophen. Verschuldete Gemeinden und Städte. Großereignisse. Sport. Wie wichtig ist die Kompetenz in diesen Dingen?
Das ist alles nicht neu, sagt Franca, das sind Wiederholungen, Varianten. Und die dazugehörigen Emotionen schwächen sich ab.

Pauls Nächte sind nach dem Befund unruhiger. Träume stellen sich ein.
Ein Theater- oder Kinosaal. Verwirrung mit den nummerierten Plätzen. Franca und Paul drängen an spitzen Knien vorbei. Endlich sitzen sie. Die Reihe ist voll bis auf einen Platz links neben Franca und einen Platz rechts neben Paul. Freudige Erwartung auf den Film, das Theaterstück, das Konzert oder das Kabarett, Paul kann sich, nachdem er aufgewacht ist, nicht mehr genau erinnern.
Es vergehen einige Minuten. Paul und Franca haben es noch rechtzeitig geschafft. Sie sitzen auf ihren Plätzen und machen es sich gemütlich.

Die Vorstellung beginnt mit Verspätung. Die freien Plätze neben Paul und Franca fallen ihm erst auf, als sich noch ein Paar von links kommend in ihre Reihe an den Knien vorbeizwängt. Der Mann hat der Frau den Vortritt gelassen. Manche stehen auf. Als die Frau, an deren Gesicht er sich nicht erinnern kann, neben Franca und ihm steht, gibt es einen Wortwechsel. Die Frau wendet sich zu ihrem Begleiter um. Paul zieht seine Eintrittskarten, der Fremde seine. Räuspern und Hüsteln der Zuschauer ringsum. Der Wortwechsel dauert an. Missverständnisse, Ziffern und Kontrollen unter den aufklappbaren Sitzen. Paul kann nicht verstehen, warum Franca und er nicht einfach eins nach rechts gerutscht sind, damit die Frau und der Mann nebeneinander sitzen können. Jedenfalls geht die Frau schließlich an Paul vorbei. Sie berühren sich und trotzdem könnte er sie nicht beschreiben, denn aus den Augenwinkeln sieht er, dass der Mann sich bereits neben Franca gesetzt und sie in ein Gespräch verwickelt hat. Schlagartig erkennt Paul zunächst seine Stimme, dann sieht er sein Gesicht. Alexanders Lächeln, das mal Franca, mal ihm gilt, changiert zwischen triumphierend, verächtlich und spöttisch. Franca hat sich weit von Paul weg auf Alex' Seite geneigt. Sie lachen.

»Jeder Familienvater hat irgendwann eine Geliebte«, sagt die Cellistin Marina zu Luca während der Konzerttournee durch Skandinavien kurz nach Pauls Mitteilung über den Befund.
Luca sitzt mit ihr in einem Osloer Biergarten beim Frogner Platz und achtet nicht auf die Doppeldeutigkeit ihres Satzes. Es ist halb zwölf Uhr nachts. Der Applaus des Publikums hallt noch nach. Er trinkt Bier, das auf Norwegisch Øl heißt, sie Rotwein. Es wird nicht dunkel, aber Marina richtet neugierige Blicke auf ihn, als hätte sie Scheinwerfer eingeschaltet.

Auch am Tag davor konnten sie in ihren Hotelzimmern nicht einschlafen. Luca erzählte ihr von Pauls Befund, von seinen Absichten und von den Fragen, die er seinem Vater noch stellen will. Der Vater der Cellistin hatte eine Geliebte. Sie reden, weil es nicht dunkel wird.

Luca weiß, dass die Mutter der Cellistin von einem Turm in den Tod gesprungen ist. Er kannte die Mutter, eine auffallend gut gelaunte Frau. Von ihren Depressionen ahnte er nichts. Wenige Monate später starb der Vater der Cellistin in seiner Garage. Er hatte die Auspuffgase mit einem Schlauch in sein Auto geleitet.

Paul und Franca erfuhren von den Eltern der Cellistin. Luca erzählte es ihnen.

Es gibt Städte in Europa, in denen sich alle regionalen Medien – Tageszeitungen, Zeitschriften, Rundfunk- und Fernsehsender – darauf geeinigt haben, nicht über Suizide zu berichten.

Luca will Einzelheiten über Marinas Eltern erfahren, doch die Cellistin schildert es nüchtern: die Depressionen der Mutter, die in Schüben kamen; ihre Angst, das nicht noch einmal durchzustehen; ihre Angst auch vor Medikamenten; nach ihrem Tod die Selbstvorwürfe des Vaters, Schuldkomplexe wegen der Geliebten, Alkohol, Garage. Vielleicht wäre das alles nicht passiert, wenn sie beide rechtzeitig und ehrlich nach einem passenderen Partner gesucht hätten, sagt Marina.

Der Kellner bringt ein frisches Bier für Luca, dabei kippt die Cellistin, die sich in dem Moment eine Zigarette anzünden will, mit einer ungeschickten Armbewegung ihr Weinglas um. Der Rotwein bildet eine Lache auf dem Tisch. Die Cellistin blickt hoch in den hellen norwegischen Nachthimmel und murmelt etwas. Luca sieht sie fragend an. »Das waren sie. Das ist ein Zeichen, das sie mir geben«, sagt sie ernst.

Luca ist das unangenehm. Vielleicht ist es schwierig, vernünftig zu bleiben, wenn man seine Eltern kurz nacheinan-

der und auf tragische Weise verliert, denkt er und versucht, das Thema zu wechseln. Doch die Cellistin will nicht. Mehr Selbstmorde als Verkehrstote; die Suizidversuche vermutlich um das Zehnfache höher; Selbstmord, das könne in jedem Alter geschehen: Selbstwert bei null, perspektivlos, falsch verliebt oder aus anderen Gründen neben dem eigenen Leben stehend, in einem Ozean der Traurigkeit schwimmend, begleitet vom unbedingten Wunsch, einen dauerhaften Zustand vollkommener Ruhe zu erreichen.
Die Sonne hängt scheinbar ewig über denselben Baumwipfeln. Sie sprechen über Skandinavien, über den Polarkreis, über die Lebensfreude der Menschen hier im Sommer. Der Biergarten ist voll. Lucas Lachen geht im gut gelaunten Lärm der Gäste unter. Manchmal berühren sich die feingliedrigen Finger der beiden Musiker. Noch ein Bier. Noch ein Rotwein.
»Viele Eltern meiner Freunde sind tot«, sagt Luca. Für Marina ist das Ende ihrer Eltern nicht nur schrecklich. Luca meint, in letzter Zeit beobachtet zu haben, dass die Cellistin entschiedener lebt als früher.
»Ist das eine Form von Freiheit?«, fragt Luca.
»Wenn eine Tochter, eine Mittdreißigerin, in Gegenwart ihrer Mutter sich nicht traut zu rauchen, dann wohl schon«, erwidert sie.
Die Cellistin steckt sich, in die norwegische Nachtsonne hineinlächelnd, den Kopf leicht nach hinten neigend, noch eine Zigarette an. Luca liebt diesen Augenblick.
Drei von Lucas Großeltern starben, bevor Luca geboren wurde. Alle an Krebs. An Francas Mutter kann er sich erinnern. Sie starb, als er sieben war.
Er kann sich erinnern, wie die Großmutter mit ihm betete, wenn sie in Genf zu Besuch waren. Im Schlafzimmer hing im Eck unter der Decke ein Kruzifix.
Luca erinnert sich, wie seltsam ihm das vorkam. Zu Hause wurde nie gebetet. Ein hübsches Theater vor dem Schlafen-

gehen war das in Genf. Aber er erinnert sich auch, dass es Franca jedes Mal freute, wenn er diese Anekdote erzählte. Jetzt erzählt er sie der Cellistin.
Gleichzeitig erinnert er sich, Paul und Franca von der Veränderung der Cellistin berichtet zu haben. Er erinnert sich, die Eltern gefragt zu haben, wie es war, mit Mitte zwanzig schon Waise zu sein. Ob man bewusster lebe, freier lebe, leichter lebe, mehr für sich selbst lebe. Man müsse ja dann doch seinen Eltern nichts mehr beweisen.
Auch das erzählt er der Cellistin.
»Mein Bruder hat Karriere bei einer Bank gemacht«, erwidert sie. Aber sie glaube nicht, dass er damit besonders zufrieden sei. Sie glaube, er habe es gemacht, um seinen Eltern zu beweisen, dass er es kann. Manche Kinder richteten ihr Leben danach aus, es ihren Eltern recht zu machen, und ihr Lebensinhalt bestehe vor allem darin, um die Anerkennung ihrer Eltern zu kämpfen. Ihr Bruder sei ziemlich am Ende gewesen, als der Vater ihn eines Tages für den beruflichen Erfolg gelobt, aber zugleich gefragt habe, ob er denn privat glücklich sei.

5. Dezember
von: christina.salamun@swissmail.ch
an: lusala@sienanet.it

Lieber Luca,
Paul hat gesagt, dass er übermorgen, falls das Wetter schön ist, mit Franca nach Stuvar wandern will. Abends sind wir dann ja alle gemeinsam im Belvedere. Am 8. essen wir bei ihnen, nehmen Abschied, und am 9. kommt gegen 10.00 Uhr Dr. Strub und wird uns anrufen, wenn es vorbei ist. Ich kann verstehen, dass Paul und Franca nicht wollen, dass wir im Haus sind, wenn es passiert.
Barbla hat uns allen ihre Ferienwohnung zur Verfügung gestellt. Ich hab ihr gesagt, dass wir mit einigen Freunden

am Wochenende in Sins sind und nicht alle bei Paul und Franca Platz haben.
Wenn ich mir vorstelle, dass ich nach dem 9. Dezember den Entschluss, den Paul und Franca heimlich gefasst haben, Barbla oder sonst jemandem erklären soll, bin ich sicher, dass die meisten es nicht verstehen und nicht akzeptieren werden.
Gestern habe ich auf dem Weg nach Stuvar zwei Jungen in dicken, blauen Skijacken gesehen, etwa dreizehn und neun Jahre alt. Sie knieten im Schnee – Brüder vielleicht wie Reto und du vor dreißig Jahren. Sie bauten eine Falle, hatten mehrere Löcher zunächst mit den Stiefeln, dann mit den behandschuhten Händen neben einer Bank gehackt und gebuddelt, eine Bank, die verlassen in der Mittagssonne dastand, mit Blick auf die weißen Hausdächer von Sins, ein Panorama, das jetzt niemand genoss, auch die Jungen nicht, die mit Kiefernzweigen kleine Schneedecken über den Löchern bildeten und ihr Werk so lange formten und festklopften, bis nichts mehr davon zu sehen war, so als gehörten ihre jetzt getarnten Hohlräume zum natürlichen Gelände, das jemand betreten konnte, ohne Böses zu ahnen, um dann zum Vergnügen der Kinder, die nun etwas abseits von der Bank spielten und darauf warteten, dass Spaziergänger sich neben dem präparierten Boden ausruhen wollten, in die Falle zu tappen. Aber die wenigen, die von Stuvar herunterkamen, wollten keine Rast mehr machen, hatten es eilig, nach Hause zu kommen oder im Restaurant Larisch Mittag zu essen, und den Hang hinauf ging um diese Zeit niemand, so dass die Geschwister die Hoffnungen begruben, ins Dorf hinunter hüpften und ihre Falle vergaßen.
Ich folgte ihnen nach Sins hinunter. Das hat mich an dich erinnert.
Verdammt, Luca! Ich kann mich einfach nicht daran gewöhnen, dass sie sterben wollen. Schade, dass Paul die

Reaktionen nicht mehr erleben wird. Die vielen Freunde lieben ihn, sie lieben seine Spiele, die er mit ihnen gespielt hat. Fahr vorsichtig.
Chris

Der Maloja-Pass, der einzige in Europa mit nur einer Rampe, ist schneebedeckt. Vor kurzem noch in Chiavenna unter Palmen, fährt Luca langsam die sich windende Alpenstraße hinauf, an Soglio, an Giacomettis Heimatdorf Stampa und an Hirten mit ihren Schafherden vorbei.
Franca liebt Giacomettis stehende Frauen und die lang gestreckten Figuren, diese »immateriellen Erscheinungen«, wie Sartre sie nannte, schmal, aufrecht und unfassbar wie Franca sich selbst fühlt. *Femme debout. Homme, qui marche.* Und Varianten ohne Ende aus »Paris sans fin«; Giacomettis obsessives Zeichnen und Modellieren, um das Unsichtbare sichtbar zu machen und um durch die Liebe und durch die Haut zum Knochen und zum Tod vorzudringen.
Franca teilt Giacomettis Ansicht, die Zeichnungen und Skulpturen seien nur Entwürfe, gelangten nie zu einem Abschluss, seien so kerzengerade erstarrt, aber nicht vollendet. Franca bewundert auch Giacomettis Mutter-Porträts. Giacometti überlebte seine Mutter um nur zwei Jahre.

Die letzten Kilometer sind die steilsten. Oben angekommen, geht es aber auf der anderen Seite, im Engadin, kaum hinab.
Luca parkt den Wagen in Sils und bleibt bis zur Abenddämmerung. Das Wasser steht. Der Inn fließt unbemerkt durch den Silser See, seine Oberfläche ist spiegelglatt.
Die Luft sei hier wie französischer Champagner, sagte Richard Strauss. Die Berge links und rechts scheinen niedrig, weil das Plateau des Oberengadins so hoch liegt. Luca empfindet die geologische Besonderheit des Maloja-Passes

als Entsprechung des fehlenden Gleichgewichts in Ehen. Wenn Franca Paul ärgern will, sagt sie, das Oberengadin sei schöner als das Unterengadin, Sils sei reizvoller als Sins. Luca stellt sich die Eltern vor, die zum letzten Mal von Sins nach Stuvar wandern. Er war als Kind oft dabei. Er hört ihre Stimmen. Er sieht Franca und Paul auf dem Weg hinauf in Zeitlupe, so langsam wie näher kommende weiße Flächen bei seinen Stürzen mit Skiern oder Schlittschuhen.

Manchmal glaubt Luca, dass er den Stoß in seinen Rücken das ganze Leben lang spüren wird. Er bekommt ihn im selben Sommer, in dem die Bäuerin »Polín!« schreit.
Luca steht am Beckenrand des altmodischen Schwimmbads von Falain neben den drei Sprungbrettern und starrt in die Wellen. Ein Junge geht unauffällig an Luca vorbei. Plötzlich der Stoß zwischen den Schulterblättern und das unsichere Kinderlachen hinter ihm. Luca versucht, das Gewicht zurück zum Beckenrand zu verlagern, wodurch er im Fall mit dem Knöchel gegen das Eck eines steinernen Sockels schlägt. Luca fällt wie in Zeitlupe, spürt den Schlag am Fuß, dreht sich im Fall, sieht aus dem Augenwinkel den Jungen und dahinter die Liegewiese unter den Kiefern, klatscht auf die kalte Oberfläche, geht im Wasser unter, das über seinem Kopf zusammenschießt, spürt es durch die Nase eindringen, hört unten gedämpfte Geräusche, rudert wild mit Armen und Beinen, taucht hustend auf, zieht sich hoch und nimmt den Blickwechsel seiner Eltern mit dem Jungen wahr, den er nicht kennt und der schnell verschwindet, als Luca ihn anschreit.
Die Eltern verarzten ihren Sohn, aber die Narbe am Knöchel wird immer sichtbar bleiben. Es war nur ein harmloser Schubser unter Kindern, aber vielleicht mit Zustimmung seiner Eltern, die genau wussten, dass Luca nicht springen wollte. Sie hatten erst vor kurzem deswegen gestritten. Es nervte Franca, dass Luca nie freiwillig ins Wasser sprang.

Luca glaubt, dass sie den fremden Jungen hinter seinem Rücken ermuntert haben, ihn zu stoßen. Aber die Eltern geben es nicht zu. Kein Wunder, die Wunde am Knöchel hört nicht auf zu bluten. Luca ist nicht sicher, ob seine Eltern dem Jungen ein Zeichen gaben. Aber er fühlt sich hintergangen. Er kann nicht tauchen und hat keine Ahnung, wie er das verlorene Vertrauen in die Eltern wieder aus dem Wasser heraufholen soll.

Zwei

Paul Salamun zieht beim Verlassen des Hauses, das früher das Postamt des Dorfes war, die Tür hinter sich zu.
Er ist fünfundsiebzig Jahre alt.
Er zieht die Tür so zu, wie er es schon in der Kindheit in den Sommermonaten tat, in denen er mit seinen Eltern aus der Hitze Neapels flüchtete, um hier auf 1.550 Meter die Ferien zu verbringen: die Haustür im Rücken und seine rechte Hand an der Klinke, während sein Blick über den Platz schweift. In der Linken hätte er früher ein Butterbrot gehalten. Er ist ein *randulin,* so nennen die Einheimischen hier ihre Landsleute, die ausgewandert sind, um in der Fremde zu arbeiten.
Die Sonne steht jetzt hoch über dem Piz Larisch. Franca setzt die Sonnenbrille auf. Sie wollen ein letztes Mal nach Stuvar hinauf, wo das alte Kartenhaus steht.
Paul dreht sich um, schließt die Tür ab und wundert sich wieder, dass Franca und er so ruhig sind. Es ist ihr vorletzter Tag.
Helle Schatten auf Pauls unebener und leicht gekrümmter weißer Hausfassade, aber keine Sprüche und Bilder wie auf vielen anderen Wänden. Kälte, Schnee, Regen, Stürme, Sonne und Hitze radieren mit den Jahren die Bilder auf den Mauern aus. Deshalb wechselte man im Engadin zu der aus Italien kommenden Sgraffito-Technik, den Ritzzeichnungen. Der Unterputz wird mit Kalkmilch überstrichen. Mit Hilfe eines Nagels oder Stahlstifts werden aus der darüber aufgebrachten, noch feuchten Mörtelschicht graphische De-

kors herausgekratzt. Nichts davon auf Pauls Hauswand. Weder Verse und Zeichnungen, die den menschlichen Übermut bändigen oder den Betrachter das Fürchten lehren sollen, noch Ornamente, Kreise, Kreuze, Quadrate, Dreiecke mit verschlüsselten Botschaften oder Mustern, absichtslose Meditationsbilder für Passanten. Nicht einmal die Welle, die sich unter dem Dachvorsprung an der Giebelfront vieler Häuser befindet und von dort als Symbol des Kreislaufs des Lebens wie fließendes Wasser beiderseitig unter der Rinne als Doppelband hinabrollt.
Kein Tod ohne Wasser. Engadiner müssen nach altem Brauch ihre Seele säubern, bevor diese in den Himmel steigt. Weil beim Reinigen das Wasser im Haus vergiftet werden könnte, werden alle Gefäße geleert. Aber den Sterbenden bleibt zur Säuberung das geritzte Wellenband auf der Fassade unter dem Dachvorsprung. Keine Wellen auf Pauls Hauswand, dafür weiße Schatten. Über der Tür nur die eingravierten Initialen seines Großvaters, seines Vaters und seine eigenen. JS 1897, GS 1936, PS 1986.
Paul, der hier Polín und in Italien Paolo heißt, hasst seine Initialen: Postskriptum oder Pferdestärke. Aber in Sins erträgt er die Spötteleien.
1986 hatten Franca und er mit dem Architekten Andri Fontana das Haus renoviert. Wunderbare Einfälle: die runde, drei Zentimeter dicke Glasplatte auf einem riesigen, flachgelegten Heurad als Tisch; Badezimmerspiegel in Engadiner Fensterrahmen; die Bibliothek hinter der Tür zum *tabla,* der früheren Scheune; eine Holzwiege aus dem 17. Jahrhundert als Bar. Planung und Durchführung: eine der schönsten Zeiten in ihrer Ehe.

Políns Muttersprache stirbt. *Uonda* – Wörter und Sätze werden vom rhythmischen Knirschen ihrer Schritte im harten Schnee unterbrochen – *profuonda.* Tiefschnee links und rechts.

Políns ruhiges, nicht militärisches, eher jazziges Zählen mit kehliger Stimme: duos, trais, zwei, drei, *zaz-zuh-zaz-zuh-zaz.* Das Aufsetzen der Schuhe für die Dauer einiger Takte bei jedem *Zaz.* Two, three – tiefe Welle unten im Inn. Einatmen – ausatmen.

Der Anstieg nach Stuvar lässt in der Kälte wenig Luft für Wortwechsel. Bedächtig fließt unten der Inn und schimmert grün. Rettung, Wende und Weiterleben bleiben für immer im tief durchschatteten Gewühl dichter Baumwipfel versunken. Franca und er hätten vor drei Jahren stärker für ihren letzten Traum, das Haus Sfuondraz, kämpfen können.

Due, tre – hier mäandert der Weg zum Hof Stuvar, zu Pauls Kartenhaus, hinauf und oben strahlt der Himmel blau. Seitlich blendet weiß der Schnee an den Berghängen.

Als Mathematiker hat sich Paul ein Leben lang mit Zahlen beschäftigt. Beim letzten Spaziergang hinauf nach Stuvar fragt er sich, ob er in den sechsundvierzig Ehejahren seiner Frau genug Aufmerksamkeit geschenkt hat.
Gegenseitig haben sie sich ein Leben lang auf Podeste gestellt. Franca hat Paul nie vom Denker-Podest herabsteigen lassen, dessen Fundament seine Bridge-Erfolge und später seine Beförderungen an Gymnasien und seine Lehraufträge an Universitäten bildeten.
Paul hat sie auf das Schönheitspodest gestellt und ihr all die Kompetenzen zugeschrieben, die ihm fehlen: Manieren, Kleidung, Erziehung, Inneneinrichtung. Franca verkörpert den guten Geschmack, den er nicht hat.

Vom ersten Augenblick an ist Paul verliebt und eifersüchtig zugleich gewesen.
Er unterbricht das Studium, was seine Eltern – weil sie in Neapel leben – bis zu ihrem Tod nicht bemerken.

Paul wird Profi-Spieler und mietet eine Vierzimmerwohnung, drei Zimmer davon dienen dem von ihm gegründeten Bridge Circle. Die Bridge-Spieler beizen speziell angefertigte, zu Quadraten gekürzte Küchentische und überziehen sie mit grünem Filzstoff. Das Tischgeld beträgt fünfzig Rappen. Im vierten Zimmer befinden sich Pauls Herdplatte, Wasserkocher und Matratze.

Franca Sillage ist ein paar Nummern zu schön und zu vornehm für Polín. Er wird nie ganz verstehen, was sie an ihm findet. Er ist lang, hager und erfolgreich mit den Karten. Reicht das einer solchen Frau? Ein Paar, das entfernt an Ingrid und Bogey erinnert – so entfernt wie die Filmkulisse Casablancas an Pauls Traumstadt Santiago.

Als Alex seine ersten Aktien kauft und sie durch den Konkurs einer Konkurrenzfirma wenig später in die Höhe schnellen, sagt er jenen Satz, den Paul bis zuletzt nicht ertragen kann: »Jetzt können wir aber die Butter dick aufs Brot streichen.« Es ist nicht der Satz selbst, sondern die Bewunderung Francas, ihr überraschtes Lächeln, als Alex die Worte selbstzufrieden ausspricht. Der Satz und Francas Gesicht damals und die Tatsache, dass sie ihn in den sechsundvierzig Jahren ihrer Ehe noch einige Male ausspricht, wieder genauso lächelnd, weil Franca und Paul inzwischen auch die Butter dick aufs Brot streichen können, die Verknüpfung also dieses Satzes und ihres Lächelns, ihrer Gedanken an Alex, das ärgert Paul.
Rechenschaft: Alexanders Zeilen gehören dazu. Bei Alexanders Begräbnis gaben seine Eltern Paul einen Brief, den Alex gemeinsam mit einem Testament und einigen anderen Unterlagen in seinem Kinderzimmer im Haus seiner Eltern verwahrt hatte. »Falls mir etwas zustoßen sollte«, hatte Alex eine Klarsichthülle beschriftet. Darin befand sich auch der Brief an Paul. Zugeklebt.

Alexanders Eltern kannten den Inhalt nicht. Der Leichenschmaus fand im Saal eines Hotels direkt am Rhein statt. Es war eine Art Party. Viele waren betrunken und sagten die Wahrheit oder zumindest das, was sie für wahr hielten. Sie sagten einfach, was sie dachten. Erstaunliches manchmal. Fremdenfeindliches von progressiven, eher links denkenden Freunden.
Paul ging auf die Toilette, schloss sich in eine Kabine ein, riss den Briefumschlag auf:

> Paul, langer Schlemi: Franca passt nicht zu dir. Ihr passt nicht zusammen.
> Adieu, Alex.

Paul zerriss den Brief in kleine Schnipsel und stopfte sie in die Hosentasche. Erschrocken sah er sein hageres Gesicht im Spiegel. Er wartete, auf den Waschbeckenrand gestützt, noch einige Minuten. Als ein angeheiterter Offizierskamerad von Alex hereinkam, ging er hinaus, ohne die Klinke zu berühren. Er hasste Soldaten. Er musste selber nach dem Krieg einer sein. Ein miserabler Rekrut.
»Paul, was ist denn mit dir los?«, sagte Franca, hielt seinen Arm, blickte ihm in die Augen. Den Grund für seine Panik ahnte sie nicht. Sie dachte, dass Alex' Tod ihn plötzlich doch mitgenommen hätte.
»Geh ein bisschen an die frische Luft, ja?« Sie küsste ihn.
»Ja«, antwortete er, ging zur Terrassentür hinaus in den kleinen Steingarten, der ohne Geländer an den Rhein grenzt. Er ging bis ans Ufer, vergewisserte sich, dass er allein war, kniete sich hin und ließ den Brief wie Schneeflocken ins Wasser fallen.
»Schlacksi Schlemi schlägt wieder zu«, rief Alex manchmal laut im Circle, wenn Paul mit einem Schlemm ein Turnier gewann. Adiable, Alex.

Diese Landschaft erinnert nicht an eine andere Landschaft. Sie erinnert Paul und Franca an sich selbst. Sie erinnert das alte Ehepaar daran, wie es sich die letzten Jahre in dieser Landschaft bewegte.
Jazziges Zählen: Franca stapft neben Paul durch den Neuschnee unter dem strahlend blauen Himmel, den es so angeblich nur in Norwegen und hier gibt. Es ist so klar, dass man das Gefühl hat, nur den Arm ausstrecken zu müssen, um den Piz Pazlin oder den Piz Larisch zu berühren.
Ihre Hose, ihren Mantel, ihre Sonnenbrille, die Stiefel mit den Metallplättchen, die man bei Eis ausklappen kann, all dies hatte sie schon letztes Jahr vor dem Befund hier auf demselben Weg an.
Sie trägt den Mantel offen, die Arme manchmal in die Hüften gestemmt. Sie ist schlank wie eine junge Frau und lacht immer noch hell wie ein Mädchen.
Der Wanderweg nach Stuvar ist schöne Gewohnheit. Paul trägt auch dieselben Kleider wie in den vorhergehenden Jahren. Zunächst schlängelt sich die Straße in einer Schleife durch Sins hoch, verlässt die letzten Häuser an der Stelle, an der früher ein Skilift stand. Sie montierten ihn ab: Südhang. Der Schnee schmolz zu schnell. Jetzt läge mehr als genug: frischer Pulverschnee. Der Schnee strahlt. Manche Schneeflächen blenden – je nach Einfallwinkel der Sonne. Neben dem Pfad ist er noch viel tiefer und weicher.

> Oder ist es so, dass das Weiß seinem Wesen nach nicht so sehr eine Farbe ist als vielmehr die sichtbare Abwesenheit von Farbe und zugleich die Summe aller Farben, dass deshalb eine weite Schneelandschaft dem Auge eine so öde Leere bietet, die doch voller Bedeutung ist – eine farblose Allfarbe der Gottlosigkeit, vor der wir zurückschrecken?
> *Herman Melville*

Der Wanderweg nach Stuvar ist vielleicht der schönste Weg, immer leicht ansteigend nach Westen, zwischendurch auch steile Passagen, einige Brücken, zuletzt über ein tiefes Bachbett, eine letzte Kurve und dann das einsame Haus, von dem man nie genau weiß, ob es auch im Winter ständig bewohnt ist.

Wegen der Häufigkeit, mit der Paul und Franca diesen Weg – früher mit den Kindern, später noch mit Freunden, aber in den letzten Jahren meistens zu zweit – gegangen sind, vergleichen sie ihn nicht mit anderen Wegen. Er ist ganz er selbst.

Sie halten oft inne: Zigarettenpausen, in denen sich ihr sichtbarer Atem mit dem Rauch mischt.

Weit unten und manchmal vom Weg nach Stuvar aus sichtbar liegt wenige Kilometer westlich die Kleinstadt Avaina. Der Spaziergang hinab nach Avaina war früher genauso schön wie der hinauf nach Stuvar. Er war eine Variante, wovon es hier Hunderte gibt. Von Stuvar aus kann man beispielsweise über Mastaun zurück nach Sins, ein Rundgang statt einer Pendelstrecke.

Sie bevorzugten in den letzten Jahren trotzdem den einfachen Weg hinauf nach Stuvar und denselben wieder abwärts. Vielleicht weil er kürzer ist; vielleicht weil sie wie Billardkugeln an die Bande Stuvar stoßen und wieder zurückrollen.

Paul stellt sich Menschen als Billardkugeln ohne Banden vor. Dann gäbe es Philosophenkugeln und Theologenkugeln, die den Sinn der gerollten oder noch zu rollenden Strecken, den Stoß am Anfang und den Sinn des Stillstandes am Ende erklären würden.

Paul bleibt wieder stehen und überblickt das Tal. Wohltuender Halt. Beruhigung der Atmung. Muskeln und Sehnen kurzzeitig wie gelähmt. Stille Gedanken. Ein Versuch, die Zeit zu vergessen.

Lampedusa hat seinen Gattopardo auf dem Sterbebett Bilanz ziehen lassen. Gattopardo versucht zu berechnen, wie lange er in Wirklichkeit gelebt habe. Doch er wird mit der Rechnung nicht fertig. Er erinnert sich an die wenigen Augenblicke seines Lebens, in denen er glücklich war. Augenblicke, für die es sich zu leben gelohnt hat. Nicht das Mittelmaß an Zufriedenheit, das im Alltag zur Schau gestellt wird.
Die Anwendung von Gattopardos Bilanz auf seine Vita empfindet Paul als nicht erbaulich. Er glaubt, Bridge wie in einem Expresszug gespielt zu haben, der dem Tod entgegenrast. Ihm fällt kaum etwas ein. Vielleicht die erste Bridge-Meisterschaft oder die Eroberung Francas oder eine Wanderung im Sommer auf einen der Gipfel dort, deren Konturen jetzt vom Schnee gerundet werden, vor etwa fünfzig Jahren – der Fels, die Augen eines Mädchens, das er seither nie mehr gesehen hat.

Kinder rodeln von Stuvar herunter. Die alten Holzschlitten gibt es immer noch. Meistens steht DAVOS darauf.
Gebimmel, Schreie und Hundegebell kündigen sie an. Franca und Paul machen einen Schritt zur Seite. Winken zurück. Rote Wangen der Kinder vor Aufregung und Kälte. Die Freude an der Geschwindigkeit, am Fahrtwind, an dem Risiko, vielleicht vom Weg abzukommen und in den Tiefschnee zu fallen. Den nassen Jacken und Hosen der Kinder nach zu urteilen, ist es ihnen heute schon passiert.
Orson Welles' Suche nach dem verlorenen Glück der Kindheit, nach dem Schriftzug ROSEBUD, ist Paul nicht vergönnt.
Erfundenes Leben auf der Leinwand ist ihm inzwischen gleichgültig. Filme, Fiktionen, Übertreibungen. Künstliche Konzentration emotionaler Ereignisse: Liebe, Tod, Erfolg, Niederlage, Gewalt – mit hoher Frequenz, dicht beieinander – Hochzeiten, Begräbnisse, Geburten. Paul und Franca

sind sich einig: Mit der Zeit verliert man das Interesse am Aneinanderreihen schicksalhafter Momente.
Sie blicken den Kindern hinterher. Es wird still. Paul und Franca stehen wieder in der Mitte des Weges auf hartem Schnee.
Da, noch ein Glücksmoment: Anfang der sechziger Jahre. Europameisterschaften im Libanon. Das kleine Land war noch wohlhabend und friedlich – die Schweiz des Nahen Ostens, so wie Ruanda die Schweiz Afrikas war. Pauls Mannschaft erzielte ihr bestes Ergebnis in ihrer Geschichte. Bronze. Die Sonne, der Pool, die Wasserpfeifen, die Turbane, die Denkspiele. Franca auf dem Liegestuhl. Die schönste aller Bridge-Frauen.

»Es ist, als würden wir uns übermorgen in Luft auflösen«, sagt Franca.
Ja, in diese Luft.
In aller Seelenruhe erfrieren – im Schnee. Das hatten sie früher in Erwägung gezogen. Und sich dabei ausziehen, weil einem zu warm ist. Die Kontrasterfahrung, wie der eigene Körper einem in höchster Gefahr vollkommenes Wohlbefinden vorgaukelt, hätte Paul gern erlebt.
Reine und kalte Höhenluft.
Engadinerluft: diese trockene, elektrische, erregende, dünne Luft, die den Wahnsinn fördert, schrieb Eugenio Montale. Fährt ein Traktor in dieser Höhe, stinkt es zum Himmel. In der Stadt dagegen würde Paul dieselben Abgase nicht wahrnehmen. Hier ist die Luft besser.
Sinser Staub ist gesund. Der Spruch wird von den Salamuns weitergetragen, von Generation zu Generation. Paul hat gehört, wie Luca ihn neulich gesagt hat, als Nora einen Keks nicht mehr essen wollte, der auf den Boden gefallen war.

Paul erinnert sich viel deutlicher an die drei größten Gefahrenmomente als an die drei schönsten Glücksmomente.

Mit Franca nachts auf dem Gotthard. Gegen Abend waren sie mit der Autofähre in Ancona angekommen. Ihre erste Reise mit dem neuen Wagen. Sie fühlten sich noch fit und wollten nicht mehr in Italien übernachten. Sie fuhren ohne Unterbrechung bis nach Basel. Sie schlief, und in der Morgendämmerung fielen ihm am Steuer die Augen zu. Er fuhr mit achtzig Stundenkilometern neben der Wegmarkierung auf das Kiesbett, nur Zentimeter von der Leitplanke entfernt. Sie waren so nah an der Schlucht, die sie hinter der Planke erwartet hätte, am frühzeitigen Ende. Sie hätten die letzten fünfunddreißig Jahre verpasst.
Oder die vierundzwanzig Muskatnuss-Stunden während des Studiums in den fünfziger Jahren. Paul meint, den Tipp in einem Interview mit Charlie Parker oder einem anderen Jazzer aufgeschnappt zu haben. Eine Überdosis Muskat. Vollkommener Verlust des Zeitgefühls, hellwach, steif und wie gelähmt allein auf dem Bett, jeder Muskel angespannt, mit einer nicht endenden Erektion, unfähig zu sprechen, geschweige denn aufzustehen, nur liegen und warten, dass sich der Körper normalisiert. Erst später rekonstruiert Paul, dass der Ausnahmezustand einen Tag und eine Nacht gedauert hatte: die grandiose Vergiftung mit allerbester, naturbelassener Droge. Kein Muskat Turkey danach. Nur gute Erinnerungen an das Schweben in Todesgefahr.
Oder der Fleck auf dem Röntgenbild der Lunge in den siebziger Jahren. »Scheißzigaretten«, hatte der Arzt gesagt. Paul hätte nicht gedacht, dass Ärzte so mit ihren Patienten leiden können, dass sie sich so für sie aufregen und für sie wütend werden können. »Scheißzigaretten«, sagte der Arzt, der Paul kaum kannte, noch einmal. Und dann dachte Paul, der kurze Rest seines Lebens habe soeben begonnen, ordnete seine Papiere und schrieb Franca einen Abschiedsbrief. Sie hat ihn noch. Reto war zehn, Luca sechs.
Der Arzt kannte immerhin Pauls Familienverhältnisse. Daher vielleicht seine Wut. Bridge war in den Hintergrund ge-

treten. Langsam, aber stetig hatte die Laufbahn am Gymnasium und an der Hochschule, hatte das idyllische, geordnete, bürgerliche Leben mit angezogener Handbremse begonnen. Ja, das wusste der Arzt. Daher wohl sein Paul überwältigender Zorn. Dabei ging es doch in erster Linie um Paul. Und er war nur ruhig und traurig. Wegen Franca und der Kinder. Um sich machte er sich keine Sorgen. Zurück ins Dunkel, ins Nichts. Etwas früh vielleicht. Im besten Alter. Unter etwas ungünstigen Umständen, ja. Aber es hätte ja auch schon früher kommen können. Damals auf dem Gotthard oder mit den Muskatnüssen. Dazwischen war eine gute Zeit. Dankbarkeit dafür.
Den Söhnen hatten Paul und Franca noch nichts gesagt. Aber sie hatten Pläne für Francas Leben danach gemacht. Die Finanzen, die Freunde und Verwandten. Dabei tauchten die Erinnerungen auf. Das mächtige Auflodern vergangen geglaubter Leidenschaft in solchen Augenblicken. So sehr vielleicht, dass dieser Gefahrenmoment mit dem Glücksmoment zusammenfällt und eins ist. Rückblickend hätte er länger dauern können. Bald kam die Entwarnung: Der Fleck auf der Lunge war eine alte TBC-Narbe. Vermutlich im Militärdienst entstanden, unerkannt, en passant. Rauchen und husten gehörten schon damals zu Pauls Leben. Drei Mal das Gefühl, wiedergeboren zu sein. Drei Mal. Das reicht doch.

> ... denn warum sollten wir fürchten, etwas zu verlieren,
> dessen Verlust wir gar nicht mehr bedauern können ...
> *Montaigne*

Paul kann sich nicht satt sehen an den weißen, sanft gewölbten Rücken, an der Horizontlinie, wo das Blau des Himmels auf das *alb* des Schnees trifft. Was mag das rätoromanische »Weiß« mit dem Naturgeist und dem Albtraum zu tun haben? Ihm fällt dabei ein, dass sie ins Weiße Kreuz, ins *Crusch Alba,* kein letztes Mal mehr gehen werden. Bei vielen

Dingen haben sie schlicht vergessen, daran zu denken, dass sie sie vielleicht schon zum letzten Mal tun, und später haben sie bereut, dass sie sie so flüchtig, so gedankenlos getan haben.
Und Francas Gesicht im Weiß – von Tag zu Tag ruhiger und sicherer.

Paul lernt sehen. Alles dringt tiefer zu ihm vor, macht nicht dort Halt, wo es früher zu Ende war.
Bei allen Freunden, die es vor Paul und Franca erwischt hat, macht Paul erst jetzt, aber dafür mit erstaunlicher Deutlichkeit zwei Gesichtstypen aus.
Je näher der Tod den Freunden rückte, desto ausgeglichener und fast heiterer wurden die einen, desto unruhiger und ängstlicher die anderen. Und es hing weder vom Geschlecht noch von der Religion ab. Vielleicht trifft der Ausdruck »mit sich im Reinen sein« den Zustand der Ruhigen. Die Nervösen haben sich offenbar in den Jahren davor nicht genügend Zeit genommen, reinen Tisch zu machen und den Zustand der Heiteren zu erreichen. Die haben ein fein säuberliches Testament geschrieben, aber vergessen, die inneren Papiere in Ordnung zu bringen. Was heißt »vergessen«? Vielleicht ist das eine Fähigkeit, die nicht alle haben, denkt Paul und ist sich dabei nicht immer sicher, zu den Heiteren zu gehören.

> Nehmen wir dem Tod seine Fremdheit, machen wir mit ihm Bekanntschaft, gewöhnen wir uns an ihn, denken wir an nichts so oft wie an den Tod.
> *Montaigne*

Auf der alten Straße hinab nach Avaina hörte man früher nur das Rauschen des Inns, das vom Tal zwischen den von der Sonne zerteilten Nebelbänken hinauf bis zur Via Veglia stieg. Heute rauschen die Autoreifen auf dem nassen Asphalt der neuen Straße von Sins nach Avaina, und auch der Motorenlärm von der Schnellstraße unten im Tal übertönt den Inn. Wenn man sich auf halbem Wanderweg dem Hof Ortiola nähert, legt sich schließlich das laute, ununterbrochene Knistern der Hochspannungsleitung über all die anderen Geräusche.

Christina hatte Paul kurz nach seiner Pensionierung an einem Sommerabend zu einer Lesung ins Kurhotel in Boschas mitgenommen. Er hatte das renovierte Hotel lange nicht mehr betreten, das noch immer logistisch wie vor Jahren mit dem majestätisch auf dem Berg darüber liegenden Palace von Falain verbunden ist: dasselbe Management des Kurhotels, dieselbe Küche und das Personal arbeitet mal oben, mal unten. Der Lift wurde verlegt und die alte Vorrichtung dient jetzt Ausstellungszwecken. Paul hatte weniger die Bilder und Skulpturen, sondern eher den leeren Aufzugschacht betrachtet.
Boschas liegt direkt am Inn, an einer Stelle, wo das Flussbett sehr schmal ist. Das Thema der Lesung lautete: »Poesie des Inns«. Der Saal war überfüllt. Es war warm und stickig im Raum, daher waren die Fenster, die nur zum Fluss hin gingen, offen. Ein Sprecher trug leidenschaftlich und mit sonorer Stimme klangvolle Gedichte vor. *Sömmi, uonda profuonda / sü da l'abiss ... Traum, tiefe Welle / aus dem Abgrund ...* Mehrfach im Verlauf des Abends wurde die lautmalerische *uonda profuonda* wiederholt.
Früher war der Inn schöner; früher, bevor das Wasserkraftwerk, bevor die Hochspannungsmasten gebaut wurden – früher, als noch viel Wasser floss und viele Forellen im Inn schwammen. Versuche der Veranstalter, die heimatliterarische Schwärmerei der rätoromanischen Texte zu hinterfragen, mündeten in Nostalgie.
Einige Tage vor der Lesung hatte Paul mit Verwandten und Bekannten auf dem breiten Kiesbett mitten im Inn gegrillt:

ein Dutzend Leute, drei Generationen – von vierundachtzig bis vier Jahren – aus drei Ländern. Manche schleppten besonders schöne Flusssteine ins Auto. Kinder spielten mit Schwemmholz. Jemand hatte am Ufer mit großen Brocken eine Wanne gebaut, in der die Bierflaschen im kalten Wasser schwammen. Drei Nationen, drei verschiedene Arten, die Cervelats einzuschneiden. Abends, wenn es auf einer Wiese schon unangenehm feucht geworden wäre, strahlten die Steine die tagsüber gespeicherte Wärme ab. Oben leuchteten die Häuserfassaden von Sins und Pradotia gelb, orange und rot in der Abendsonne, die langsam hinter dem Piz Nalains unterging. Sie blieben bis weit nach 22.00 Uhr mitten auf dem Kiesbett im wasserarmen Fluss.
Weil eine anwesende Autorin nur leise sprach, mussten nach einer Weile die Fenster geschlossen werden, um ihre Stimme zu schonen und um das Rauschen des Flusses auszusperren – *uonda profuonda*. Etwas weiter östlich bleibt von der tiefen Welle, vom mächtigen Inn nur ein tristes Rinnsal.

Im Frühling desselben Jahres war Wolfgang Koeppen neunundachtzigjährig gestorben. Christina wusste, dass Paul nach der Pensionierung begonnen hatte, Tagebuch zu führen, und hatte ihm eines seiner letzten Interviews geschickt. Sie hatte dabei Ilse Aichinger zitiert: *Schreiben bedeutet Sterben lernen* – »sie hat wohl auch ihren Montaigne gelesen«, notierte Christina. Koeppen antwortet auf die Frage, ob Schreiben eine Art des Abschiednehmens sei. *Ja, Schreiben ist ein Abschiednehmen, und ein Scheitern, auch ein Scheitern am Leben. Ich glaube, daß die Zahl der Selbstmörder unter Schriftstellern sehr hoch ist. Und ich finde das auch sehr verständlich. Man verbraucht Zeit, richtiggehend Zeit. Nicht nur, daß es eine Zeit braucht, ein Buch zu schreiben, sondern es ist der Verbrauch der Lebenszeit, die man hat. Schreiben, das deutet immer auf den näherkommenden und begleitenden Tod hin.*
Christina wollte das als Warnung verstanden wissen.

In demselben Jahr geschah ein Naturereignis. Es blühten Pauls und Francas Bambussträucher zum ersten und einzigen Mal und sie starben – wie etwa sechs Millionen weitere Bambussträucher in Europa – alle zur gleichen Zeit.

Plötzlich sieht Paul einen Augenblick lang Francas Gesicht von vor fünfzig Jahren in Schwarzweiß neben sich. Dann wieder jede einzelne ihrer Falten in der klaren Luft. Sie lacht ihn an, als befänden sie sich vor dem Zeitsprung.
»Das Leben vergeht wie ...«, ruft sie mit heiterer Stimme und macht eine ausholende Armbewegung hinauf zum Hang rechts über ihnen. Sie lacht immer noch: »... wie nichts. Wusch!«
Sie lachen beide, frei von Bitterkeit. Aber es liegt auch eine seltsame Hilflosigkeit in ihrer Stimme: die unerfüllte Sehnsucht eines Menschen, der kurz vor dem Zeitsprung für die Dauer einer Armbewegung noch am Leben hängt.
Einige Dutzend Schritte später betrachtet er von der Seite wieder ihr Gesicht – jetzt. Er klickt hin und her, zwischen dem Schwarzweißfoto und dem Jetzt. Das Zögern, das Suchen nach den richtigen Worten, bevor sie »wie nichts« gesagt hat. Ohne diese kurze Ratlosigkeit wäre ihr Satz nur halb so viel wert.

Pauls und Francas Fotos sind geordnet, beschriftet und datiert, mehrere großformatige Alben. Viele Kleinigkeiten haben zu Francas und Pauls Entscheidung geführt. Unter anderem ein fehlendes Bild an Lucas Studiowand.
Sie waren gut fünf Stunden gefahren, um ihn und seine Familie zum ersten Mal in der neuen Wohnung in Siena zu besuchen.
In seinem Musikzimmer hat Luca viele Fotos neben die Balkontür und über den Notenständer gehängt: Eine Ultraschall-Aufnahme von Nora, als sie noch in Sabines Bauch lag, den Arm hoch gehoben und die winzige Faust an die

Stirn gepresst, kleine Grafiken von befreundeten Künstlern, Postkarten als Erinnerung an besondere Konzerte, Lucas Schatten an einer Felswand des Grand Canyon – ein Selbstporträt über eine Schlucht hinweg, in der einen Hand die Kamera, die andere winkt. Luca fotografierte auf Reisen manchmal seinen Schatten, die witzigste Aufnahme entstand am Äquator. Sogar ein Foto von Sabine, obwohl er sie jeden Tag sieht.
Franca hat kein Wort gesagt. Aber Paul hat den kurzen Schmerz, den Stich gespürt, den nur Eltern kennen, wenn sie sich auf einer solchen Wand ihrer Kinder nicht finden; derselbe Schmerz wie wenige Monate davor angesichts Lucas Gleichgültigkeit beim Erhalt seiner Geburtsurkunde und alter Schulzeugnisse; derselbe Schmerz wie bei Francas Frage, ob Luca sich an die Kindergeburtstage erinnern könne, die sie mit viel Mühe für ihn organisiert hatte, als er so klein war wie Nora – er konnte nicht.

> Das Leben ist, an sich betrachtet, weder ein Wohl noch ein Übel; es ist ein Wohnort des Wohls oder des Übels, je nachdem, was ihr hineinlegt. Und wenn ihr einen Tag gelebt habt, so habt ihr alles gesehen. Ein Tag ist gleich allen Tagen. Es gibt kein anderes Licht und keine andere Nacht. Die Sonne, dieser Mond, diese Sterne, dieses Weltgebäude, es ist dasselbe, das eure Ahnen genossen haben und das eure Enkel erfreuen wird.
> *Montaigne*

Pauls und Francas Fotos sind geordnet. Für die Söhne, die Schwiegertöchter und die Enkelin.

Es gibt sie doch, die Augenblicke des Glücks. Vielleicht hat Lampedusa zur falschen Zeit, also zu spät, versucht, sich daran zu erinnern. Auf dem letzten Spaziergang fällt es Paul ein. Die heiße Tasse Tee. Purer Luxus. Nicht der Tee selbst ist das Glück, sondern die Tasse, aus der er ihn trinkt. Sie ist fast so leicht und fast so dünn wie ein Plastikbecher. Es ist ein besonderes Gefühl, wenn die Flüssigkeit, die man trinken will, schwerer ist als ihr Behälter – erst recht, wenn er nicht aus Kunststoff ist, sondern aus »Fine Bone China«.

Die letzten Zigaretten. Der Vorrat, den Franca und Paul sich zugelegt haben, würde noch für drei Tage Kettenrauchen reichen. Sicher ist sicher.

Campari. Zwei Flaschen stehen bereit. Genug für einen Monat, Besucher nicht eingerechnet.

Tiere sorgen vor, Menschen auch. Ein Slogan, den sich eine Lebensversicherungsgesellschaft ausgedacht hatte. Er war der Titel eines Bildbandes, den alle versicherten Kunden bekamen. Paul kann ihn nicht vergessen und manchmal hasste er ihn, aber das ist vorbei.

Egal, ob nur achtundvierzig Stunden bleiben oder ein halbes Leben.

Er macht sich Sorgen wegen Claudia Zuber.

»So heißt sie doch, Claudia Zuber?«, fragt er Franca.

Dr. Strub von der ROWS, mit dem sie sich fast schon angefreundet haben, ist erkrankt. Strub hatte Paul und Franca gebeten, auch seiner Mitarbeiterin, der Sterbebegleiterin Claudia Zuber, ihr Vertrauen zu schenken. Paul hätte den Termin verschoben, wenn nur Frau Zuber Zeit gehabt hätte. Doch Dr. Strub hatte versprochen, auf jeden Fall anwesend zu sein.

Paul und Franca haben zwei Drittel des Aufstiegs nach Stuvar geschafft. Es schlägt zwölf von Sins herauf, vom schlanken, hohen Kirchturm, in dem sich das Standesamt von Sins befindet. Dort hatten sie vor sechsundvierzig Jahren geheiratet.

Froi liegt wie Sins auch auf einer Sonnenterrasse, weiter westlich und etwas höher. Aber Paul würde es nie gegen

Sins tauschen wollen. Jeden Sommer – mit Ausnahme der Kriegsjahre – hat er mit seinen Eltern, Geschwistern und anderen Auslandschweizern, deren Vorfahren nach Italien emigriert waren, die weite Reise aus dem Süden bis ins Engadin gemacht. In Florida werden die sonnenhungrigen Einwohner, die jeden Winter dort verbringen, um der Kälte in ihrer Heimat zu entkommen, Schneehühner genannt. Paul, aber auch seine Söhne, heißen hier Schwalben.
Heimat ist, wo man sterben will. In Sins kann Paul sich das vorstellen, auch wenn er die meiste Zeit an anderen Orten gelebt hat. Aber von den Engadinern sagt man, dass sie auch Heimweh haben, wenn sie zu Hause sind.
Seitdem in Sins die von Paul initiierten Seminare stattfanden, ist das Dorf unter Lehrkräften beliebt und bekannt. Während eines Seminars entstand die »Sinser Methode«, ein Portfolio, das Resultate standardisierter Tests, Selbstdeklaration und eine statistische Berechnung zur Noten ergänzenden Schülerbeurteilung einschließt. Vor Jahren rief einmal der Rektor eines Zürcher Gymnasiums Paul in Basel an und wollte wissen, ob dieser »Sins« ein noch lebender Lehrer sei und ob er seine Adresse haben könne.

Man könnte die Glocken von Sins auch noch in Stuvar oben hören. Ob er die Stunden zählen soll, so wie er die letzten Wochen – mit Unterbrechungen – die Tage gezählt hat?
Die Kirchturmspitze von Sins – eine Nadel im Gebirge.
Paul unterdrückt einen kurzen Anflug von Panik.
Er hat lange Zeit mathematische Formeln erdacht, um im Bridge-Spiel erfolgreich zu sein. Pauls Spezialgebiete, Statistik und Wahrscheinlichkeitsrechnung. Heute kennen Versicherungsmathematiker exakt die Lebenserwartung eines rauchenden Fünfundsiebzigjährigen.

»Man muss vorwärts schauen«, sagte der alte Mann, der ihnen vor zwei Jahren mit kleinen Schritten von Stuvar entgegenkam. Und als er das sagte, schossen ihm Tränen in die Augen und es war offensichtlich, dass er alles andere tat, als nach vorne zu schauen.

Seine Frau war seit drei Monaten tot. Sie hatte in dem halben Jahr davor sichtbar abgenommen und sich immer mehr zurückgezogen. Paul und Franca sahen sie nur noch selten, waren aber nicht auf den Gedanken gekommen, dass sie schwer krank war.

Paul erinnert sich, wie er ihr das letzte Mal begegnete. Sie überquerte die Straße und lächelte ihn seltsam an. Sie grüßten sich nur kurz. Welch merkwürdiger, irgendwie gütiger Gesichtsausdruck. Später wurde Paul klar, dass sie wusste und daran dachte, dass sie sich nie mehr grüßen und nie mehr sehen würden. Und danach dachte Paul an ihr Erröten in der Bäckerei. Wie überflüssig, in ihrem Alter und kurz vor dem Ende.

Eines Morgens stand ein Notarztwagen vor ihrem Haus. Franca erfuhr später die Einzelheiten.

Der Mann und Paul sind nicht befreundet, nur gute Bekannte. Er kondolierte und reichte ihm die Hand. Der Mann sagte seinen Vorwärts-Satz *con dolore,* an den er nicht glaubte, und schon sah Paul das Wasser in seinen Augen glitzern und sein Gesicht verriet den täglichen oder allnächtlichen Kampf zwischen Vergangenheit und Zukunft, zwischen Alltag und Hoffnungslosigkeit.

In der Anzeige stand: »Sie war unser Mittelpunkt.« Was tut ein Planet, wenn er nicht mehr um seinen Stern kreisen kann?

Den Zeitpunkt, in dem Paul sich Francas Vorstellung von einem selbstbestimmten Ende, einem frühzeitigen und von Klinikaufenthalten freien Tod anschloss, kann er nicht mehr genau bestimmen. Vermutlich dachte er in diesen Fragen schon einige Jahre vor der Pensionierung ähnlich wie Franca. Seither begann er sich auch für das Eintreffen der Todesnachricht in den Alltag zu interessieren. Wobei Paul mit Todesnachricht nicht den Tod selbst einer anderen Person meint, sondern die Entdeckung der jeweils eigenen Krankheit oder den Befund als Indiz für ein frühzeitiges Ende. Und zwar nicht nur bei Männern, sondern auch bei Frauen. Dieser erste, vollkommen banale Augenblick; diese winzige anatomische Veränderung, die jeden Tag Hunderte von Menschen aus ihrem Trott reißt; diese zunächst lächerlich erscheinende, oft per Zufall entdeckte Abweichung von der Normalität. Sie kann so geringfügig sein. Wie lange hätte seine Unsterblichkeit – denn solange die Nachricht nicht eingebrochen ist, hält man sich trotz aller Versuche, sich das Ende vorzustellen, für nicht sterblich – wie lange also hätte sie noch gedauert, wenn er im Sitzen geharnt und das Blut im Urin nicht gesehen hätte?

Paul hätte sich ein Buch gewünscht, ein Kompendium teils medizinischer, teils journalistischer Art, randvoll mit diesen Todesnachrichten. So kennt er nebst seiner eigenen nur die Geschichten einiger Bekannter und Verwandter, die umso schrecklicher sind, je jünger die Opfer und je hilfloser die Hinterbliebenen sind.

Neulich hatte eine Nachbarin, Mitte dreißig mit drei kleinen Kindern, Mühe, den Tampon zu wechseln. Sie ging zu ihrem Frauenarzt, der schickte sie sofort in die Klinik. Befund: Lymphknotenkrebs und Metastasen. Paul ist bewusst, dass ihr Tod eine Tragödie für die Kinder und den Mann bedeutet, trotzdem erleichtert das Paul die Entscheidung.

Franca hält Paul manchmal für zynisch, oder zumindest für gleichgültig. Sie braucht diese mentalen Hilfestellungen nicht. Sie misstraut Menschen, die bei Beerdigungen Erleichterung verspüren.

Paul hält Franca für die Stärkere. Ihre Reden in den vergangenen Jahren waren aufrichtiger. Sie meinte wirklich, was sie sagte. Sie ist fest entschlossen zu gehen. Und sie ist auf

ihre Weise heiter und ruhig, worum er sie in manchen Augenblicken beneidet.
»Wir schlafen ein letztes Mal ein, Hand in Hand, und haben zuletzt noch den Atem des anderen im Ohr«, sagt sie, wodurch er sich wirklich wieder entspannt.

Es kommt Wind auf. Unten war es bis vor kurzem ruhig. Oben am Piz Pazlin konnte man deutlich vor dem blauen Hintergrund den vom Felsen streifenförmig nach Osten weggeblasenen Schnee sehen. Jetzt spüren auch Paul und Franca den Malojawind, und oben an den Gipfeln haben sich einige Wolken gebildet, wodurch die Verwehungen nicht mehr sichtbar sind. Zirrus mischt sich mit fliegendem Schnee. *Il Piz Pazlin es chapücha* – wenn der Piz Pazlin auf der südlichen Seite des Inns eine Kapuze aus Wolken trägt, ist das ein Schlechtwetterzeichen.

Das Eheleben ist wie schaukeln: Einmal ist sie oben und hat das Sagen, dann ist er oben. Oder war er die meiste Zeit oben, und erst jetzt am Ende bestimmt sie?
Vom Erfolg verwöhnt zwang Paul vor etwa zwanzig Jahren Franca seinen Geschmack auf: ein großes Bild, eine Collage, wolkenähnliche, silberne Gebilde schweben reliefartig über der Leinwand.
Franca hat das Bild all die Jahre ertragen. Jeder Gast bekommt bei den Salamuns zuallererst dieses Bild zu sehen. Es hängt an der besten Stelle im hellen Flur.
Der chilenische Künstler hat den Durchbruch auf dem Kunstmarkt nie geschafft. Paul hatte gehofft, dass der Marktwert steigen würde, wie der Galerist es damals angedeutet hatte. Er hatte gehofft, dass Franca sich schließlich daran gewöhnen und sich in die Formen vertiefen würde, die alles Mögliche darstellen können – Kometen, Wolken, Lungenbläschen –, aber das Bild ist ihr bis zuletzt fremd geblieben.

Reto, Luca und ihre Frauen mögen es auch nicht. Immerhin blieb Nora manchmal davor stehen und Sabine musste sie daran hindern, es zu betatschen.
»Franca, es tut mir Leid wegen der Kometen«, versucht Paul eine Entschuldigung.
Er hat über die Galerie nachforschen lassen: Zuletzt wurde ein vergleichbares Bild des Künstlers bei einer Auktion zu einem Zehntel des Preises verkauft, den es Paul damals gekostet hatte.
Franca lacht: »Ach was, ich mag es auf meine Art. Ich mag es, weil es dir gefällt.«
Reto und Luca werden nicht wissen, wohin damit. Sie könnten es für einen Spottpreis verkaufen. Vielleicht lagern sie es im Keller.
»Vielleicht entdeckt ein einflussreicher Kunstkritiker den Chilenen erst in zwanzig Jahren«, sagt sie.
»Unsinn«, sagt Paul. »Ich habe mich geirrt. Es ist wertlos. Es ist spannend nur in meinen Augen.«
Das Bild könnte das Letzte sein, woran Paul denken wird. Es ärgert ihn, dass die letzten Gedanken wohl planbar, aber nicht lenkbar sind. Er könnte sich bewusst vornehmen, konzentriert an dieses Bild zu denken, an das Weltall, das damit dargestellt werden soll. Es gäbe schlimmere letzte Gedanken. Und er hätte seine Linie, seinen Geschmack, seine Vorliebe durchgehalten: wortlos nur mit den Formen und Farben des wertlosen Chilenen einigermaßen friedlich entschlafen.

Paolo und sein Freund Sergio waren noch Teenager, als sie Freddie im Krankenhaus besuchten. Freddie hatte die Schule zwei Jahre vor dem Abitur verlassen und war von der Bildfläche verschwunden. Sergio erkundigte sich, erfuhr, dass Freddie krank war und verabredete einen Besuch in der Klinik. Vor dem Zimmer empfing Freddies Mutter die zwei früheren Schulkameraden, die ihre Erklärungen nicht verstanden. Nur dass Freddie ein Problem mit der Milz hatte, dass er sich nicht anstrengen durfte und dass sie nicht länger als zehn Minuten bleiben sollten, daran konnte sich Paul noch erinnern. Im Zimmer machten sie zehn Minuten lang ihre alten Witze. Nachdem Freddies Blick beim ersten Hallo für den Bruchteil einer Sekunde zur Decke ausgewichen war und sein Gesicht blanke Hoffnungslosigkeit ausgedrückt hatte, hielt er tapfer mit. Den Blick verstand Paul erst später, als nach drei Wochen die Todesanzeige in der Zeitung erschien.

Und Ron, der Riese, war siebenundzwanzig: Er rauchte zwar – wie alle im Bridge Circle –, war aber zugleich Ruderer – zu groß und zu schwer für den Spitzensport, aber trotzdem verdammt schnell und Mitglied der ersten Uni-Rudermannschaft.

Sie spielten um die Bridge-Clubmeisterschaft. Vormittags hatte Ron angerufen, um mitzuteilen, dass er sich nicht wohl fühle. Er wisse nicht, ob er um 14.00 Uhr im Circle sein könne. Doch dann kam er pünktlich, etwas blass zwar, aber beim Spiel mit gewohnt herausragender Intuition. Er ritt gerade eine Cœur-Attacke, als er einfach vom Stuhl kippte. Zwei Tische weiter spielte ein Kardiologe, der sofort erste Hilfe leistete, aber schließlich doch nichts mehr ausrichten konnte.

Die Clubmeisterschaft wurde verschoben. Drei Nächte lang konnte Paul kaum einschlafen – Herzrasen. Alles Einbildung.

Die darauffolgenden Jahre machten die Club-Spieler – manche Frauen mit einer Träne im Augenwinkel – Witze über Rons letztes *row*, seinen Herzinfarkt bei der Cœur-Attacke.

Paul müsste einfach nur dankbar sein, dass er Freddie und Ron und viele andere schon so lange überlebt hat. Aber wenn ihnen jemand von Stuvar entgegenkommt – selten genug zum Glück –, der sie kennt, aber nichts vom Befund weiß, hat Paul Freddies Blick. Paul vergisst ihn nicht. Wahr-

scheinlich hat der Blick sich ihm so sehr eingeprägt, dass er ihn jetzt – in einer Situation, die mit seiner vergleichbar ist, nur über fünfzig Jahre später –, ständig hat.
Wenn ihnen jemand entgegenkommt, weichen Pauls Augen nach dem ersten Blickkontakt kurz aus – schräg hinauf – beim Hochsteigen nach Stuvar nach links, bei den letzten Wanderungen auch beim Runtergehen ins Dorf nach rechts, zur Talseite, zum offenen, wolkenfreien Himmel. Und Pauls Gesicht drückt eine Mischung aus Unbehagen und Angst aus, ein kurzes Mienenspiel wie von einem, der etwas verheimlicht, von dem er selbst nicht genau weiß, was es ist.
»Das Weltall-Bild werden sie verkaufen. Was meinst du?«, fragt Paul.
Vierzig oder fünfzig Höhenmeter unterhalb von Stuvar macht der Weg eine Schleife, folgt den Formen des Berghanges hinein in ein schmales Tal, in das sich ein Bach tief eingefressen hat, führt am Wendepunkt über eine Brücke und dann wieder steiler ansteigend hinein in ein Wäldchen. Reto und Luca werden das Weltall-Bild des erfolglosen chilenischen Künstlers bestimmt bald verkaufen – wenn es sein muss, auch weit unter Wert, denkt Paul. Nicht weil sie das Geld bräuchten, sondern weil sie sich einfach davon trennen, aufräumen und einen Schlussstrich ziehen wollen.
Pauls Geschmack hat nicht abgefärbt.
Er glaubt, auch den Grund für die Distanz zwischen Franca und Luca zu kennen. Allerdings weiß er nicht mehr, wie es anfing. Hatte Franca Druck gemacht oder war es Pauls Wunsch?
Der Wunsch, seine Leidenschaft – Bridge – zu verbergen.
Die Jungen wussten von den Erfolgen, sie sahen ja von klein auf die Teller-, Becher- und Pokalsammlungen und die Prämien und Trophäen aus den Anfangszeiten. Jedes Stück bedeutet Erinnerungen an ein sorgloses, fast wildes und für damalige Zeiten luxuriöses Leben, das Franca und Paul

manchmal gemeinsam mit Elsa und Alex durch die halbe Welt, von einem Turnier, von einem Grandhotel zum nächsten führte.
Karten waren Leben. Im Spiel ging er bis an die Grenzen des Denkens. Belohnt wurde er mit Anerkennung, mit Bewunderung, mit verblüfften Gesichtern, mit Neid, mit Geld, mit Omar Sharif, der mit ihm spielen wollte, dann aber am Tisch mehr darüber nachzudenken schien, ob er mit Franca flirten sollte, als über die nächste Karte.
Zwischen den Turnieren die Entspannung in einer Hotel-Ambiance, die sie sich damals nie und nimmer hätten leisten können. Das war die beste, das war die eigentliche Zeit, gekennzeichnet von materieller Unsicherheit, aber gekrönt von Leidenschaft und Freiheit – Werte, die schnell verloren gingen, als Reto zur Welt kam.
Danach begann die bürgerliche Laufbahn, der erste Job als Mathematiklehrer, der Rückzug Schritt für Schritt aus der Turnier-Bridge-Szene, der Prozess der Abstumpfung, die Reduktion der Wahrnehmung, die Ausrichtung auf ein langes, abgefedertes Leben, die Sicherheit, das verlässliche Zuhause für die Familie.
Die Söhne waren stolz auf Pauls Bridge-Erfolge, aber Paul und Franca brachten ihnen nie richtig die Regeln bei. Sie ermunterten die Söhne nie zum Spielen. Und wenn Luca einmal fragte, lenkten sie ihn ab.
»War es ein Fehler, dass wir nie richtig mit ihnen gespielt haben?«, fragt Paul.
»Nein, ich glaube nicht. Wir hatten gute Gründe.«
Sie kannten die Gefahren. Sie hatten die Exempel alternder Spitzenspieler beobachtet, die als heimatlose Bridge-Lehrer begriffsstutziger reicher Damen für eine Saison in besseren Besenkammern von Grandhotels geduldet werden, von einem zum nächsten Engagement weiterziehen und dabei gerade genug verdienen, um sich damit über die Runden zu bringen.

Das war Paul erspart geblieben – wenn auch nur knapp, vielleicht nur dank Francas Bedürfnis nach Sicherheit, das seinerseits nur wegen der Söhne entstanden war.
Also lernten die Jungen Pauls Leidenschaft nur gefiltert kennen. Die Denkformen, die er wirklich liebte, konnte er den Söhnen nicht vorleben. Dafür war Paul der zuverlässige Papa, der sie jeden Morgen liturgisch, über Jahre hinweg mit den gleichen Worten weckte.
Am Montag: Nur noch fünf Tage bis zum Wochenende.
Am Dienstag: Morgen ist schon Wochenteilung.
Am Mittwoch: Toll, Wochenteilung!
Am Donnerstag: Nur noch zwei Tage bis zum Wochenende.
Am Freitag: Geschafft! Der letzte Schultag!
Und am angeblich so ersehnten Wochenende selbst herrschte ein zunehmend spießiger werdendes Familienleben. Paul hätte nicht gedacht, eine solche Bilanz ziehen zu müssen, aber es war alles in allem ziemlich fad gewesen.
Als Paul das kurz nach dem Befund Franca erzählt, ist sie enttäuscht, verärgert und widerspricht heftig. Sie erinnert ihn an die »Brallys«, die er organisierte: Bridge-Turniere als Schnitzeljagden für Paare, die mit Autos durch die halbe Innerschweiz fuhren, von Etappe zu Etappe, mit Übernachtungen, und das alles für über vierzig Teilnehmer. Paul und Franca lachen, als sie sich an den Notruf erinnern, der sie von einem verloren gegangenen Paar nach dem Abendessen erreichte. Das Paar war auf dem Pfannenstiel, zwei Aussichtsberge weiter westlich, gelandet, und hatte sich standhaft geweigert, den Notbrief zu öffnen, weil es die damit verbundenen Abzugspunkte vermeiden wollte.
Die Vorbereitungen für die Brallys dauerten Wochen. Und für viele Teilnehmer waren diese dann schöner als Ferien. »Und unsere Söhne waren von Anfang an dabei und hatten ihren Spaß, auch mit Kindern anderer Teilnehmer. Sie waren stolz, dass ihre Eltern solche Turniere auf die Beine stellten!«, sagt Franca.

Oder das Plaininpigna-Essen in Sins. Plaininpigna, eine Engadiner Spezialität, besteht hauptsächlich aus Kartoffeln und Salsiz, einer Engadiner Salami. Jede Familie hat ihr eigenes Plaininpigna-Rezept: Geheimgewürze und mal mehr oder weniger Mehl oder Fett. Ob auch die Art des Schneidens (in Würfel, in Streifen, in Scheibchen) der Kartoffeln und der Salsiz den Geschmack beeinflusst, war ein strittiger Punkt. Eine Jury entschied über acht verschiedene Plaininpignas. (Manche randulins setzten als Geheimwaffe italienische Salami ein statt Engadiner Salsiz.) In Sins erzählt man sich heute noch von dem Wettkochen.

Oder »Quick-Indianer«, ein Brettspiel für die Söhne, das man hätte patentieren müssen. Oder das Hörspiel, das Paul mit den Söhnen auf dem Tonbandgerät mit den Stereomikrofonen aufnahm, das Reto zu Weihnachten bekommen hatte.

Manchmal hält sich Paul beim Bilanzieren für zu selbstkritisch. Oder vielleicht ist das auch seine Art, nach Komplimenten zu fischen.

Und doch: Wie die Wochengliederung waren die Motivationsformen auf langen Wanderungen geprägt von etwas Schleppendem, von einer Durchhaltementalität. Bei schlechtem Wetter der Endlos-Spruch: *Char sulai, char sulai / ve pro mai / ch'eu na poss star sainza tai. Liebe Sonne, liebe Sonne / komm für mich / denn ich kann nicht sein ohne dich.*

Char sulai ..., eine im Gehen gesprochene Litanei, aber kein Marsch. Die Schrittlängen von Paul, Franca, Reto und Luca waren verschieden. Nie entstand durch die vier Paar Wanderschuhe ein gemeinsamer Rhythmus.

Der Blick richtete sich beim Sprechgesang oft gen Himmel. Die Helligkeit der Wolken, ihre Ränder und Bewegungen wurden beobachtet und in Singpausen kommentiert. Begann es trotz des gebetartigen *char sulai* zu tröpfeln, wurde die Sprechgeschwindigkeit schneller, der Ton, in dem die Strophe vorgetragen wurde, beschwörender. Blieb die Wirkung der rätoromanischen Worte ganz aus, machten Luca und Reto sich manchmal einen Spaß daraus, in der nassen und einsamen Bergwelt gegen die Wolkendecke hinauf und gegen den einsetzenden Regen *ve pro mai* oder *eu na poss star sainza tai* zu schreien, wobei sie die Reihenfolge des Textes nicht mehr beachteten und die Verse wie Schauspieler flehentlich oder wütend deklamierten. Das Theater endete schnell damit, dass Franca die Regenjacken aus dem Rucksack zog, und der Glaube der Salamun-Söhne an die Macht der rätoromanischen Sprache schwand. Aber manchmal ließ der Regen nach und hörte sogar ganz auf, worauf die Steine am Wegrand schnell trockneten und zwischen den sich teilenden Wolken blauer Himmel zu sehen war. Wenn später auch noch die Sonne zum Vorschein kam, haftete der Wanderung am Ende ein großer Respekt für das Rätoromanische und ein wie nach erhörten Gebeten fast religiös anmutendes Glück an, weshalb *char sulai* in allen ähnlichen Situationen auf Wanderungen immer erklang. Schon die Vorfreude auf den langsam schneller werdenden Sprechgesang bei einsetzendem Regen hatte den positiven Effekt, dass die Söhne auch bei unsicherer Wetterlage weiterwanderten, ohne zu murren.

Reto trat in Pauls Stapfen, aber ohne Risiko, ohne Bridge, auf einer bürgerlichen Laufbahn von Anfang an.
Luca lehnte Lehrberuf, Karriere und Wissenschaften ab.
Im Musikzimmer in Siena war Paul aufgefallen, dass Luca eine Zeitungsnachricht ausgeschnitten hatte, in der über den Tod einer Pianistin berichtet wurde. Luca hatte sie gekannt. Wenn er das vergilbte Papier im Vorübergehen sehe, mische sich die Erinnerung an Maya mit Trauer, mit Dankbarkeit und mit Erleichterung, am Leben zu sein. Das gebe ihm das Gefühl, durchhalten und weiter Musik machen zu müssen, sagte Luca.

»Wird Luca ein Foto von uns an die Wand hängen, wenn das vorüber ist?«, fragt Franca auf der Brücke.
»Ich bin sicher, dass er dann eines oder sogar zwei aufhängt«, sagt Paul. »Vielleicht das alte Schwarzweißfoto, auf dem du mir nach einem Ball mit einem Tuch einen Schminkflecken von der Schläfe wischst. Oder das neue: Wir auf der Larisch-Terrasse. Du mit ausgestrecktem Arm, die Hand mit der Zigarette schwebend über dem Aschenbecher. Wir blicken beide nicht in die Kamera. Christina hat es gemacht, bevor wir etwas gemerkt haben. Wir sind beide ganz entspannt. Ja, so werden sie uns in Erinnerung behalten. Nicht als Greise im OP-Hemd.«

Paul bleibt stehen, stützt sich auf das Geländer, schützt mit der linken Hand die Flamme des Feuerzeugs, zieht, hört das Knistern des Tabaks und blickt hinab in das Tal, auf das Staubecken, das wie ein großes Freibad aussieht, und auf die Dächer von Sins – jetzt mit dem Gefühl, es in den vergangenen Jahren die vielen Male davor nicht bewusst genug gesehen zu haben.
Er hängt an diesem Panorama, an den Konturen des Piz Pazlin und des Piz Larisch, an dieser Luft, an diesem Gurgeln des Baches unter dem Schnee und unter den Eisplatten. Er hängt daran, so wie Elsa am Leben, als sie auf Pauls Sofa saß, im Bewusstsein der Unabänderlichkeit des Befundes, das Whiskyglas in der zitternden Hand, so dass die Eiswürfel mit leisem Klirren gegen das Kristall schlugen. »Ich will nicht«, sagte sie und wiederholte es einige Male, manchmal aggressiv und kämpferisch, manchmal hoffungslos und traurig, wie ein Kind, das noch nicht ins Bett gehen will. *A dodi,* Elsa, hätte er am Ende des Abends beinahe gesagt.

Paul hat alles vorbereitet, doch je näher der Zeitpunkt rückt, desto mehr Unbeantwortetes und Unvorhergesehenes taucht auf. Es ist wie vor einer Abreise, nur dass es diesmal die letzte Fahrt oder der letzte Flug ist und dass es Paul egal sein könnte, ob er alles eingepackt und in dem Haus, das er zurücklässt, alles geordnet hat.

Und was geschieht mit ihren Kleidern, wenn es vorüber ist? Die Kleider, die wahrscheinlich verschwitzt sind, die man ihnen ausziehen wird. Wer kümmert sich um ihre letzten Kleider?, fragt sich Paul und blickt hinab auf seine Hose, sieht den Pullover, die Hemdsärmel darunter und denkt, dass er sich nicht umziehen muss, bis auf frische Unterwäsche.
Von alldem sagt er Franca nichts.

Paul blickt in den blauen Himmel, in den sich bei den Gipfeln eine Mischung aus verwehtem Schnee und Nebel drängt. Der Himmel ist an den Rändern der Wolken beim Pazlin nicht mehr tief blau, sondern milchig. Diese neblige Fläche breitet sich langsam aus.

Reto hat immer gesagt, dass man ihn nach seinem Tod kremieren und die Asche auf dem Piz Nalains verstreuen soll. Paul gefällt die Vorstellung, aber er ist heilfroh, dass Franca und ihm erspart geblieben ist, den Tod eines Sohnes erleben zu müssen. Denn auch das wäre möglich gewesen. Paolos Bruder Silvio war es mit einem Sohn so ergangen.

Hinauf durch das Wäldchen bis zum Hof Stuvar, dann hat er die letzte Steigung seines Lebens hinter sich. Zwei Faktoren irritieren ihn noch.

Das Ende selbst ist unbekannt. Ein neues Erlebnis, das vielleicht nicht glücklich macht. Und vor dem Unbekannten sollte man Angst haben. Aber das Ende ist so schrecklich banal. Darüber hat er sich schon vor fünfzig Jahren einmal den Kopf zerbrochen und beschlossen, dass es sinnvoller ist, (das heißt: sinnvoller war), über das Leben und nicht über den Tod nachzudenken.

Die triviale Schlussfolgerung daraus lautet: Je glücklicher einer im Leben ist, desto ängstlicher ist er angesichts des Todes. Und der Umkehrschluss: Je unglücklicher einer im Leben ist, desto freudiger erwartet er das Jenseits.
Ist Paul glücklich und Franca unglücklich im Leben?
Paul ärgert es, nicht mehr verstehen zu können, warum er – der früher ein guter Bridge-Spieler war –, später nicht in der Lage war, tiefgründiger über das Leben nachzudenken. Aber das wenige Nicht-Mathematische, das ihn von der Außenwelt, durch Franca, durch die Söhne oder einige Bücher erreicht hat, konnte ihn auch nicht überzeugen, mit anderen Mitteln mehr von Leben und Tod zu verstehen.

Dann fragt er sich, ob er seine Geheimnisse mit ins Grab nehmen soll oder nicht. Das war eigentlich der einzige wirklich offene Punkt, der ihn in den letzten Jahre beschäftigt hat.
Sorgen bereitet ihm die Evidenz-Erfahrung – schon aus der Kindheit –, dass das Eingestehen eigener Fehler es leichter macht, damit umzugehen. Der Effekt der Beichte.
Möglicherweise hilft es, wenn jemand sagt: das kann ich verstehen?

Franca und Paul saugen mit den Blicken alles auf: die hügeligen Schneefelder, in denen die Eskimos viele verschiedene Weißtöne erkennen könnten. Und sie hätten auch die passenden Wörter dafür. Angeblich mindestens zwölf. Jetzt versuchen Paul und Franca ein paar Weißtöne mehr zu sehen als normalerweise. Ja, die Stellen, die länger im Schatten bleiben, unterscheiden sich von den stundenlang sonnenbeschienenen Plätzen, und die Kuppen, auf denen der Wind weht, unterscheiden sich von den Senken. Schatten, weißer als bleich. Tierspuren: Paul hat nie gelernt, sie zu lesen. Rehe, Füchse oder nur spielende Hunde.

Paul sieht sich satt an den Schattierungen von Weiß.
Sie stehen noch immer auf der Brücke. Er blickt Franca wieder von der Seite an. Er rät. *Indovina.* Am Ende jeder Berechnung, am Ende der möglichst exakten Bestimmung der Wahrscheinlichkeiten, bleibt nur noch das Raten. *Indovinare.* Ein viel zu schönes und weiches Wort für den schrecklichsten Vorgang, für den schlimmsten Moment eines jeden Mathematikers am Bridge-Tisch oder sonst wo. Aber ein unvergessliches Wort im Zusammenhang mit den 635.013.559.600 möglichen Händen. Ein Wort, das zugleich den großen Kitzel bezeichnet, den Reiz und die Reizung des Bridge-Spiels. Kein Wunder, dass es so klingt, als wäre es göttlichen Ursprungs: *indovinare, divinare, divino.*

Indovina. Sie schwenkt ganz langsam den Kopf hin und her. Mit halb geschlossenen Augen. Das Gesicht von der Sonne beschienen, zwischen Schmerz und Freude.
Sie könnte an die letzte Eisenbahnfahrt mit ihrem Vater denken.
Aber er fragt sie nicht.
Sie saß irgendwo in der Mitte des Zuges von Basel nach Genf. Im Abteil befanden sich noch ihre Schwester und die Mutter.
Vermutlich stand Franca damals unter Schock. Und niemand hat es bemerkt. Dieser Schock löst bis heute, bis jetzt Nachbeben aus.
Franca war erst einundzwanzig Jahre alt. Im Spital Basel gab es einen Spezialisten, auf den die Familie ihre Hoffnungen gesetzt hatte. Der Facharzt öffnete den Bauch ihres Vaters und schloss ihn wieder, ohne etwas herauszuschneiden, weil es schon viel zu spät war. Wenige Tage danach starb Francas Vater.

Auf der Rückfahrt von Basel nach Genf war auch ihr Vater dabei. Damals transportierte die Bundesbahn noch Leichen. Er fuhr in einem anderen Wagen mit, ganz hinten, bei den Fahrrädern und den Postsäcken.
Franca muss damals im Zug so ausgesehen haben wie heute. Die Augen halb geschlossen, den Kopf langsam hin- und herwiegend, den Bewegungen der Eisenbahn folgend, einen abgrundtiefen Schmerz und eine unendliche Niedergeschlagenheit verbergend.
Paul und Franca kannten sich schon seit einigen Jahren und Paul wunderte sich, dass seine Ängste unbegründet blieben, dass Franca sich nicht von einem der älteren Bridge-Spieler verführen ließ, um einen Ersatz für ihren Vater zu bekommen. Es gab viele alte Herren, die gerne zugegriffen hätten. Nein, sie blieb bei Paul. Und er weiß immer noch nicht, warum. Vielleicht, weil er richtig reagiert hatte, als sie ihm erzählte, was sie während jener Zugfahrt andauernd denken musste.
Rückblickend glaubt sie, dass sie an fast nichts anderes gedacht hatte als an ihren Vater – klar – aber nicht im Allgemeinen, sondern nur an ihren Vater dort hinten, im selben Zug, und wie unangenehm es für ihn sein musste, während der Fahrt in den Kurven im engen Sarg gegen die Holzwände gedrückt zu werden. Sie wehrte sich nicht gegen das manchmal ruckartige Schaukeln der Eisenbahn und wusste, dass ihr Vater wenige Sekunden später, einige Wagons weiter hinten, auf exakt dieselbe Weise, in derselben Stärke geschaukelt wurde. Sie dachte, dass es für ihn unbequem sein musste. Sie litt mit ihm.
Paul hat vergessen, was er darauf sagte. Sie wüsste es wahrscheinlich jetzt noch.

Leibniz wurde siebzig. Leonardo Pisano, genannt Fibonacci, gab sein letztes Lebenszeichen mit sechzig von sich und Montaigne ist fast sechzig geworden. Pauls Lieblingsdenker

haben für die damaligen Zeiten lange gelebt. Paul ist noch älter als seine Denker geworden.
Andere Menschen sterben zu früh: Tausende von Toten auf den Straßen. Auf dem Weg nach Stuvar ist kein Platz für Autos.
Das Schlimme ist, dass die Verkehrstoten keine Zeit mehr haben, sich über die verlorene Zeit, über die Peinlichkeiten, die vergeblichen Wünsche ihres Lebens klar zu werden.
Sie können den befreienden Seufzer nicht machen wie Franca, als sie Paul erzählte, wie lange und wie stark sie darunter litt, dass nach einem Wohnungswechsel eine Nachbarin ihr vorwarf, nicht jeden Tag – wie angeblich alle Hausfrauen in dem Viertel – die Betten zum Auslüften aus dem Fenster zu hängen. Franca wollte immer perfekt sein und nahm sich die Kritik, über die Paul und Franca später so lachen mussten, damals zu Herzen. Ja, sie litt darunter. Und unter noch so vielen anderen Kleinigkeiten.

Den Hof Stuvar sieht man bis zuletzt nicht. Man muss durch das Wäldchen, ein letztes, steiles Stück hinauf und plötzlich steht man davor. Stuvar ist genau genommen kein gutes Ziel, denn es ist kein Gipfel. Dahinter ziehen sich die Hänge weiter in die Höhe bis zum Piz Nalains. Stuvar ist weder unten noch oben. Es war trotzdem jahrelang der Wendepunkt ihrer Spaziergänge.
Stuvar ist ein alter, im Winter manchmal unbewohnter Hof. Die fast schwarzen Holzbretter der Scheune stehen windschief zwischen vier bröckelnden Eckmauern aus Naturstein und Mörtel. Das Weiß dahinter blendet noch stärker als die Schneehügel auf dem Weg hierher.
Der Hof Stuvar sieht aus, als könnte er jeden Moment wie ein Kartenhaus zusammenkrachen. Doch er steht schon seit Generationen und wird es noch lange tun.
Paul weiß nicht mehr genau, wann er sich zum ersten Mal vorgestellt hat, das Leben könne ein Bridge-Spiel sein, ein

verschränktes Geschehen von Zufällen und Gesetzmäßigkeiten. Vielleicht hier, auf einer der vielen Sommerwanderungen. Das war die Art, wie sich Jugendliche früher hier vergnügten. Mit Wanderungen, die vor der Morgendämmerung begannen. Abends kam man mit etwas Glück noch vor Sonnenuntergang nach Hause.

Wer mischt die Karten? Gott, der auch würfelt? Mischt er? Teilt er aus? Paul hatte gute Karten: bürgerliches Elternhaus als Auslandschweizer in Neapel; Kindermädchen im Palazzo; eigene Bar und Zuckerbäckerei der Eltern. Wenn die Geschäfte schlecht liefen, hörten die Kinder nachts durch die Zimmerwände das nervöse Husten Gian Salamuns. Wenn sie gut liefen, war es nachts still und die örtliche, auch politische Prominenz traf sich in der Bar Salamun. Ein wunder Punkt im Verhältnis Paolos zu seinem Vater Ende der dreißiger Jahre, denn Gian erlaubte auch den Besuch von Faschisten.

Später verharmloste Paolo den Vater-Sohn-Konflikt, indem er gerne die Anekdote erzählte, bei der ein Gast, der die Bar mit vier Freunden betritt und mit erhobenem Arm und offener Hand laut fünf Kaffee bestellt, plötzlich erstarrt, weil es schlagartig still wird im Lokal, in dem sich keine Faschisten befinden und er seinen ungewollten Duce-Gruß bemerkt. Der Gast ändert die Bestellung: »Cinque caffè ristretti«, und ballt die Hand zur Faust, ohne den gestreckten Arm zu senken.

Am Ende des Krieges war Paul in der Schweiz und noch zu jung für den Aktivdienst; danach folgten Studium, Rekrutenschule und Bridge, während die halbe Welt noch in Trümmern lag. Schließlich der wachsende Wohlstand und die zufriedene Familie. Keine Katastrophen, bis zuletzt nicht. Das Ergebnis seines Lebens sollte ein Schlemm sein.

In den ersten Jahren haben sie sich oft gefragt: »Was denkst du?« Je nach Gelegenheit fragte mal Franca, mal Paul. Ir-

gendwann haben sie damit aufgehört – nicht plötzlich – zunächst stellten sie diese Frage immer seltener, schließlich gar nicht mehr. Paul weiß nicht, seit wie vielen Jahren er sie nicht mehr gefragt hat: »Was denkst du?«
Paul erinnert sich an Alex, der sich beklagte, dass er oft Elsa fragte, was sie denke, dass aber umgekehrt sie das nie von ihm wissen wollte.

Paul und Franca sitzen auf der Bank vor dem windschiefen Hof Stuvar und rauchen.

> Der Tod ist die Ruhe, aber der Gedanke an den Tod ist der Störer jeglicher Ruhe.
> *Cesare Pavese*

»Freust du dich?«, fragt er ihr zugewandt und bläst den Rauch in die andere Richtung.
»Worauf?«
»Auf das, was danach kommt.«
»Du weißt auch nicht, was danach kommt.« Sie ist entspannt. Vielleicht waren die Yoga-Übungen nicht umsonst.
»Nichts, wahrscheinlich.« Das Wort »wahrscheinlich« sagt Paul nur, weil er ein Harmonieschwein ist. So hat ihn Elsa einmal während einer Bridge-Pause vor allen anderen genannt. Es ist hängen geblieben. Wenn Franca ausnahmsweise mal richtig wütend war, hat sie ihn »Harmonieschwein« genannt. Es ist wirklich schwierig, sich mit Paul zu streiten. Er unternimmt schon im Vorfeld sich ankündigender Spannungen alles, um die Situation zu entschärfen und übt dabei eine sanfte, aber bestimmte Autorität aus, die gute Gespräche und andere Meinungen, aber keinen wirklichen Widerspruch zulässt. Nur selten wird er ärgerlich: Schlacksi Schlemi hat ihn Franca nur einmal und seither nie wieder genannt.
»Möglich«, sagt sie.

»Ein traumloser, langer, endlos langer Schlaf – wahrscheinlich. Kein Grund sich vor dem Einschlafen zu fürchten. Aber auch nicht gerade ein Grund zur Freude.«
»Nein«, erwidert sie nach einer Pause, in der sie die Kippen mit den Fußspitzen im Schnee versenken. »Ich freue mich auch nicht. Wenn ich nur an Nora denke. Wie sie mit Schneematsch, Kieseln, Asche, Zigarettenfiltern und Grashalmen eine Minestrone gekocht hat! Du hast selber gesagt, dass sie mir immer ähnlicher wird. Wenn du mit ihr spielst, strahlst du richtig. Ich hätte Nora gerne weiter wachsen gesehen.«
Sie legt die Stirn in Falten. »Wir müssen nur richtig loslassen. Wie bei einer Reise ohne Rückweg. Oder wie bei einem Fallschirmsprung. Nur dass der Flug ewig dauert und man nie mehr landet. Einfach nur loslassen. Ich bin so weit.«
»Ja, ich weiß. Und das bewundere ich«, sagt Paul und gibt ihr einen flüchtigen Kuss auf die Wange.
Sie lacht. »Wenn ich nur die kleine Nora wäre, dann könnte ich dieses Strahlen in dein Gesicht zaubern.« Dann zieht sie ihr Päckchen aus der Manteltasche und steckt sich wieder eine Zigarette an.

Vielleicht fällt es ihm deshalb schwer loszulassen, weil er nicht genau weiß, was beim Loslassen passiert. Was mit dem Körper geschieht, ist klar. Aber der Geist? Leider hat Popper sich bei dieser Frage nur mit der Geburt beschäftigt: *Ist ein neugeborener Säugling ein Ich? Ja und nein. Er fühlt: Er kann Schmerz und Freude fühlen. Aber er ist noch keine Person im Sinne der Kantischen Sätze ... So ist ein Säugling ein Körper – ein sich entwickelnder, menschlicher Körper – bevor er eine Person, eine Einheit von Körper und Geist wird. Zeitlich ist der Körper vor dem Geist, dem Bewusstsein, da. Das Bewusstsein ist eine spätere Errungenschaft ... Es ist ziemlich klar, dass die Identität und Integrität des Ich eine physische Basis hat. Sie scheint ihren Sitz im Gehirn zu haben.*

Auf den Beginn seines Lebens hat der Mensch keinerlei Einfluss. Entstanden ist Paul wie jeder Mensch dank eines »Zufallstreffers«, wie Jacques Monod es nennt. Das stört den Bridge-Spieler, der mit seinem Suizid gerade nicht einen unberechenbaren und willkürlichen früheren Zustand wiederherstellen will, sondern eher eine Art Bewusstlosigkeit erreichen möchte, ein »nichtiges Nicht« wie es Jean Améry an den Grenzen des Seins und der Sprache entlang beschreibt.

Auf das Ende kann der Mensch Einfluss nehmen. Was geschieht, wenn das Gehirn aufhört zu funktionieren? Wie löst sich die Einheit von Körper und Geist auf? Und was passiert mit Letzterem?

Der Gehirnphysiologe John C. Eccles lässt immerhin den Schluss zu, dass der Geist, den er mal »Ich«, mal »Bewusstsein« nennt, schlicht endet und sich auflöst wie Nebel in der Sonne, wenn das Gehirn nicht mehr aktiv ist: *Jeder von uns weiß, dass er eine Person ist. Aber es scheint keinen bestimmten Teil des Gehirns zu geben, der diesem Ich entspricht; es scheint im Gegenteil so, dass das gesamte Gehirn hochaktiv sein muss, um mit dem Bewusstsein verbunden zu bleiben – eine Zusammenarbeit von unvorstellbarer Komplexität.*

Gregory Bateson hingegen wagt sich einen Schritt weiter vor: *Es ist verständlich, dass wir in einer Zivilisation, die den Geist vom Körper absondert, entweder versuchen, den Tod zu vergessen oder Mythologien über das Überleben des transzendenten Geistes zu bilden. Wenn aber der Geist nicht nur den Informationsbahnen immanent ist, die im Körper lokalisiert sind, sondern auch denen, die außerhalb liegen, dann nimmt der Tod einen anderen Aspekt an.*

Vor einigen Jahren fragte Nora ihre Großmutter: »Wo war ich, als du geheiratet hast?« Und Franca gab ihr die Standard-Antwort: »Da bist du noch mit den Mücken herumgeflogen.«

> Die Besinnung auf den Tod ist die Besinnung auf die Freiheit. Wer sterben gelernt hat, der hat das Dienen verlernt. Die Kunst zu sterben befreit uns von aller Unterwürfigkeit und allem Zwang.
> *Montaigne*

Während Alexanders Militärdienstes nutzte Elsa ihre Solo-Zeit, um eine ausgedehnte Italienreise zu unternehmen. Alle zwei bis drei Tage schrieb sie ihm. Niemand in Pauls Kompanie erhielt so viele Briefe wie Alex. Als Alex einmal wieder auf seiner Pritsche lag und Elsas Briefe las, wagte Claudio eine dumme Bemerkung: »Du glaubst doch selber nicht dran, dass sie dir so lange treu bleibt.« Alex wurde weiß vor Zorn. Claudio nahm sofort alles zurück. Bei einer Prügelei gegen Alex hätten alle im Schlafsaal den kürzeren gezogen.

Samstagabend, eine Kneipe außerhalb der Kaserne: »Was meinst du, ist sie treu?« Breitschultrig, in Uniform und doch hilflos wie ein Kind blickte Alex in sein Campariglas.
Paul wusste, wie lebenslustig Elsa war. Es schien ihm nicht richtig, alle Bedenken einfach vom Tisch zu fegen. Damals muss Alex' Eifersucht angefangen haben. »Du weißt schon, Italien: Sonne, Meer, Strand, Ferien ... Ganz ungefährlich ist das nicht. Aber sie schreibt dir doch ständig. Das würde sie nicht tun, wenn sie dich nicht mehr liebte. Gibt es denn irgendwelche Hinweise?«
»Nein, nichts. Ich lese alle Briefe mehrmals. Ich kann es mir nicht vorstellen.«

Nach der Militärzeit ließ er sich von ihr jeden Tag der Reise einzeln erzählen. Danach verglich er heimlich ihren mündlichen Bericht mit den Briefen. Ein Detail machte ihn stutzig. Sie hatte ihm nichts von der Exkursion auf die Insel Elba geschrieben, jedoch nach ihrem Wiedersehen ausführlich und begeistert darüber berichtet. Eine zufällig zusammengewürfelte Reisegruppe hatte die Überfahrt gebucht – eine Übernachtung auf der Insel – und danach die Rückfahrt. Alex ließ sich noch einmal alles haarklein schildern. Am Ende ihres Berichts fragte er sie plötzlich, warum sie ihm davon nichts geschrieben hatte. Elsa zögerte einen Augenblick. Bevor sie eine Erklärung dafür fand, hakte Alex nach. Ob sie nicht jemanden kennen gelernt habe auf der Exkursion? Elsa schwieg, perplex. Ja, sie habe bestimmt jemanden kennen gelernt, bohrte Alex. Und er ließ nicht locker, bis sie ihm alles bis in die letzten Einzelheiten gebeichtet hatte.

Alex hat sich davon nie mehr richtig erholt. Er wurde ein Opfer seiner eigenen Überredungskunst. Zuckersüß erklärte er ihr, dass er nur Frieden fände, wenn sie ganz ehrlich und offen zu ihm wäre. Und für sie selbst wäre es auch besser. Nur so könnte ihre Beziehung wieder auf sicheren Beinen stehen. Während dieser Reden wirkte Alex klar und ruhig. In Wirklichkeit verstellte er sich. Und sie gab ihm unwissentlich den Rest, weil sie ihn für vernünftig hielt. Zunächst widerwillig berichtete sie ihm alles.
Zwei Details brannten sich in Alex' Gedächtnis: Wie der Kerl mit Elsa abends auf einem Bänkchen am Heck des Schiffes sitzend bereits auf der Hinfahrt ihr zum ersten Mal in die Hose griff. Nicht dieser Vorgang an sich machte Alex zu schaffen, sondern das verhaltene Leuchten ihrer Augen, während sie es erzählte. Und dass sie beim Abschied von dem Kerl weinen musste. Auch das verwand er nie. Dabei hatte sie ihm, erfuhr er später von ihr, das Schlimmste noch vorenthalten: ihren besten Sex, auf der Rückfahrt von Elba, stehend in einer fensterlosen und tropfnassen Gästedusche unter Deck, unterhalb der Wasserlinie. Sie nach hinten gebeugt mit dem Rücken an die gewölbte Schiffswand gelehnt. Beide schürften sich die Haut auf. Er die Ellbogen,

die Unterarme und die Knie. Sie den Rücken und den Hintern. Als sie am Ende überrascht die Blutspuren sahen, lachten sie. Später die schönsten Erinnerungen in Form kleiner Krusten.

Alex las manchmal wieder die beiden Briefe, die sie ihm vor dem Ausflug zur Insel und danach geschrieben hatte. Er suchte verzweifelt nach irgendwelchen Hinweisen auf das Abenteuer. Aber er konnte nichts feststellen. Und deshalb traute er ihr seither nie wieder. Sie blieben zusammen, aber Alex unterstellte ihr in jeder Hinsicht und immer die Möglichkeit, dass sie ihn anlog.

Mit fünfunddreißig hatte Paul den Zenit erreicht und die Weichen gestellt – auf Sicherheit und auf eine relative Bequemlichkeit. Er hatte den Eindruck, im Bridge alles erreicht zu haben – mehrfacher Landesmeister und die beste Platzierung, die seine Nationalmannschaft bei Europameisterschaften je erreicht hat. Hätte er sich duplizieren können, hätte er mit sich selbst gespielt, sie hätten alle Gegner der Welt geschlagen. Er hätte nicht nachgelassen, bis er und er die unangefochtene Nummer eins gewesen wären. Er hat auf vielen Turnieren immer wieder einen solchen Partner gesucht, hat viele faszinierende Denker kennen gelernt, aber die Variante seines Ichs war nie dabei. Vielleicht hätte er nicht locker lassen sollen. Vielleicht hätte er weiterforschen, tiefer eindringen und ein System entwickeln sollen, das es sogar Alex erlaubt hätte, an seiner Seite unschlagbar zu werden. Vielleicht hat er sich zu früh aus dem Wettkampf-Bridge zurückgezogen. Denn danach wurde das Leben einfach.
Paul war Mitte vierzig, als er das Gefühl hatte, ein zweites Leben zu beginnen. In Schüben schwappte das erste herüber in das zweite. Es wirkte auf ihn wie eine eigenständige, in sich abgeschlossene, autarke Biographie, die er oft aner-

kennend zur Kenntnis nahm, mit seiner aktuellen verglich, und dachte: Was und wie empfand ich doch damals!

Ich heute und ich damals, das sind zwei. Aber wann ich der bessere war? Ich kann es nicht sagen, gesteht Montaigne. Welch frische Gefühle Paul früher hatte – beim Bridge-Spiel, beim Betrachten der Oberfläche der Erde, beim Lesen! Aus konkreter, farbintensiver Wahrnehmung wurde unversehens blasse Erinnerung. Und manchmal kostete es ihn Mühe, im zweiten Leben diese Wahrnehmung auf Trab zu bringen – angesichts der Erinnerungen an das erste. Aber auch angesichts der deutlich weniger spektakulären Ereignisse im zweiten.

Jetzt denkt Paul, dass bei Franca diese Empfindung früher einsetzte und intensiver wirkt als bei ihm. Wenn er seine verstärkt, versteht er Franca.

Kräfte, die einen hier behalten wollen.

Und: Kräfte, die einen ziehen, hinüberziehen.

Hier: All das Angefangene. All das nicht zu Ende Gedachte und zu Ende Gearbeitete.

Schon als Kind: die Geige aufgegeben.

Fäden in viele Richtungen gesponnen. Liegen gelassen. Nie wieder aufgenommen.

Jeder Faden eine kleine Niederlage.

Mangelnde Ausdauer. Mangelndes Durchhaltevermögen.

Ein Leben voller kleiner nicht ausgeführter Pläne, nicht durchgeführter Projekte, nicht verwirklichter Träume.

Das hält einen hier wie die Schwerkraft den müden Schwan, der den kilometerlangen Wasserkanal als Startbahn benutzt und nicht hochkommt.

Dort: Was einen hinüberzieht. Die Möglichkeit, sich nie mehr darüber ärgern zu müssen.

Kräfte, die einen hier behalten wollen. Der Mot da Set Mezdis. Er liegt hinten im Osten etwa in der Mitte zwischen

Sins und der Val Plaja, aber natürlich höher, ja, etwa auf der Höhe von Stuvar.
Paul blickt hinüber. Es gibt keinen erkennbaren Pfad, der auf den Mot da Set Mezdis führt. Auch im Sommer nicht. Man muss sich für einen der Hirtenpfade entscheiden und am besten mit Kompass, Karte und Höhenmesser wandern, weil es kein Gipfel ist, wie der Name vermuten lässt, sondern ein unscheinbarer Hügel. Wenn es oben keine verwitterte Holztafel gäbe, könnte man nie ganz sicher sein, wirklich auf dem Mot da Set Mezdis zu sein – es sei denn, man hört die Glocken der sieben Kirchtürme läuten.

Polín weiß nicht mehr, wie oft er oben war. Mindestens sieben Mal. Und immer hat er sich sehr darauf gefreut. Denn dort hört man wirklich die sieben umliegenden Dörfer: Set Mezdis – das siebenfache Mittagsläuten. Ein großes, lang gezogenes und ununterbrochenes Dong rundherum. Das haben ihm die Alten von Sins versichert.
Er hat es nie gehört. Entweder waren sie zu viele auf der Wanderung und haben am Ziel nicht aufgepasst und geredet, als es so weit gewesen wäre, oder sie sind zu spät angekommen oder es hat zu regnen begonnen. Oder sie haben es nicht gefunden.
Er hätte einmal alleine gehen sollen, um die Glocken aus Pradotia, Plabell und Camplung im Osten, aus Tulais und Sins im Süden und aus Avaina und Froi im Westen gleichzeitig zu hören. Aber hat Tulais überhaupt eine Kirche? Nein, Tulais ist zu klein, liegt im Winter fast den ganzen Tag im Schatten unten am Fluss. Nein, nicht Tulais, wahrscheinlich hört man noch die Glocken von Falain oder von Adina. Es müssen die von Adina sein. In Falain gibt es mehrere Hotels, Frei- und Hallenbäder und einen Golfplatz, aber keine Kirche. Siebenfaches Kirchglockengeläut versäumt. Hält das einen Atheisten zurück? Es ist einfach nur schade, dass er nicht einmal mehr genau weiß, welche Dör-

fer es sind, die zu den sieben hörbaren gehören. Vor zehn Jahren hätte er es noch gewusst. Paul wird dem nicht mehr nachgehen.

Man könnte sich noch streiten: Peider und Luisa zum Beispiel. Etwa Pauls und Francas Jahrgänge. Sie aus Sins und inzwischen nach einem etwa fünfzehn Jahre währenden Kampf gegen Brustkrebs gestorben.
Vor kurzem erzählte Peider die Höhenmesser-Geschichte, die sich nur etwa fünf Jahre vor Luisas Tod abgespielt hatte. Peider und Luisa haben vier Söhne großgezogen. Alle vier sind längst erwachsen, haben geheiratet und ihrerseits etliche Kinder gezeugt. Es folgten die Trennungen. Kurz vor der Höhenmesser-Geschichte ließ sich auch noch der vierte Sohn scheiden. Erwachsen, italienisch *adulto,* englisch *adult – adultery.*
Paul versteht nicht, wie das möglich ist – bei einem so harmonischen elterlichen Vorbild. Peider und Luisa waren bis zuletzt ein wunderbares Paar, und Paul war erschüttert, als er zum ersten Mal in seinem Leben Peider weinen sah. Er stand vor Luisas offenem Grab und heulte wie ein Kind.
Als sich die Höhenmesser-Geschichte ereignete, war die Stimmung wegen der vierten Scheidung gerade etwas angespannt. Bei einer Wanderung oberhalb von Sins beschlossen sie deshalb, ein Stück weit alleine zu gehen und sich dann – etwa zwei Stunden später – auf dem Mot da Set Mezdis wieder zu treffen, um von dort aus gemeinsam runter nach Sins zu wandern. Doch dazu kam es nicht. Luisa wartete auf dem Mot da Set Mezdis etwa zwei Stunden lang und ging dann wütend allein nach Hause. Peider wartete etwa drei Stunden auf einem Hügel, der dem Mot da Set Mezdis sehr ähnlich ist, nur etwa einen Kilometer nordwestlich davon, also etwas höher gelegen. Als auch er wutschnaubend zu Hause ankam, machten sie sich gegenseitig die heftigsten Vorwürfe. Ein schlimmer Streit, wie Peider versicherte. Am

nächsten Tag kaufte er in Avaina zwei Höhenmesser, damit sie sich nie wieder verfehlen würden. Aber weil sie sich bis zu ihrem Tod nie wieder auf Wanderungen getrennt hatten, kamen die Höhenmesser nicht mehr zum Einsatz.
Er schenkte Paul Luisas Gerät, nachdem er die Geschichte erzählt hatte, und Paul wird ihn jetzt Reto vererben. Reto ist immer so genau, hasst den *random walk* mindestens ebenso leidenschaftlich wie sein Vater und vielleicht hört er ja irgendwann auf, immer wieder dieselbe Runde auf dem Golfplatz von Falain zu drehen, und fängt wieder an zu wandern. »Wäre doch ein Jammer, wenn sich dann Reto und Christina in den Hügeln über Sins verfehlen würden«, sagt Paul und beide lachen, immer noch die Ruhe von Stuvar genießend. Das Kartenhaus, die Birke und der Brunnen hinter ihnen. Viele Generationen wird der windschiefe Stall von Stuvar noch überleben.

Seit Wochen rauchen sie ohne Sorgen und ohne schlechtes Gewissen. Sie rauchen viel, aber es bleibt ein Genuss. Paul sieht, wie sich seine nikotingelben, zitternden Fingerspitzen vom Schnee abheben. Sie wirken noch gelber als sonst.

Franca und Paul hatten nie Schwierigkeiten, wichtige und weniger wichtige Entschlüsse im Leben zu fassen und danach zu handeln. Ob Reto schon mit vier Jahren in den Fußballclub eintreten soll, wie lange Luca in der Disco bleiben darf, ob die Familie in eine größere Wohnung mit Rheinblick ziehen wird, ob Paul und Franca einmal getrennt in Urlaub fahren, ob sie den Fernseher abschaffen sollen, ob Lucas Freundin bei ihnen übernachten darf – Tausende kleiner Entscheidungen eines Familienlebens. Kleine Dramen, kleine Glücksmomente.
Nur bei diesem letzten Mal auf der Bank in Stuvar wagt keiner von beiden als Erster aufzustehen. Sie bleiben lange sitzen. Und dieses Zögern berührt Paul eigenartig.

Es erinnert ihn an seine geheime Zeit mit Elsa. Aus mehreren Gründen denkt er so selten wie möglich daran.
Er war damals vollkommen verblüfft, dass es Frauen gibt, die ihm so viel ähnlicher sind als Franca. Wenn Franca Sinus ist, ist er Cosinus.
Franca und Paul treiben sich gegenseitig an und wissen, dass ein Kompromiss den anderen jagt, wissen, dass wenigstens immer einer ganz zufrieden ist, wenn der andere zwar seine Meinung sagt, seine Zweifel anmeldet, aber verzichtet und die Entscheidung dem Partner überlässt. Und sie wissen, dass der nächste Kreuzungspunkt der zwei Kurven ohnehin bald wieder kommt. Harmonie in Abständen.
Elsa, bemerkte Paul fassungslos, war wie er auch Cosinus. Sie waren wie Geschwister. Es machte ihm fast Angst, wie ähnlich sie ihm in allem war. Was sie wollten, wann sie es wollten, wie sie es wollten – es herrschte verblüffende Übereinstimmung. Paul sah sich in Elsa wie in einem Spiegel. Sie lebte offenbar mit derselben Anpassungsfähigkeit wie er. Und was geschieht, fragte sich Paul, wenn zwei so anpassungsfähige Menschen sich ineinander verlieben? Sie stimmen sich so lange und intensiv aufeinander ab, bis jeder eins zu eins ist.
Nur einmal ging es ihm zu weit und er weigerte sich, an diese Gleichförmigkeit zu glauben. Nachdem sie das vierte oder fünfte Mal miteinander geschlafen hatten, entdeckte er Tränen in ihren Augen. Er war besorgt. »Habe ich dir weh getan?«, fragte er. Elsa unter ihm – ihren Körper fand Paul schöner als ihr Gesicht, weshalb er oft in ihr Drosselgrübchen blickte, in dem sie eine Perle trug –, lächelte mit ihren nassen, weit auseinander stehenden Augen. Nie hat er Menschen gesehen, die so weinen, wie Elsa es tat – sie veränderte dabei kaum ihre Miene – Tränen waren da und wurden vom Klang ihrer Stimme und ihren Worten bestätigt, aber die Gesichtszüge blieben neutral. Sie lächelte traurig und glücklich zugleich, ohne dass ihr Gesicht weinte, und sagte,

dass sie gerade gemeinsam gekommen waren. Erst verstand er sie nicht. Dann glaubte er ihr nicht. Aber er ließ sich nichts anmerken. Sie sprachen nie wieder darüber.

Der richtige Gedanke zum richtigen Zeitpunkt. Francas distanzierter Blick streift Paul.
Paul hofft, dass Alex und Franca es nie erfahren haben, rechnet aber damit, dass Franca es geahnt hat. Ob sie Gedanken lesen kann? Ja, vielleicht – nach so vielen gemeinsamen Jahren. Sie steht ruckartig auf. Gerade als Paul denkt, dass ihre Kurven sich wieder einmal kreuzen, dass sie gemeinsam nichts entscheiden, gerade in dem Moment steht sie entschlossen auf.

Franca hat Recht. Sie müssen gehen. Sie müssen? Sie müssen nichts. Aber er folgt ihr. Sie stapfen zurück auf den Pfad. Paul saugt mit allen Sinnen jedes von der Sonne schwarz gebrannte Brett ein und jeden Bruchstein, der aus dem abbröckelnden Putz ragt und jedes verwitterte Fenster. Franca sieht ihn an. Ein Hauch Verzweiflung, ein Hauch Leidenschaft: »Was ist denn Liebe anderes, als gemeinsam alt werden?«, sagt sie. Wenn das ihr Programm war, ihre Intention – Paul und Franca haben sie mehr oder minder gut erfüllt. Er dreht sich um, wendet sich mit einer Geste, die Überwindung kostet, vom Kartenhaus, das noch lange nach seinem Tod nicht zusammenbrechen wird, ab. Eine ähnliche Geste, eine ähnliche Überwindung, wie nachts, als er sich aus Elsas Bett schlich.

Semitam per quam non revertar, ambulo. Ich gehe auf einem Pfad, auf dem ich nicht zurückkehren werde.
Dagegen Sören Kierkegaard, der Befürworter der Wiederholung: *Wer die Wiederholung will, erweist sich als zum Ernst herangereift ... Wiederholung, das ist Wirklichkeit ... Hat man das Dasein umsegelt, so wird sich zeigen, ob man den Mut hat, das*

Leben als Wiederholung zu verstehen, und Lust hat, sich der Wiederholung zu freuen. Wer das Leben nicht umsegelt hat, ehe er zu leben begann, kommt nie dazu, dass er lebe.

Paul und Franca sind alt. Haben sie etwa nie gelebt, weil sie jetzt freiwillig auf weitere Wiederholungen verzichten?
Die Zukunft haben sie Tag für Tag verloren. Und doch blicken sie immer noch mit derselben Intensität nach vorne wie zurück.
Sie haben das Leben umsegelt und sich über die Wiederholungen gefreut. Vieles gefällt ihnen deshalb so gut, vieles empfinden sie deshalb als schön, weil es sich mit kleinen Variationen – wie bei Johann Sebastian Bach – wiederholt.

Letzte Blicke in alle Richtungen. Aber kein Zurück mehr nach Stuvar. Ende dieser Repetition. »Stuvar, das klingt doch wie *stufarsi,* wie *stufo*«, murmelt Paul.

Paul hält den Tod für ein besonderes Ereignis und versteht nicht, dass sich so viele, auch gerade ältere Menschen, ängstlich davon abwenden. Er wartet gespannt auf diese letzten Stunden.

Es gab Gespräche schon lange vor dem Befund, in denen Paul und Franca bewusst mit dem Tod umgingen. Sie nahmen sich Zeit für Tod und Trauer: Gedanken über humanes Sterben, über die frühzeitige und freie Entscheidung, ohne das Risiko drohender Notfälle und Operationen einzugehen, über die Menschlichkeit im Umgang mit leidenden Tieren, die von ihrer Qual erlöst werden, obwohl sie den Wunsch nicht aussprechen können, über Franz Werfels Wintergarten. Pauls bewusster Umgang mit dem Ende auch in seinen Tagebüchern: Sterben und Tod – ein ähnlich Ding, zwei so verschiedene Ursprünge. Sterben kommt von erstarren, steif werden, »to starve«, verhungern, erfrieren wie

Werfel im Wintergarten. Tod hingegen wie tot und töten – betäubt, bewusstlos werden, sich im Kreis drehen, taub, taumeln, Daunen, Tau, toben, Tod.

Für Franca und Paul gilt »sterben« im Sinne von erfrieren. Muss sich Paul entscheiden zwischen Freitod und Selbstmord? Freitod klingt angenehmer. Selbstmord setzt Überlegung voraus, Stolz vielleicht, Hochmut und Lebensverachtung. Francas und Pauls Wintergarten entspräche demnach dem perfekten Verbrechen. Nur dass sie selbst ihre Opfer sind.

Auf der Brücke – sie schmunzeln – rauchen sie schon wieder. Blauer Dunst auf weißem Schnee. Das Nikotin hat sich im Verlauf der Jahre abgesetzt, hat den Blasenkrebs verursacht, vermutete die Ärztin. Müsste jetzt nicht das mysteriöse Naturgesetz walten, das in der Gefahr den Lebenswillen stärkt? Nur die wenigsten Menschen bringen sich um, wenn sie in Not sind. Hoffnungslosigkeit als Luxus für Wohlhabende. Kaum Selbstmorde in Konzentrationslagern.
Der Zwang zum Lebenwollen wirkt bei Paul und Franca nicht mehr. Zu lange haben sie sich seelenruhig mit dem Ende beschäftigt. Seither leben sie freier als davor. Die Befristung haben sie sich bewusst gemacht. Ihre Bedrohung haben sie gemildert, indem sie selbst die Frist setzten wie Romanfiguren in Franz Werfels Wintergarten.
Wir werden nicht mehr sterben, mit Angst und Todesschweiß auf der Stirn, gefällt von Apoplexien, Thrombosen und Krebsgeschwüren. Die Menschheit hat anstelle all dieser Schrecken einen reinen und heiligen Prozess eingeführt, der so schön ist, dass die Toten untröstlich sein sollen, ihn nicht wiederholen zu dürfen.
Die Idee des von Werfel geschilderten, gut organisierten eigenen Todes hatte Franca und Paul sofort überzeugt.
Man sah mir am Gesicht an, dass ich willens war, mich der Familie anzuschließen auf dem letzten freiwilligen Wege. Eine brü-

derliche Wärme schlug mir entgegen. Ich gehörte zu ihnen. All diese jugendschönen Männer und Frauen, die meisten im gesetzten Alter, traten auf mich zu und umarmten mich mit leiser Berührung ... der Wintergarten birgt das einzig mögliche kultivierte, komfortable, ja luxuriöse Ende aller menschlichen Dinge.

Es heißt, jeder sterbe für sich allein, kein anderer könne mit ihm sein, auch wenn er gleichzeitig sterben würde.

Paul und Franca wollen gleichzeitig sterben – zumindest gleichzeitig das Sterben einleiten und dann gemeinsam einschlafen.

Patienten, die sich heutzutage nicht mehr operieren lassen wollen, nach Befunden, die dem Pauls ähnlich sind, gibt es immer mehr. Paul weiß, dass nicht alle – nach über siebzig Jahren – für den kurzen Rest ihres Lebens einen Urinsack mit sich tragen und darauf warten wollen, dass die Ärzte Metastasen entdecken und das Schneiden von vorne beginnt. Manche Menschen beschließen, keine lebensverlängernden Operationen über sich ergehen zu lassen. Aber dann kommen Zweifel. Der Krebs ist zwischenzeitlich gewachsen. Die Chancen, später noch mit einer Operation etwas zu bewirken, schwinden. Das macht Angst. Die Ungewissheit des Zeitpunktes; der morphiumvernebelte Zustand davor, der oft zum Verlust des Zeitgefühls führt; der Verlust auch der Denkfähigkeit; der Verlust der Sinne; das dumpfe Vegetieren; das Angewiesensein auf fremde Hilfe; die Kinder, die einen in diesem Zustand besuchen kommen; kraftlos Hände drücken ... genug. Paul bricht den Gedanken ab.

> Denn es ist ein großer Unterschied, ob jemand sein Leben oder sein Sterben verlängert.
> *Seneca*

Warum sich nicht mit wenig Aufwand dieses ganze Elend ersparen? Warum nicht den Zeitpunkt ein wenig vorverle-

gen? Warum nicht den Termin selbst bestimmen? Warum nicht diese Gedanken wiederholen, fast so, als könnte man den Tod variieren?
Paul fragt sich, warum er nicht verschwinden sollte, solange er sich selbst noch achtet – körperlich und geistig –, sich selbst noch erkennt. Warum nicht die Welt in einem physischen und psychischen Zustand verlassen, der es erlaubt, hellwach und ganz bei Sinnen Abschied zu nehmen von den Liebsten? Und warum das nicht zu zweit tun? Zu zweit! Also mit dem Menschen die letzte Reise antreten, mit dem man vieles davor auch geteilt hat. Mit dem Menschen die Welt verlassen, den man liebt – wenn er es auch will. Stefan Zweig hat es vorgemacht. Zu zweit entschlafen im schönen Petropolis. Jetzt sind sie an der Reihe. Seitdem sie das Leben als solches leben, nämlich als befristetes, leben sie es besser. Es ist ihnen eine überblickbare Zeitspanne für ein freieres Leben geblieben. Und es gelingt ihnen zudem, sich ein schönes Ende auszumalen.

Sie konzipierten ihren Wintergarten in vielen Einzelheiten. Zum Beispiel eine abgelegene Hütte in Norwegen. Schlaftabletten, Cocogin für Paul, Champagner – ausnahmsweise – für Franca, Heizung aus, Fenster auf, gute Nacht. Sich ein letztes Mal »Schlaf gut« sagen und wegdämmern. Niemand erfährt etwas von dieser Konspiration zwischen Franca und Paul. Leg dich schlafen, und die Wahrscheinlichkeit, dass du danach aufwachst, ist ziemlich groß. Leg dich sterben, und die Wahrscheinlichkeit, dass du danach aufwachst, ist gering. Groß bleibt sie nur für religiöse Menschen.
Paul hat keine Angst, die Welt zu verlassen. Er hat keine Angst, es selber zu tun. Nicht nach dem langen Leben, das er gelebt hat. Nicht nach den vielen Freunden, die vor ihm gestorben sind. Nicht nach den Schrecken, die ihm frühere Todesnähe eingejagt hatten. Und vor allem nicht dank Franca, die mit ihm kommt.

Habt ihr euer Leben genutzt, so seid ihr satt, steht zufrieden auf und geht! Habt ihr nicht verstanden, es zu nutzen, war es euch unnütz, was kümmert es euch dann, es zu verlieren, wozu wollt ihr es noch länger?
Montaigne

Vor acht Jahren hat Paul angefangen, langsam, aber ein letztes Mal und dementsprechend gründlich aufzuräumen: Als persönliche Niederlagen empfundene Versuche wie die stecken gebliebene mathematische Linien-Theorie und die philosophische Vierecks-Theorie – in Anlehnung an Edwin A. Abbotts »Flächenland« – endeten im Müll. Ebenso die Überlegungen zu einer modifizierten Zeit und zu den Begriffen Verkunft und Zugangenheit. Paul glaubt, dass die Zeit nicht linear, sondern spiralförmig vergeht: Nach jeder vollzogenen Runde scheinen Gedanken, Ereignisse oder Gefühle plötzlich wieder ganz nahe und präsent zu sein, die in Wirklichkeit längst vergangen sind. Und wenn die Spiralrunde sich der Geburt nähert, die aus dem Nichts kommt, sieht man deutlicher als sonst das Nichts, das einem bevorsteht. Paul glaubt also, dass die Vergangenheit der Gegenwart oft voraus ist.
Erfolge wurden für die Söhne entstaubt und zur weiteren Aufbewahrung gut auffindbar platziert, wie »The Official Encyclopedia of Bridge«, in der Paul erwähnt wird – der einzige Salamun, Enkel Engadiner Bauern, Sohn eines Barbesitzers in Neapel und einer Hausfrau und Buchhalterin, der Einzige, der es in ein Nachschlagewerk geschafft hat. Aber warum nicht auch das in den Müll werfen? In einer der nächsten Auflagen wird man ihn ohnehin aus Platzgründen entfernen.

Francas alter Hausarzt aus Genf plaudert gern mit seinen Patienten. Franca vertraut ihm und fragte ihn lange vor Pauls Befund, wie er das so sehe, mit dem Sterben. Franca erzählte ihm von ihrem Wunsch, eine Pille zu besitzen, die man genau dann schlucken kann, wenn man meint, der richtige Zeitpunkt sei gekommen. Eine Pille, die einem Kliniken und körperlichen und geistigen Verfall erspart. Der Arzt lachte und sagte: »Ich habe die Sterbepille zu Hause in meinem Safe.«

»Warum diese Ungerechtigkeit?«, beklagte sich Franca. »Er darf sie griffbereit bei sich zu Hause aufbewahren, und wir? Wir müssen es auf komplizierte Art selbst in die Hand nehmen oder uns irgendwelchen Leuten von dieser ROWS anvertrauen. Wer weiß, ob die uns überhaupt verstehen?«

Später lernten sie Dr. Strub kennen und erfuhren, dass die Suizidrate bei Ärzten deutlich höher ist als bei Nichtmedizinern. Paul bedauert es, dass sie diesem außergewöhnlichen Menschen nicht schon früher begegnet sind, denn es bahnte sich bei Campari und Zigaretten eine Freundschaft an. Doch ausgerechnet jetzt ist er krank geworden! Lebensmittelvergiftung. Aber er soll schon auf dem Weg der Besserung sein, versicherte Claudia Zuber am Telefon, die ihm nun assistieren wird.

Lebensmittelvergiftungen hatten Franca und Paul nie. Seltsam, wie vorsichtig und gesundheitsbewusst, bis auf die Zigaretten, sie so lange, vor allem dank Francas Ängstlichkeit, gelebt haben, um dann an den letzten Silvestern auf gute Vorsätze zu verzichten bis auf die Planung des Wintergartens und schließlich – nach dem Befund – alle Sorgen über Bord zu werfen. Seither lässt Franca Paul schlemmen, wie er will.

Klarschiff machen. Dann Hand an sich legen – von langer Hand geplant.

Die Würfel sind gefallen.

Die Karten sind ausgeteilt. Vier mal dreizehn Karten. Vier Hände. Christina, Sabine, Luca, Reto – sie sind dran.

Von Pauls Freunden weiß niemand etwas von seiner Nuss in der Blase. Nuss, Golfball, Rosenkohl oder Pingpongball: Mit Luca spricht er von Nuss, mit Reto von Golfball, mit Franca von Rosenkohl, und wenn er mit Nora darüber sprechen würde, dann befände sich ein Geschwür von der Größe eines Pingpongballs in seiner Blase.

Von den Verwandten wissen es nur die beiden Söhne und die Schwiegertöchter. Für alle anderen Verwandten wird die Nachricht zumindest überraschend, für viele ein Schock sein. Es wäre unmöglich gewesen, ihre Entscheidung neben Reto, Christina, Luca und Sabine auch den anderen Verwandten oder ausgesuchten Freunden vorher mitzuteilen. Die Diskussionen wären verheerend gewesen. Die meisten Menschen, die Paul und Franca kennen, verdrängen das Thema. Als Paul vor Jahren mit einem Kollegen darüber sprechen wollte, blockte er ab mit den Worten: »Mich schaudert es einfach nur, wenn ich daran denke.«

Dabei haben schon die alten Römer das Problem erkannt. Paul zitiert in Gesprächen und im Tagebuch oft den Stoiker Seneca: *Allein die Frage wäre zu beantworten, ob es sinnvoll ist, an die äußerste Grenze des Alters zu gelangen ..., denn es ist ein großer Unterschied, ob jemand sein Leben oder sein Sterben verlängert. Warum sollten wir unseren Geist nicht aus einem zerfallenden Körper hinausführen dürfen?*

Seneca hat das vor zweitausend Jahren geschrieben. Wenn er geahnt hätte, wie weit die Medizin in den Jahrhunderten nach ihm »die äußerste Grenze des Alters« verschoben hat, läse sich sein Dialog »De brevitate vitae« anders.

Schon vor Seneca definierten die Griechen »den schönen Tod«. Sie suchten nach der Möglichkeit, auf angenehme Weise zu sterben. Sie fanden diese Möglichkeit. Es gibt sie noch heute. Aber sprachlich und gedanklich ist sie von den deutschen Nationalsozialisten schwerwiegend beschädigt worden. Euthanasie: schön (altgriechisch *eu*) Tod (altgriechisch *Thanatos*).

Franca will ihren Körper nicht zerfallen sehen. Noch ist er schön. Noch ist er kräftig. Mühelos wandern Paul und Franca bis nach Stuvar und zurück. Die fünf Wohnungen in und um Basel, die Paul und Franca geteilt haben, waren alle auf ihre Art schön. Aber jetzt wirken sie auf Paul nur wie Augenblicke, wie kurze Abschnitte seines Lebens. Sins hingegen reicht vom Anfang bis ans Ende. Wirklich bedeutend ist nur diese Landschaft, auch wenn sein Ende beinahe in Norwegen stattgefunden hätte.
Obwohl Paul nicht zwischen diesen Bergrücken aufgewachsen ist, sind sie die Konstante. Sie geben ihm Halt, heute noch. Reto und Luca sollten das vielleicht beibehalten und so wie er jedes Jahr den Urlaub und später den Ruhestand hier verbringen. Ohne die Kontinuität dieser Formen und Farben wäre er jetzt nicht so gelassen.

Sie stehen auf der Brücke. Es gibt kein zurück mehr, kein hinauf mehr – nie mehr nach Stuvar.
Paul glaubt nicht an das ewige Leben. Deshalb hat er früh dafür gesorgt, das Leben nicht zu vergeuden. Ihm fällt ein Traum ein.
Sie dachten, sie wären alle noch vor der Mitte ihres Lebens. Sie waren Anfang dreißig und Ende zwanzig: Alex, Elsa, Franca und Paul.
Elsa und Paul hatten am ersten Abend der Bridge-Olympiade in Turin miteinander geschlafen. In dieser Nacht träumte er von einer Brücke, ähnlich wie die nach Stuvar. Aber es war Sommer und Polín ein vielleicht zwölfjähriger Junge. Blühende Wiesen, Wärme. Seine Eltern hockten im hohen Gras, sahen ihm beim Spielen zu. Er hatte einen gelben Kiesel gefunden. Über ihm der Flusslauf. Das Wasser rauschte über treppenartige Stufen hinab bis zur Brücke. Da geschah etwas Absurdes. Er nahm den Kiesel, warf ihn von der Brücke aus hinauf in den Fluss, rannte von der Brücke runter flussabwärts und wartete darauf, dass der Kiesel wie

ein Stock mit den Wellen davonreiten, unter der Brücke hindurchschwimmen und vor ihm auftauchen würde. Und der Kiesel tauchte auf, klein und leuchtend gelb, und Polín erwischte ihn, hob ihn auf, hielt ihn voller Stolz in die Sonne, in der er nass glänzte. Er war wunderschön. Ein Edelstein. Er zeigte ihn seinen Eltern und sie lobten ihn.
Als Paul Elsa den Traum erzählte und entschuldigend die Vermutung aussprach, dass sie der gelbe Kiesel gewesen sein könnte, er zeigte dabei auf ihr blondes, kurzes Haar, lachte sie. »Ganz einfach, du hast dir die Genehmigung von deinen Eltern geholt, für das, was wir tun.«
Und was sie taten, war falsch, das wussten sie: Elsa mit Alex und Paul mit Franca – alle vier frisch verheiratet. Später las Paul irgendwo, dass Seitensprünge oft in solchen Konstellationen geschehen, bei Paaren also, die sich gut kennen.
Er blickt Franca von der Seite an. Es ihr jetzt noch sagen? Oder weiß sie es ohnehin? Diese Zweifel sind immer geblieben. Ihre Ehe war nur einmal in Gefahr. Ein lächerlicher, kleiner Streit war der Auslöser, aber ausnahmsweise gelang es ihnen nicht, die Eskalation zu vermeiden. Franca buchte wutentbrannt für sich einen Last-Minute-Flug in die Südsee. Er konnte sie nicht mehr zurückhalten. Sie hat nie viel von diesen vier Wochen erzählt.
Vielleicht wusste Elsa mehr davon. Schließlich verstanden sich Elsa und Franca auf einer Ebene, von der Männer angeblich keine Ahnung haben.

Paul blickt denselben Flusslauf hinauf, den er im Traum vor über dreißig Jahren gesehen hatte. Man hört das Wasser unten gurgeln, tief unter Schnee- und Eisschichten. Dort rauscht das klare Bergwasser im Dunkeln über die Kieselsteine hinab bis nach Avaina, wo es in den Inn mündet. Es ist besser, Kieselsteine im Sommer zu finden und im Winter zu sterben, ohne auf den Grund eines Flusses sehen zu können.

»Es war schön, im Sommer Nora zuzusehen, wie sie mit den Kieselsteinen am Flussufer gespielt hat«, sagt Paul, ohne Franca anzusehen.
Franca erwidert nichts. Das war dumm von Paul. Ihr Enkelkind ist das Einzige, das sie hier halten könnte. Sie hakt sich stumm bei Paul unter und zupft ihn ein wenig. Das Zeichen zu gehen.
Wenn es etwas gibt, das Paul an Franca stört, dann ist es ihre Art, sich bei ihm unterzuhaken. Sie legt ihre Hand nicht um seinen Oberarm herum, nie, auch im Sommer nicht, wenn er nur ein leichtes Sakko trägt. Nein, sie greift stattdessen den Stoff über dem Arm, drückt ihn zusammen und hält sich auf diese Weise an ihm fest. Andere haben das nicht bemerkt. Aber es hat ihn immer gestört. Seit Jahrzehnten stört ihn das. Warum nur hat er es ihr nie gesagt?
Paul ist nicht kräftig, war es nie. Er stellte sich vor, wie andere Frauen ihre ganze Hand um den Oberarm ihrer Männer legen, wenn sie gemeinsam spazieren gehen. Und er wusste, dass Elsa sich auf diese Weise bei Alex unterhakte. Er ist froh, dass sich nie die Gelegenheit ergeben hat, mit Elsa öffentlich zu flanieren. Es hätte ihn geärgert, wenn sie sich bei ihm so untergehakt hätte wie Franca.
Sie gehen weiter hinab. Nach einigen Schritten lässt Franca los. Warum nur sagt man sich solche Lappalien nicht rechtzeitig?

Nicht militärisches, eher jazziges Zählen: Eins, zwei – einatmen, ausatmen – due, tre – two, three. *Homme qui marche. Trais, quatter, tschinch, ses, set, ot, nov* ... Jeder Augenblick im Leben ist ein Schritt zum Tod – *zaz-zuh-zaz-zuh-zaz-zuh-zay!*

Beim Hochgehen war er links von ihr, auf der Talseite. Beim Runtergehen ist sie links von ihm, auf der Bergseite. Alte Schule, von der sie ihm das meiste beigebracht hat. Der Kavalier immer auf der Gefahrenseite.

Sein Schatten ist länger geworden und huscht bis tief hinunter den Abhang entlang.
Er blickt hinab über die unberührten Schneehügel und sieht die grauen *mouches volantes* links und rechts neben dem Schatten, die vor seinen Pupillen auf- und abschwimmen. Vor dem blendenden Hintergrund, dem weißen Leichentuch der Natur, kann er genau sehen, wie sie mit Verzögerung die Bewegungen der Augäpfel mitmachen. Diese grauen Pünktchen und Fäden, von denen er glaubt, dass sie im Verlauf des Lebens immer zahlreicher und größer geworden sind. Wie Bakterien unter einem unscharf eingestellten Mikroskop sehen sie aus.

In der Rekrutenschule erzählte Alex ihm von einer tödlichen Krankheit, die er einmal gehabt zu haben glaubte. Er hatte damals Blut im Stuhl entdeckt. Panisch eilte Alex zum Arzt, der geduldig mit ihm gemeinsam rekonstruierte, dass Alex am Abend davor eine Schüssel voll rote Beete gegessen hatte. Paul erzählte von den grauen Flecken auf den Augen – mindestens grauer Star also, eher ein mysteriöser Cancerus Oculus. Sie haben ihr Leben an jenem Abend mit filterlosen Pall Mall, mit Campari als Apéro und Cognac nach dem Essen gefeiert. Danach spielten sie bis in die Morgenstunden 7-14-21: Das siebte As bestellt einen Cocogin, das vierzehnte bezahlt den Cocogin, das einundzwanzigste As trinkt den Cocogin. Cocogin ist in keinem Cocktail-Lexikon verzeichnet. Alex und Paul haben ihn erfunden: ein Viertel Cognac, ein Viertel Cordial Campari, zwei Viertel Gin. Als die Rechnung kam, sagte Alex einen seiner Butter-Sprüche: Umsonst ist der Tod, und der kostet das Leben.

Während der letzten Vorweihnachtszeit unterhielten sich Franca und Paul oft bei Cappuccino und Croissants über ihren sorgfältig einzurichtenden Wintergarten. Im rauchgeschwängerten Lokal fragte er Franca, ob sie sich nicht an

die ROWS wenden sollten wegen der Details: In der ROWS-Broschüre wurde nämlich nur der Tod durch den Plastiksack und der Tod durch Medikamente beschrieben. Die Kombination von Tabletten, Plastiksack und Tod durch Erfrieren wird nicht erwähnt.
Paul überlässt so wenig wie möglich dem Zufall, schon gar nicht die Gestaltung des Wintergartens.
Vor dem Plastiksack fürchtet er sich nicht. Als Kind roch er den Tod nicht nur an seinem Handrücken, sondern kam ihm nahe, indem er mit anderen Kindern, die den Erstickungstod verlockend fanden, die Luft anhielt und zählte: eins, zwei, drei – manchmal bis siebzig, fast bis zum Umfallen. Sergio war Meister. Als er es einmal bis siebenundneunzig schaffte, fiel er in Ohnmacht.
Franca und Paul hatten beschlossen, eine Reise nach Norwegen so lange auszudehnen, dass sie als Vorwand für den Rückzug aus allen Ämtern und sonstigen formellen Verpflichtungen dienen konnte. Sie war geplant als Vorbereitung für den Wintergarten. Nur Roger reagierte bei Pauls Rücktrittsankündigung als BBS-Präsident: Er sähe sie schon mit Schneeschuhen in eisigen Polarnächten von Blockhaus zu Blockhaus stapfen.
Als Luca nach den schönsten Zeiten in Pauls und Francas Ehe fragte, sagten beide spontan »Norwegen«. Die Natur, die Luft, die Musik – eine Variante des Engadins. Paul und Franca waren mit und ohne Söhne mehrmals in Norwegen. Auch Reto und Luca spürten die Faszination. Luca hatte begeisterte Briefe von seiner Hochzeitsreise mit Sabine von den Lofoten und von Bergen geschickt.
Der Dirigent Willem Mengelberg lebte im Engadin und ließ unweit von Sins eine Kapelle errichten. Mengelberg, der meisterhaft Griegs Werk dirigierte, verband musikalisch Norwegen mit dem Engadin. Bei einem Grieg-Konzert in Bergen bekam der junge Mengelberg das schönste Kompliment, das sich ein Dirigent wünschen kann. Edvard Grieg –

er hätte Mengelbergs Vater sein können –, war im Konzertsaal, stand applaudierend auf einem Stuhl und rief: »Mengelberg – großartig! Ein herausragender Dirigent!«
Paul zitiert auch Wittgenstein in seinem Tagebuch: *Als ich übrigens in Norwegen war, im Jahre 1913–14, hatte ich eigene Gedanken, so scheint es mir wenigstens. Ich meine, es kommt mir so vor, als hätte ich damals in mir neue Denkbewegungen geboren (aber vielleicht irre ich mich). Während ich jetzt nur mehr alte anzuwenden scheine.*

Paul und Franca fuhren nicht zu den felsigen Fjorden und Inseln, wo die Vegetationsschicht über dem steinigen Boden so dünn ist, dass die Bewohner Mühe haben, genügend Humus zu finden, um ihre Toten zu begraben.

Es blieb noch viel zu erledigen: Von Arbeiten für den Circle bis zum Zahnarzt, der eine Brücke auf sechs Stützpunkten montieren musste. Er war stolz auf sein Werk. Als die Brücke stand, rief er seiner amerikanischen Mitarbeiterin zu: »Isn't it a beautiful bridge?«
Ob sich das lohnt, wenn man – so wie Paul damals beim Zahnarzt – nur noch ein Jahr Leben vor sich hat?
Ob es sich gelohnt hat, in den meisten Dingen des Lebens korrekt und anständig zu sein bis zum Ende?
Ob es sich gelohnt hat, von den Player's No 6 und den Pall Mall zu Zigaretten mit Filter und am Ende sogar von 0,3 mg auf 0,1 mg Nikotin umzusteigen?
Ob es sich gelohnt hat, aus Ekel oder aus Angst vor Krankheiten in jedem Café die Tasse – kaum wurde sie serviert – zu drehen und mit Links zu trinken? Pauls Gesundheit war ihm nicht so wichtig, aber das war eine Angewohnheit, die angesichts schlecht gespülten Geschirrs in Restaurants auch Franca von ihm angenommen hatte und die sie bis zuletzt beibehielten, weil es ihnen Spaß machte, aus einer einfachen statistischen Überlegung heraus gesund zu bleiben. Ande-

rerseits machte er sich über ängstliche Mathematiker lustig, indem er in den siebziger Jahren gerne von dem Schlitzohr erzählte, das auf Reisen immer einen Koffer mit einer Bombe mit sich führte, weil die Wahrscheinlichkeit, dass sich in einem Flugzeug zwei Bomben befinden, nahe null ist.

Paul zählt: Eins, zwei, drei –
»Genießen wir noch ein wenig den Ausblick, ja?«, sagt Franca, als die erste Bank unterhalb von Stuvar nach einer Biegung in Sicht kommt.
Ja, noch eine Zigarettenpause. Und ein Flachmann randvoll mit Cocogin, das wär's. Aber Paul hat nicht daran gedacht. Er freut sich dafür jetzt schon auf den Campari zu Hause. Und wenn ihm vom Cocogin schwindlig geworden wäre? Aber es braucht ja gar keinen Cocogin. Wenn er jetzt ausrutschen oder stolpern oder in ein Schneeloch treten und sich das Bein brechen würde? Vielleicht, weil er spricht und gleichzeitig geht in steilem Gelände und nicht genug aufpasst, die richtigen Worte nicht findet, stottert und den Halt verliert. Mit gebrochenem Bein ins Jenseits? Unmöglich! Zunächst müssten die Schmerzen gelindert werden. Ein Geländewagen würde hochfahren. Wenn das nicht ginge, würden sie den Rettungshubschrauber schicken. Paul läge da im Schnee, ein alter, hilfloser Mann mit gebrochenem Bein. Gestottert und gleichzeitig ausgerutscht. Er sieht sich im Schnee. Sie würden ihn in die Klinik bringen und das Bein operieren und eingipsen. Krücken würden sie ihm nicht mehr zutrauen, schon gar nicht bei diesen Straßenverhältnissen. Sie würden ihn in einen Rollstuhl setzen und Franca würde ihn schieben. Und den ROWS-Termin müssten sie verschieben.
Frau Zuber sagte am Telefon, dass sie es sich jederzeit anders überlegen können. Es sei ihr gutes Recht, in letzter Sekunde noch alles abzublasen. Das käme übrigens gar nicht so selten vor, sagte sie. Sie hatte einmal einen Herrn be-

treut, der insgesamt drei Mal den Termin verschoben hat. Einmal war es ein so schöner, strahlend blauer Tag, so einer wie heute, dass er die ROWS-Leute einfach mit dem Hinweis auf das Prachtwetter wieder nach Hause schickte.
»Was würden wir machen, wenn du jetzt plötzlich Koliken bekämst?«, fragt Franca, als sie sich auf die Bank gesetzt haben. »Oder wenn du jetzt aufstehst und ausrutschst und dir ein Bein brichst?« Franca zieht an der Zigarette. Paul hat ernsthaft die Befürchtung, dass sie seine Gedanken lesen kann und alles über Elsa und ihn weiß.

»Wir würden es irgendwie schaffen. Mit einem Schlitten. Wahrscheinlich sind Frau Zuber und Dr. Strub schon im Hotel. Er ist Arzt. Er würde mir eine Spritze gegen die Schmerzen geben und dann würde ich meinen Becher noch früher trinken als geplant und fertig.«

Paul, nach außen immer Optimist, auch wenn es um das Gelingen des eigenen Todes geht. Weniger bezüglich der Wissenschaften. So weit wie bei Stephen Hawking reicht Pauls Zuversicht nicht. Die Zukunft der Wissenschaften steht in den Sternen. Die Hoffnung, eines Tages alles zu verstehen und alles zu wissen, ist eine Illusion. Das Gegenteil ist der Fall. Sobald die Wissenschaft ein Problem gelöst hat, erkennt sie ein neues, nein, mehrere neue Probleme. Eine beantwortete Frage zieht zwei neue unbeantwortete nach sich. Die Konsequenz: Das Nichtwissen wächst. Unerklärliche Phänomene nehmen zu. Dank des wissenschaftlichen Fortschritts steigt die Zahl ungelöster Probleme. Oder, um mit Gregor Cantor zu sprechen, der versucht hat, die transfiniten Zahlen, d.h. das Unendliche in der Mengenlehre zu definieren: *Ohne ein Quäntchen Metaphysik lässt sich, meiner Überzeugung nach, keine exakte Wissenschaft begründen.*
Dagegen Hawking, der weismachen will, dass Wissen grenzenlos wachsen wird und dass damit auch die Macht des

Menschen grenzenlos wachsen wird. Dagegen (gegen Cantor) auch die Bibel, die den Menschen – so wie Hawking – zum Herren der Schöpfung erklärt. Beide – Hawkings Position und die Sicht der meisten Religionen – sind sich in dreifacher Hinsicht erstaunlich ähnlich, denn sie sehen den Menschen nicht nur als Krone der Schöpfung, sondern rechnen auch mit dessen bevorstehender Selbstvernichtung. Bei Wissenschaft und Forschung drückt sich das durch ökologische Überlegungen aus, bei Religionen und Mystik durch apokalyptische Visionen. Und die dritte Gemeinsamkeit besteht einerseits in der Hoffnung auf die Fortsetzung des Lebens nach der Katastrophe, beispielsweise dank einer evolutionären Weiterentwicklung des Menschen im darwinschen Sinn, andererseits in jenem großen Treffen vor dem jüngsten Gericht. Paul pocht darauf, dass dieses Hoffen auf Kontinuität Illusion ist.

Hawking sitzt im Rollstuhl und freut sich weiterhin über die historische Entwicklung menschlichen Wissens. Paul bewundert ihn. Hawking kann sich kaum noch bewegen, aber sein Gehirn funktioniert großartig. Noch vor etlichen Jahren hat Paul behauptet, dass er weiterleben möchte und auch glücklich wäre – wie Valérys reiner, von Gefühlen und vom Lebensstoff gelöster Geist –, wenn er von Kopf bis Fuß gelähmt wäre. Doch seit einiger Zeit bemerkt Paul, dass er Neues nicht mehr so schnell lernt wie früher. Staunend beobachtet er Nora, deren Hirn ein trockener Schwamm zu sein scheint. Pauls Gedächtnis lässt nach und auch die Konzentration beim Lesen oder beim Kartenspielen. Seitdem er in Rente ist, hat er angefangen, die Verschlechterung zu beobachten.

Es ist schon zwei oder drei Jahre her, dass Franca und Paul plötzlich verzweifelt ihren Fotoapparat suchten. Sie fanden ihn schließlich im Kühlschrank. Paul hatte ihn dort abge-

legt, aber nicht wegen der Reservefilme, die er in einem Schrank im Flur aufbewahrte. Solche Missgeschicke häuften sich: starke Gedächtnisstörungen. Paul konnte Alzheimer nicht ausschließen, ging der Sache aber nicht nach.
Ein Vetter Francas war daran erkrankt. Eine zunächst tragikomische, später nur noch tragische und am Ende scheußliche Geschichte, die Paul und Franca ständig in Atem hielt. Inzwischen ist er tot.

Neulich blätterte Paul ein altes Buch von Popper auf der Suche nach seiner Theorie der Fehlbarkeit allen Wissens durch und fand stattdessen eine handschriftliche Anmerkung am Seitenrand, die er vor etwa zehn Jahren mit Bleistift als Kommentar zu einer Anekdote Poppers (die Begegnung mit Wittgenstein, bei der dieser neben dem Kaminfeuer mit dem Schürhaken bedrohlich herumfuchtelte, um Popper zum Schweigen zu bringen) hingekritzelt hatte: »Schon irgendwo gelesen.« Beim Lesen der Anekdote vor zehn oder fünfzehn Jahren hatte Paul sich also daran erinnert, ihr schon früher irgendwo begegnet zu sein. Und nun, vor kurzem, als Paul die Passage und sein Gekritzel wieder las, stellte er fest, dass er sowohl die erste als auch die zweite Lektüre vergessen hatte. Die Anekdote war aus seinem Gedächtnis rückstandslos beseitigt worden – wie eine Datei im Computer, die zunächst gelöscht und in einem zweiten Durchgang auch noch aus dem virtuellen Papierkorb entfernt wird.

Auf der Höhe des Nadelspitzenkirchturms von Sins: Franca und Paul sind nicht ausgerutscht und nicht eingebrochen. Kein Notarzt, kein Hubschrauber. Der Himmel ist immer noch strahlend blau. Das Gewölk um den Piz Pazlin hat sich nicht weiter ausgedehnt, die Kapuze ist gleich klein geblieben. Es hätte beim Abstieg zuziehen und schneien können. Franca hätte im Schneegestöber stolpern und sich den Fuß

verstauchen können. Aber im Alter schwindet der Erfolg beim Deuten meteorologischer Erscheinungen.
Die Bank vor dem Haus ist leer.

Das gerahmte Foto eines Brautpaares in Pauls *piertan,* dem Flur hinter der Eingangstür. Zwei frisch Vermählte vor der Ruine der alten Kirche von Sins. Die Braut hat die Ruine als Mitgift in die Heirat eingebracht, um den Rest der alten Kirche vor dem vollkommenen Verfall zu bewahren. Nach einem verheerenden Dorfbrand holten sich die Bewohner von Sins das Baumaterial von der Ruine. Angeblich wurde auch die Brücke nach Stuvar mit den Tuffsteinen der alten Kirche gebaut. Wenn es sich wirklich um Tuffstein vulkanischen Ursprungs handelt, könnte er durch das geologisch außergewöhnliche »Unterengadiner Fenster« an die Oberfläche gelangt sein. Wer wird dem nachgehen? Alte Geschichten, die mit der Zeit in Vergessenheit geraten. Wenn sich jemand darum kümmern würde? Um Men Hecht, den Besitzer des Hotels Larisch und zugleich den ersten Besitzer eines Automobils in Sins in den dreißiger Jahren, der damit die *randulins* abholte, oder um die *pütta,* jenen Pfosten im Hotelsaal, um den sich die Dorfjugend tanzend bewegte und den es heute nicht mehr gibt, bis hin zur *louera,* Políns Fundgrube für Pilze, einer Lichtung voller Steinpilze im Wald über Sins, die offenbar nur er allein kennt, denn in jeder Saison pflückt er dort säckeweise die schönsten und schmackhaftesten Exemplare.

Luca und Reto haben ihren Großvater nicht mehr kennen gelernt. Geschweige denn den Urgroßvater. Es bleiben noch Fotos und Pauls Erzählungen. Doch die Vorstellung, die sie von damals, von Pauls Kindheit haben, ist vage. Und die Vergangenheit interessiert Pauls Söhne nicht besonders. Sie ließe sich ohnehin nicht genau rekonstruieren. Es fehlen die Gerüche. Die Farben. Sogar die Fakten. Nach drei, höchstens vier Generationen ist das Leben oft schon dem Vergessen anheim gefallen.

Einmal erzählte Gian Salamun seinem Sohn, dass er vor der Auswanderung nach Italien als Liftboy in einem der Luxushotels von Falain gearbeitet hatte. Es ärgert Paul, dass er keine Einzelheiten mehr weiß. Es kann nicht sein, dass Gian ihm nicht auch berichtete, wie er um 1880 von Sins hinab nach Avaina und von dort auf der anderen Talseite hinauf nach Falain gekommen war: sieben Kilometer zur Arbeit – runter und rauf und wieder zurück. Zu Fuß? Oder mit der gelben, von zwei Pferden gezogenen Postkutsche? Oder auf dem Heuwagen eines Freundes? Oder übernachtete er gemeinsam mit vielen anderen Angestellten in der Dependance? Und was hat sich der junge Bauernsohn gedacht, beim Anblick der reichen Ausländer im Hotel, beim Anblick der Bridge spielenden Damen und Herren in den Salons, beim Anblick der riesigen Fensterfronten, der Kristallleuchter, der langen Korridore, der verzierten Holzdecken, der Ölgemälde an den Wänden? Was hat er sich gedacht, beim Gehen auf den dicken Teppichen, beim rasselnden Schließen der schmiedeeisernen Lifttüren, beim Drücken auf den Knopf? Und wie unterhielt er sich mit den Gästen? Und wie hat er später Pauls Mutter Anna überredet, Sins zu verlassen und ihm nach Neapel zu folgen?
Anna arbeitete schon als Mädchen im Postbüro von Sins, das früher von ihrem Großvater, danach von ihrem Vater geleitet wurde, und war unter anderem für den Telegraphen zuständig, wodurch sie die Morsesprache perfekt beherrschte. Noch Jahrzehnte später konnte sie Morsenachrichten im Radio simultan übersetzen. In Neapel erledigte sie die Buchhaltung der Bar und Zuckerbäckerei Salamun. Anna war schon in der Schule in Sins durch schnelles Kopfrechnen aufgefallen. Paul erinnert sich, wie sie am Wohnzimmertisch vor den großen Fenstern über Zahlenkolonnen

gebeugt auf Romanisch flüsternd die Tageseinnahmen addierte. Der Liftboy hatte eine gute Wahl getroffen. Sie irrte fast nie. War sie glücklich, dort unten in Neapel, rechnend oder an der Pfaff-Nähmaschine, ein rätoromanisches Lied auf den Lippen?

Unbeantwortete Fragen. Für Paul und Franca läuft die Zeit aus. Paul trägt keine Armbanduhr, die weitertickt, wenn er tot ist. Für andere geht die Zeit weiter. Paul hat wenigstens einen exakten Lageplan der *louera* erstellt, damit Luca und Nora im nächsten Sommer auf kulinarische Schatzsuche gehen können.

Paul hält nicht viel von Nahtod-Erfahrungen: Das Licht am Ende des Tunnels? Eine blaue Grotte? Ein starkes Leuchten wie durch ein Milchglas? Verschleierte Helligkeit? Befreiung von den Körperempfindungen? Befreiung vom Denken? Rückkehr zu einem Urzustand ohne numerisches und begriffliches Denken? Außerkörperliche Erfahrung? Das Fallen der äußeren Schale vom Daseinsgeheimnis im Augenblick des Abscheidens? Valérys Geist? Vielleicht – und danach? Namenlosigkeit wie ein Hurrikan in den Tropen, der still steht? Endgültige Verflüchtigung in die Fühl- und Gedächtnislosigkeit?
Aber warum sollte Paul diesen Übergang in den selbstbewusstseinslosen Zustand nicht heiter einleiten? Warum sollte er sich Sorgen machen, dass seine Kinder Schwierigkeiten bekommen könnten? Warum soll er sich jetzt Gedanken darüber machen, was man später von ihm halten wird?
Warum ist der Freitod nicht in den Menschenrechten verbrieft? Paul hat in der Europäischen Konvention der Menschenrechte gesucht und wichtige Dinge darin gefunden, vom »Recht auf Achtung des Privatlebens« bis zum »Recht auf freie Lebensgestaltung«. Aber es steht kein Wort über den Freitod darin, auch wenn letzterer wenigstens ein kur-

zes Kapitel unter dem »Selbstbestimmungsrecht« oder unter »Verfügung über die eigene Person« verdient gehabt hätte. Paul findet es unglaublich, welche Rechte dem Individuum zugestanden werden, und noch unglaublicher scheint es ihm, dass das Recht auf den eigenen Tod nicht vorgesehen ist. Freiheit zum Freitod als Menschenrecht – ist das zu viel verlangt?, fragt er sich.

Ein alter, kranker Eskimo wird von seinen Verwandten gut eingemummelt auf einen Schlitten geschnallt, auf dem weder Rosebud noch Davos steht, und in die Polarnacht entlassen. Davos – dort oben, wo Klabund starb, kurz bevor Paul geboren wurde.

Nachrichten wie die folgende häufen sich:

> Madrid, 2. Dezember.
> Ein spanisches Gericht hat das Begehren eines Schwerbehinderten um Sterbehilfe als unrechtmäßig abgelehnt. Ein Zivilgericht in Barcelona befand am Montag, das geltende Recht habe keine Normen für aktive Sterbehilfe. Es sei nicht Aufgabe der Gerichte, Lücken oder Auslassungen im Recht zu füllen oder zu ergänzen. Nach dem spanischen Strafgesetz fällt Sterbehilfe unter Beihilfe zum Selbstmord. Dafür sind Haftstrafen von sechs bis zwanzig Jahren vorgesehen. Der Gesuchsteller, ein 51-jähriger Mann, ist seit 25 Jahren durch einen Unfall vom Nacken abwärts gelähmt. Er hatte den Prozess angestrengt, um das Recht zu erhalten, sich todbringende Medikamente verabreichen zu lassen. Der Patient erklärte, sein Gehirn sei der einzige Teil seines Körpers, der noch lebe. »Ich bin ein Kopf, gefesselt an einen toten Körper.« In einem Zeitungsinterview sagte er, er sei der Sklave des Gewissens anderer Menschen. Er kündigte Berufung gegen das Urteil an.

Für Menschen in Pauls Zustand ist es dementsprechend noch schwieriger, Recht zu bekommen. Dafür können diese aber ihren Tod selbst bestimmen und Hand an sich legen.

Warum nur, fragt sich Paul, werden Menschen, die sich umbringen wollen, den Versuch aber überleben und »gerettet« werden, so oft der Psychiatrie übergeben? Sie erhalten das Stigma »lebensmüde«, das viele als Synonym für »verrückt« halten. Nachvollziehbar findet Paul solche Maßnahmen bei jungen, gesunden Menschen, die spontan, zum Beispiel aus einer momentanen Depression heraus, Schluss machen wollen, aber nicht bei Krebspatienten oder von anderen schwerwiegenden Krankheiten heimgesuchten Menschen über siebzig – egal welchen Alters! Sind sie vielleicht alle Sklaven des Gewissens der Gesellschaft, in der sie leben?

Paul hat beobachtet, dass nach dem Befund bei manchen Menschen ein intensiver Denkprozess einsetzt, der zur Einsicht führt, dass ein Hinauszögern des letzten Schrittes nicht sinnvoll ist. Wenn Monate nach dem Befund der Entschluss für den Freitod immer noch fest steht, dann erwartet Paul, dass die Gesellschaft den Sterbewilligen keine Hindernisse in den Weg legt. Überbevölkerung, Hungersnöte, Kriege – und Todkranke auf der Intensivstation?

Paul erwartet nicht aktive Sterbehilfe. Er gäbe sich mit einem Wintergarten zufrieden, für den man sich mindestens ein Jahr im Voraus anmelden muss und danach jederzeit die Möglichkeit hat, seine Meinung zu ändern. Solange die durchschnittliche Lebenserwartung fünfzig oder sechzig Jahre betrug, gab es dieses Problem nicht. Heute sieht es anders aus. Nora hat eine statistische Lebenserwartung von 80,8 Jahren. Wenn sie ein Junge wäre, könnte sie immerhin noch mit 74,8 Jahren rechnen. Das bedeutet, dass Paul sein statistisches Soll mehr als erfüllt hat, zumal bei seiner Geburt die Lebenserwartung geringer war. Dereinst die Sterbepille für Nora, wenn sie eine wünscht, mehr erwartet Paul nicht.

Franca und Paul besuchen regelmäßig im Altersheim in Avaina diejenigen Alten aus Sins, die es zu Hause nicht mehr alleine schaffen. Sie haben schon viele erlebt, die eingeliefert wurden, und viele, die dort gestorben sind. Die letzten Tage, Wochen und Monate, die die Alten dort verbrachten, empfanden Paul und Franca meist als unwürdig. In der Zeitung steht dann:

> ... hat uns nach langer schwerer Krankheit verlassen ...
> ... ist von seinen Altersbeschwerden erlöst worden ...
> ... durfte im Kreise seiner Angehörigen nach langer Leidenszeit ruhig einschlafen ...

Wer zwingt sie dazu?
Andere Stimmen mehren sich. Ein Leserbrief nach einer Debatte über Sterbehilfe:

> Es gibt gewisse Grundrechte, die nichts mit dem jeweiligen Gesetz oder mit den Ermahnungen der Bibel, des Korans oder sonstiger religiöser Traktate zu tun haben. Zu diesen Grundrechten zähle ich das Recht, dem eigenen Leben ein Ende zu setzen. Das Recht über den Augenblick meines eigenen Todes zu entscheiden, liegt entweder bei mir oder beim Schicksal – nicht bei den Ärzten, den Priestern, den Philosophen, den Politikern oder meinen Angehörigen. Es ist nämlich nicht nur grausam, sondern geradezu kriminell, jemanden zu zwingen, gegen den eigenen Willen weiterzuleben – aus welchem Grund auch immer.

Beim ersten Treffen mit Dr. Strub erhielt Paul einige Unterlagen, unter anderem den folgenden Text einer Krankenschwester, die den Dienst in der Klinik frustriert quittiert hatte und Sterbebegleiterin bei der ROWS wurde.

Wie ich mir zu sterben wünsche:
Ohne lang dauernde schwere Krankheit.
Ohne lang dauerndes Siechtum, ohne Arzt und
ohne professionelle Krankenpflegepersonen,
ohne abgedroschene Phrasen,
ohne Lärm und überflüssige Geräusche, die mir
die Ohren zudröhnen,
ohne jegliche Gewaltanwendung durch
Menschenhand. Ich möchte zu Hause sterben
oder irgendwo draußen in freier Natur
in der Gegenwart eines Menschen, der mich liebt
und der sehr leise und still sein kann.

Ein einfaches, schönes und konkretes Gebet – wie für Paul geschrieben –, das weder Gott noch Teufel bemühen muss, um Menschenwürde zu fordern. Wie viele Menschen musste die Krankenschwester in Kliniken sterben sehen, um dagegen dann endlich mit diesen Worten zu protestieren? Wann öffnet man die Türen der Wintergärten für all diejenigen, die das Gefühl haben, ihre Pflichten auf Erden erledigt zu haben? Wann bekommen sie Sterbepillen, wenn sie ausdrücklich danach fragen? Paul wünscht sich: Politiker, Priester, Juristen und Ärzte Europas sollten vorsichtig sein, sollten die Lebensmüden lange und gründlich prüfen – aber Sterbehilfe erlauben und den unwürdigen Sterbetourismus nach Belgien, Holland und in die Schweiz beenden.

Vier Jahre ist es her, dass Paul ein kleines Bridge-Turnier in Sins veranstaltete. Acht Teilnehmer, Peider und Luisa, Fabio, Mazzina, Silvio, Mara, Franca und Polín, Durchschnittsalter weit über siebzig. Silvio vergaß bei den meisten Händen oft schon nach einer Minute die jeweilige Trumpffarbe. Zur Preisverleihung gab es Pizza und Käsekuchen von Franca. Fast zwei Flaschen Campari leerten sie, danach mehrere Flaschen Weißwein und zur Preisverleihung Champagner.

Fabio hatte Medaillen für die Sieger aus Sinser Honigglasdeckeln gebastelt, die sie sich mit Schnürsenkeln um den Hals banden. Sie führten sich den ganzen Abend auf wie Kinder und hatten Spaß.

Es wurde immer schlimmer, findet Paul. Damals – kindisch kichernd zwischen all diesen Alten, von denen manche zwischendurch nur mühsam ihre Niedergeschlagenheit kaschierten – wurde ihm nochmals deutlich, dass es wirklich an der Zeit war, sich mit dem Ende zu beschäftigen.

Nach einem langen Rückblick schrieb Montaigne: *So war ich, denn ich betrachte mich nicht zu dieser Stunde, da ich schon auf den Straßen des Alters wandle und schon tief in den Vierzigern bin. Was ich künftig sein werde, das wird nur noch ein halbes Wesen, das werde nicht mehr ich sein. Jeden Tag löse ich mich mehr auf und entschwinde mir selbst.*
Was soll Paul sagen, der in den Siebzigern ist?

Wie fühlt man sich, so kurz vor dem Wintergarten? Die Banalität des Alltags bleibt bestehen. Das Leben ist ein Mosaik aus Banalitäten. Aber er fühlt sich freier: Konventionen, Erwartungen, Bestimmungen, Pflichten – all die Dinge, die einen an die Erde fesseln, verlieren an Bedeutung.
Paul war nie geizig, aber auch nicht verschwenderisch. Jetzt gibt er kaum mehr Geld aus als vor dem Befund, aber wichtig ist, dass er keinen Augenblick mehr darüber nachdenkt.

Als Reto und Luca klein waren, hat Paul ihnen beigebracht, wie man den dünnen letzten Rest einer Seife mit warmem Wasser und durch geduldiges Reiben dem großen neuen Seifenstück einverleibt. Eine Zeitlang machte es den Söhnen Spaß, weil das Farbenspiel der mit den Tagen verschmelzenden Seifen sie faszinierte: Wochen später noch beobachteten sie das Wetterleuchten auf ihren Perlmuttseifen. Aber

nachdem sie das zwei- oder dreimal verfolgt hatten, rutschten die dünnen Seifenreste wieder wie Zünglein aus den kleinen Händen ins Waschbecken und wurden in den Siphon gespült.
Davor, dass Paul während des Krieges in Neapel Pappe- und Schnurstückchen im Brot fand und seine Zähne mit Asche putzte, ekelte Luca und Reto. Aber es interessierte sie nicht wirklich.

Paul lebt sorglos. All die unzähligen Problemchen von früher sind vergessen. Wahrscheinlich wird er nie mehr rot im Gesicht. Seitdem er vor der todkranken und blinden Mutter errötet war, geschah es ihm vielleicht in jeder Dekade des Lebens ein Mal. Dann aber richtig und unvergesslich. Meistens im Lehrerzimmer oder mit Leuten, die ihn nicht gut kannten, mit denen er aber trotzdem oft zu tun hatte. Dann reichte ein bestimmtes Stichwort. In jungen Jahren war es das Wort »Impotenz« und zuletzt – bei einem Rentner-Treffen – »Inkontinenz« und dazwischen »Alkoholiker«. Paul ist kein Alkoholiker, obwohl er ganz gerne seinen Campari trinkt. Aber er hat rote Äderchen auf der Nase, wegen einer Akne, die er nie behandeln ließ. Er ist auch nicht impotent – ist noch vor kurzem mit einer Erektion aufgewacht, was nach der Blasenoperation für immer ausgeschlossen gewesen wäre – und trägt keine Windeln. Aber die Vorstellung – seine Einbildung –, dass die anderen das von ihm denken könnten, genügte in jenen Situationen, in denen er sich meistens aus noch anderen Gründen nicht wohl fühlte, um zu erröten – nur fünf oder sechs Mal im Leben. Natürlich ist ihm das nie beim Bridge passiert. Im Reich der Zahlen gibt es keine falsche Verlegenheit. Das ist auch ein Grund, warum er sich, so oft es ging, mit Bridge und Zahlen beschäftigte.
Solche Sorgen sind vorbei. Und wenn er einen bestimmten Gegenstand, sei es im Supermarkt, sei es im Haushalt, nicht

findet, dann pfeift er drauf. Diese positive Grundstimmung prägt ihn jeden Tag seit dem Befund. Und er liebt Franca mehr als früher. Er empfindet sie als etwas Wertvolles, das ihn begleitet. Manchmal sind sie sich so nahe, dass er sich wie eins mit ihr fühlt. Sie denkt oft dasselbe wie er und reagiert genau wie er. Wenn sie in Avaina vor Schaufenstern stehen bleiben, sagt sie: »Ich hab schon alles gesehen. Die Mode wiederholt sich.«

Kurz: Paul ist glücklicher, seitdem er den Tod nicht als Gegenteil, sondern als Ziel des Lebens versteht; seitdem er ihn verteidigt.

Christina sagt, dass Tristan und Isolde gestorben sind, um ihr Glück zu bewahren. Mag sein, dass alle Glücksmomente auf Erden unvollkommen sind. Mag sein, dass sie sich nur im Tod erfüllen.

Fast wäre das Gegenteil im Sommer vor dreieinhalb Jahren geschehen. Nach einer Hitze- und Trockenperiode entschieden sich Paul und Franca für eine Wanderung im kühlen Schatten unten am Inn. Als sie an der Trinkhalle bei Boschas vorbeikamen, überquerten sie den Fluss, wanderten durch dichten Wald und gelangten wenig später ganz nah am Inn zu einem ungewöhnlichen, niedrigen Bauwerk: die »Büvetta Sfuondraz«. Kurgäste finden in der Region viele gefasste Mineralquellen. Diese Trinkstube wurde bereits vor Jahren geschlossen. Offenbar war sie zu abgelegen. Sie befand sich tief in die Landschaft eingesunken am Ende eines von Gräsern überwucherten Pfades. Franca ging um das Haus herum, blickte durch die großen Fenster und sah sich um: Wald und Büsche, lautes Rauschen des Wassers, Abgeschiedenheit, prachtvoller Blick zum Inn hinab und sehr steil hinauf zum Piz Larisch und zum Piz Pazlin. »Daraus könnte man ein schönes eingeschossiges Wohnhaus machen«, sagte sie. Paul sah die lang vermisste Begeisterung in ihrem Gesicht. Er machte sofort mit. Sie überlegten: Anzahl Quadratmeter, Anzahl Zimmer, Aufteilung, Eingang –

eine Herausforderung für ihren Freund, den Architekten Andri Fontana. Sein kreativer Schliff zu einem einmaligen Schmuckstück war hier möglich, vergleichbar mit Frank Lloyd Wrights »Fallingwater«.
Paul rief noch am selben Nachmittag Andri Fontana an. Paul war vorsichtig, sprach von einer »verrückten Idee«. Als er versuchte, Fontana zu erklären, wo sich Sfuondraz befand, lachte der Architekt. »Ich habe die Trinkstube vor vielen Jahren selbst gebaut!« Die Idee, eine einsame Villa daraus zu machen, faszinierte Fontana sofort. Allerdings gab er zu bedenken, dass die Büvetta Sfuondraz der Gemeinde Avaina gehörte und sie sich nicht auf Bauland befand. Fontana versprach, das Vorhaben baldmöglichst mit dem Gemeindepräsidenten zu besprechen.
Die folgenden Tage war nur von der Büvetta Sfuondraz die Rede. Die verlassene Trinkstube hatte Pauls und Francas Gedanken an den Wintergarten verdrängt. Paul pinnte ein Foto von »Fallingwater« in die Arvenwand seines Arbeitszimmers. »Die Büvetta könnte irgendwann zum Wintergarten selbst werden«, sagte Franca, die mit Paul Pläne und Skizzen anfertigte. Darüber vergaßen sie den Tod.
Einige Tage später klingelte das Telefon. Franca hob ab. »Sfuondraz resterà ün sömmi«, begann Andri Fontana. »Sfuondraz bleibt ein Traum.« Er bedauerte es selbst sehr. Auch Fontana hatte nämlich schon angefangen zu zeichnen: ein flaches Gebäude aus Stein und Beton, in dem der Mensch eins werden sollte mit der Natur, unbehauene Felsbrocken, die aus Wänden und Fußböden ins Haus ragen, Fassaden, die mit dem Gelände verschmelzen.
Aber die Gemeinde wollte einer Zweckentfremdung der Trinkstube nicht zustimmen.

Seit jener Absage und erst recht nach dem Befund sind die Tage schneller vergangen

Vor Jahren hat es Paul beunruhigt, dass er keine Denker kennt, die seine Position vertreten. In den Theorien über Menschen, Sinn des Lebens und den Tod fühlt er sich etwas verloren.

Vielleicht besteht das Leben aus dem variierenden Warten auf Ereignisse, die ihrerseits nur neue Erwartungen auslösen. Das Leben gesehen als Warten auf Erwartungen. Warten auf Unerwartetes.
Der Lebenslauf gelenkt nach dem Motto Robert Kaspars: *Die Wahrscheinlichkeit von Ereignissen steigt mit der Zahl bestätigter Erwartungen.* Paul hätte sich gewünscht, dass einer seiner Lieblingsdenker diese Sicht, nämlich das »Warten auf Erwartungen«, diese – wie er findet – treffende Formulierung hat er nirgends gefunden, einmal vertieft hätte. Stattdessen Vertrautes, zum Beispiel von Karl Popper: *Zunächst einmal erwarte ich kein ewiges Leben. Im Gegenteil, die Vorstellung, dass es ewig so weitergeht, erscheint mir äußerst erschreckend ... Dagegen finde ich, dass selbst der Tod ein positives, wertvolles Element im Leben darstellt. Ich glaube, wir sollten das Leben und unser eigenes Leben sehr hoch bewerten, aber doch irgendwie mit der Tatsache zurecht kommen, dass wir sterben müssen; und wir sollten einsehen, dass es gerade die faktische Gewissheit des Todes ist, die viel zum Wert unseres Lebens beiträgt.*

Nach der Rückkehr von Stuvar ist Paul zu müde, um sich an den PC zu setzen. Abends gehen sie alle gemeinsam ins Belvedere. Beim Aperitif formulieren sie erstaunlich emotionslos die Todesanzeige – »Hanno preso serenamente l'ultima curva. In Dankbarkeit nehmen wir Abschied von ... Dass sie so ruhig und gelassen gehen konnten, verdanken sie der Hilfe der ROWS«. Dazu wünscht sich Franca einen Text von Khalil Gibran: *Jedesmal, wenn ihr an dem Feld vorbeikommt, in dem ihr eure Vorfahren beigesetzt habt, schaut richtig hin, und ihr werdet euch und eure Kinder Hand in Hand tanzen sehen. Wahr-*

haftig, ihr seid vergnügt, ohne es zu wissen. Franca pocht darauf, dass die Kinder bei ihren Friedhofsbesuchen heiter sein sollen. Und dann plant sie schon das Essen für den achten Dezember, den Vorabend. Teller, Gläser, Servietten, Besteck – ein letztes Mal servieren. Keine selbst gemachte Pizza. Etwas noch Einfacheres zum Schluss.

Drei

Auf der wie immer steinschlagfreien Fahrt von Sils nach Sins erinnert sich Luca in der Abenddämmerung an Menschen, die kurz vor dem Tod – wenn sie dazu noch in der Lage waren – Witze machten.
Ein Freund hat ihm erzählt, dass er am Totenbett seiner Mutter der alten Frau einen Kuss gab. »Wenigstens für diesen Anlass hättest du dich gründlich rasieren können«, sagte sie. Das waren ihre letzten Worte.

Achter Dezember: Eine Stunde nach der letzten Leerung, um neunzehn Uhr, werfen Franca und Paul ein Dutzend Abschiedsbriefe an Verwandte und Freunde in den Briefkasten bei der Post in Avaina. Der Briefkasten wird erst am nächsten Morgen wieder geleert; somit werden die Briefe frühestens am Tag nach dem Tod eintreffen.
Das letzte Essen bei den Eltern wird ein fast normaler und schöner Abend.
Nach dem Aperitif öffnet Paul seinen besten Barolo. Francas Schinkengipfel und Kanapees schmecken vorzüglich. Blätterteig-Krümel fallen auf den Teppich und in die Polster.
Paul und Franca sind entspannter als ihre Kinder.
Paul im Lounge Chair; Franca auf einem Hocker in Küchennähe und oft auf den Beinen, Tabletts, Flaschen und Gläser hin- und hertragend, Christina und Sabine neben ihr, immer bereit, ihr zu helfen, Reto und Luca auf dem Sofa.
Würde man auf dem Papier ein Netz mit Verbindungslinien erstellen, wobei jeder Blickkontakt zwischen zwei Personen

eine Linie bildet, gäbe es zwischen Paul und den Kindern und zwischen Franca und den Kindern dicke Stränge, zwischen den Kindern untereinander jedoch nur einige wenige, dünne Linien.
Als Reto allein mit Franca in der Küche ist, hören die anderen im Wohnzimmer sein Schluchzen. Aber kurz danach kommt er gefasst in das Wohnzimmer zurück.
Weil die letzten Dinge schon besprochen wurden, ist ein lebhaftes Gespräch über einen merkwürdigen Zufall im Gang, über gemeinsame Bekannte von Christina und Paul, von denen bisher niemand wusste. Minutenlang vergessen alle die Besonderheit des Abends.

Kurz vor 23.00 Uhr wirken Paul und Franca müde. Sie legt den Kopf zurück, zieht die Nadel aus dem hinten zu einem Knoten geschlungenen Haar und lässt es in einer Welle auf ihre Schultern fallen.
Ohne es auszusprechen, ist klar, dass die Eltern jetzt – deutlich früher als an einem gewöhnlichen Abend – allein sein möchten.

Paul gibt den Söhnen die zweiten fünf Jahre seines Tagebuchs, das er in einer Zehnpunktschrift mit wenig Durchschuss ausgedruckt, gelocht und in schwarze Ordner abgelegt hat.
»Ich glaube nicht, dass ich heute Nacht oder morgen noch schreiben werde. Aber ihr könnt ja dann im PC nachsehen.«

Die Söhne umarmen ihre Eltern ein letztes Mal. Die Umarmungen sind länger, fester und inniger als sonst. Luca kann sich nicht erinnern, seine Mutter jemals so umarmt zu haben. Die Initiative geht von ihr aus. Es kommt ihm vor, als hielte er ein Mädchen. Es erinnert ihn an Teenager-Tage: schüchterne Zärtlichkeit. »Du bleibst bei Sabine, wegen Nora«, sagt sie.

Die Kinder gehen die Treppen hinab. Reto als Letzter. Luca ist schon unten, hinter ihm Christina und Sabine. Reto fast noch in Reichweite zu Franca und Paul, die oben am Geländer stehen. Sie blicken den Kindern hinterher wie vor einer Reise.
»Geht ihr jetzt schlafen?«, fragt Reto. Er kann sich kaum lösen. »Es ist doch schon spät!« Und an Franca gewandt sagt er: »Und wehe, wenn du jetzt noch sauber machst.«
»Ich mach, was ich will!«, erwidert sie mit funkelnden Augen, einem Gesicht voller Schalk, frech und gut gelaunt wie schon lange nicht mehr.
Das ist der letzte Gesichtsausdruck, das sind die letzten Worte, die die Kinder von ihr hören. Sie macht sich über ihren Putzfimmel lustig. Sie ist heiter. So behalten die Kinder sie in Erinnerung.
Nach dem letzten »Ciao« beginnen Lucas Gedanken wieder wie in Sils zu rasen. »Ich mach, was ich will«, hallt es in Lucas Kopf auf dem Weg zu Barblas Wohnung nach. Er denkt, dass Franca das in ihrem Leben zu selten gemacht hat, dass sie sich für die Familie geopfert hat, dass sie Paul die Karriere ermöglicht hat, indem sie eigene Berufspläne zurückgestellt hat. Nun macht sie, was sie will: noch einmal ihre Pflicht und danach für immer schlafen.

Neunter Dezember.

> ... so dass also jedes Mal, wenn einer stirbt von eigener Hand, oder auch nur zu sterben versucht, ein Schleier fällt, den keiner mehr heben wird.
> *Jean Améry*

Franca könnte schwören, dass er an Elsa gedacht hat, als sie auf der Brücke unterhalb von Stuvar rauchten. Er ahnt ja nicht, wie leicht sie ihm in die Karten schaut. Er denkt, sie wüsste nicht, wie nahe er und Elsa sich standen. Aber sie hat ihn nie gefragt, nie Druck gemacht. Das Leben ist zu kurz und zu schön, um einem, den man liebt, ein anderes Erlebnis von Glück und Nähe zu vermiesen. Zudem war Franca schon immer der Meinung, dass Paul und Elsa sowieso nicht zusammenpassen. Vielleicht beim Bridge, aber sonst nicht. Sie war kräftig und breitschultrig. Er das Gegenteil. Aber Elsa hatte einen besonderen Geschmack. Beispielsweise trug sie als einzigen Schmuck eine grauweiße Perle in ihrer Drosselgrube, die an einem durchsichtigen Faden hing und daher zu schweben schien. Es ist dieselbe Perle, die jetzt Claudia Zuber trägt. Elsa hatte sie Claudia damals als Dank geschenkt. Dumm, dass Claudia Zuber jetzt Elsa erwähnt. Franca bemerkt, dass Paul sich unwohl fühlt. Franca fragt sich, ob Elsa ihrer Sterbebegleiterin Claudia Zuber auch die Affäre mit Paul erzählt hatte.

Wegen dieser Perle zum Beispiel hat Franca Elsa bewundert: Einfaches und Kostbares nah beieinander. Aber mit ihren Augen starrte sie einen am Kartentisch manchmal so bohrend an, dass es ungemütlich wurde.

Paul und Elsa haben miteinander geschlafen.
Alex war zu schüchtern, um es mit Franca zu tun.
Im Vergleich zu Alex ist Paul hager, kraftlos, kantig – ein Leptosom, den man am besten nur im Dunkeln liebt.
Franca war noch Jungfrau in der Hochzeitsnacht. Und sie blieb es noch einige Tage und Nächte, denn seine Erektion ließ beim Versuch, in sie einzudringen, immer nach.
In der Hochzeitsnacht bohrten sich nur Pauls spitze Knie in ihre Schenkel. Das hat er später bleiben lassen.
Mit den Jahren sah Franca diese unvorteilhaften Dinge nicht mehr. Sie erinnerte sich nur, wenn sie alte Fotoschachteln durchsuchte, und das haben Paul und Franca in den letzten Monaten gründlich getan.

Alex auf Schwarzweißfotos in Badehose: Paul ging höchst ungern ins Schwimmbad. Er benahm sich wie James Stewart mit Katharine Hepburn in »Die Nacht vor der Hochzeit«, als Stewart darauf bestand, alle Swimmingpool-Szenen hindurch seinen Flanell-Morgenrock zu tragen. »Wenn ich in einer Badehose auftrete, weiß ich, dass das mein Ende ist«, sagte der schmalbrüstige zweiunddreißigjährige Stewart. Über vierzig Jahre später, kurz nach seinem letzten Film, der sich mit dem Sterben beschäftigte, und als das Ende für ihn und seine Filmpartnerin Bette Davis wirklich nahte, klagte er: »Es gefällt mir nicht, wie alt ich geworden bin.« Wenn Paul ins Schwimmbad ging, dann mit Bademantel. Wenn es keinen gab, schlang er sich das Handtuch um den Hals, in der Hoffnung, dass die Schultern breiter wirkten, oder er behielt gleich ein Hemd an. Sie gingen immer seltener, seit über zehn Jahren gar nicht mehr. Dabei war Franca eine gute Schwimmerin.

Franca hätte Paul gerne einmal gesagt, dass sie Stellen am Körper hat, die er nie berührt hat, dass sie Laute von sich gibt, die er nie gehört hat, dass sie Genuss verspüren kann, den er nie erlebt hat. Aber das verliert mit den Jahren an Bedeutung.

Alex dachte, dass Paul nicht zu Franca passt. Er hat es ihr gesagt, bevor er dann einige Wochen später auf dem Exerzierplatz starb.

Elsa und Paul waren zu einem Turnier nach Turin gefahren, als Alex es Franca sagte. Alex und Franca spielten schlechter als Elsa, die mehrfach in die Auswahl der Damen-Nationalmannschaft aufgenommen wurde; und sie alle waren Welten von Paul entfernt.

Sie hatten vereinbart, dass sie am Wochenende nachkommen würden. Alex dachte, dass das Schicksal sich geirrt hat. Er verfluchte die berühmten Sekunden, die darüber entscheiden, wer wo wann ist und dort jemanden trifft, der sein Leben verändert. Vielleicht hat ihm Elsa später gestanden, was in Turin geschehen war. Aber Franca hätte nie gedacht, dass er sich deswegen das Leben nehmen würde. Es muss noch andere Gründe gehabt haben. Als er Franca an jenem Abend sagte, dass ein schlechter Zufall Paul und sie zusammengebracht hat, war er nicht weit weg von einer Liebeserklärung. Sie saßen ganz hinten in einem Lokal auf Barhockern an einem Stehtisch. Vorne spielte eine Jazzband und manche tanzten. Alex hörte ihr trotz der lauten Musik aufmerksam zu. Sie erzählte ihm von ihrem Vater. Einmal blitzten Tränen in seinen Augen auf. Manchmal kamen drei zusätzliche Bläser auf die Bühne. Sie mussten die Köpfe zusammenstecken, um sich noch zu verstehen. Als sie ihm sagte, wie ihr Kopf in der Eisenbahn schaukelte und dass sie dabei an Vater dachte – sie mit ihren einundzwanzig Jahren – und wie unbequem das in dem engen Sarg für ihren Vater sein musste –, kurz danach hätte er sie beinahe geküsst. Später trank er noch einen Cocogin und prostete ins Leere für Paul, mit dem er erfolglos mehrfach über Religion und Schicksal gestritten hatte. Paul war ihm in diesen Dingen überlegen. Paul hatte nie etwas gegen die Bibel einzuwenden. Er findet sie großartig, vor allem das Alte Testament. Aber Religion und Kirche sind nicht seine Sache. Er will nicht mit Selbstbetrug leben. Auf Alex' Satz »Wir leben, um zu sterben, aber wir sterben, um ewig zu leben«, reagierte er nur mit einem Schulterzucken.

Franca hat ihren Glauben, seitdem Paul und sie zusammenleben, versteckt. Sie folgt seiner Argumentation, hat wenig dagegenzusetzen. Wie auch? Paul und sein Donnergott. Glaube und Aberglaube seien für Menschen gut, die Hilfe und Trost brauchen. Er sehe ein, dass man es sich einfacher machen könne, indem man an einen Gott glaubt. Bei den Römern war es noch ein Donnergott, um die Furcht vor dem Donner zu bannen. Wenn die Wissenschaft schließlich den Urknall, die Entstehung von Materie, die Unendlichkeit und ein paar andere Merkwürdigkeiten erklärt habe, werde

der biblische Gott so überflüssig wie der Donnergott der Römer.
Paul hat Franca allerdings nie gedrängt, auch die Söhne nicht, hat sie nie zu überzeugen versucht, hat Franca nie abbringen wollen von den Dingen, die sie seit ihrer Kindheit mit sich trägt.
Franca hatte viel mehr Verehrer als Paul Verehrerinnen. Sie hat ihn auch betrogen, von Anfang an – als sie sich an seine Weltsicht anpasste und nach außen hin den Glauben aufgab.
Aber sie glaubt. Sie weiß nicht genau woran, aber sie glaubt. Vielleicht an das Gute. Sie hat alles gegeben für Paul, für Reto und Luca: Nach nicht enden wollenden Wanderungen im damals primitiven Badezimmer den Söhnen in einer Blechwanne die Füße gewaschen. Und ihre Füße?
Franca ging am selben Abend noch in der Küche auf und ab, um das Essen zu kochen.
Ein kerzengerades Leben hat sie geführt.

Sie hat das Gefühl, dass sie und Paul jetzt im Gleichgewicht sind. Jetzt. Das ist ihr wichtig. Sie hat alles getan, was sie tun musste. Sie war immer für die anderen da. Jetzt tut sie das, was sie, nur sie allein will. Paul und sie.

Frau Zuber hat das Mittel angerührt und in zwei Plastikbecher gegossen. Campari, Champagner und Joghurt stehen bereit. Frau Zuber verabschiedet sich. Sie lässt Franca und Paul vorläufig alleine, zieht die Tür hinter sich zu.
Paul ist schon etwas angetrunken und heiter und ein wenig nervös. Sie trinken die Medizin, er danach noch mehr Campari, sie den Champagner, nur ein halbes Glas, danach einige Löffel Joghurt. Der bittere Geschmack ist weg. Sie küssen sich, legen sich auf ihr Doppelbett wie zu einem Mittagsschläfchen. Geschafft. Sie nimmt seine Hand.

»Hoffentlich kommt die Zuber nicht rein, bevor ich weg bin«, sagt er noch. Sie schmunzeln, tauschen ein letztes Mal den Atem und werden müde.
Franca schließt die Augen. Sie hat nicht das Geringste zu befürchten.

Paul im Halbschlaf. Das Planeten- und Lungenbläschen-Bild des Chilenen verschwindet hinter einer Szene, in der Alex gemeinsam mit Franca, Elsa und ihm eine Pizzeria betritt. Alex lobte das Schweizer Militär und erzählte Anekdoten, als seine Pizza kam. Er begann sofort, sie akkurat vom Zentrum aus sternförmig aufzuschneiden. Er trennte sie nicht in zwei Hälften wie Elsa oder löste ein kleines Segment vom Rand her wie Franca und Paul, sondern formte mit erstaunlicher Präzision acht nahezu gleich große Sektoren. »So isst man Pizza, mit System«, grinste er stolz, als er endlich die Spitze des ersten Pizzaausschnitts, den er in der Hand hielt, genüsslich in den Mund schob.
Der untadelige Alex, Ritter der Straße, der Paul und Franca erzählt, wie er auf der Fahrt nach Sins an der Leitplanke hält und Steine von der Fahrbahn entfernt, die vom Steilhang heruntergerollt sind: *privel da crappa.*

Am zweiten Tag eines Wiederholungskurses, der wenige Monate nach der Bridge-Meisterschaft in Turin stattfand und an dem Paul als einfacher Soldat und Alex als Offizier teilnahmen, sah Paul ihn auf dem Exerzierplatz sterben.
Der Unfall ließ sich im Nachhinein nicht mehr genau rekonstruieren. Ein halbes Dutzend Rekruten hatte sich um Alex im Halbkreis aufgestellt, als er ihnen den Umgang mit Handgranaten erklärte. Die Übungsgranaten sind deutlich markiert. Alex war im Alltag – und im Dienst erst recht – viel zu pedantisch, um Äpfel mit Birnen zu verwechseln, trotzdem hatte er eine scharfe Granate in der Hand, als er

den Sicherungsstift zog und die Sekunden vor dem Wurf zählte. Alex musste sie absichtlich an sich genommen haben. Als Offizier hatte er Zugang zum Sprengstoffdepot. Die Rekruten sagten später aus, Alex habe gestottert und sich verzählt – eins, drei, fünf, zwei, zwei, zwei ... –, als wollte er die Zeit zwingen, stehen zu bleiben. Alexander Poseda habe sich dann umgedreht, sich einige Schritte entfernt und wie ein Torwart, der einen Schuss in den Bauch bekommt, um die Granate – die er mit beiden Händen festhielt und an seinen Körper drückte – gekrümmt, so dass nur einige der umstehenden Soldaten leicht verletzt wurden.

Da Alexanders Eltern Abschiedsbriefe ihres Sohnes fanden, stand fest, dass es sich um einen Suizid gehandelt hatte. Es blieb zwar ungeklärt, wie und wann die scharfe Granate in die Kiste mit den abgezählten Übungsgranaten gelangt war, ob Alexander sie selbst in die Kiste geschmuggelt oder ob er sie vor der Übung bei sich versteckt hatte –, aber aufgrund der Aussage von Herrn und Frau Poseda verzichtete man auf weitere Untersuchungen.

Menschen haben Gesetze und Zahlen haben Gesetze: Aber Zahlen haben kein Gericht und keine Richter. Zahlen müssen sich nicht rechtfertigen, wenn sie Gesetze missachtet haben. Sollte Paul zweitausend Mal eine Münze werfen und es käme jedes Mal Kopf, würde niemand Strafantrag stellen, es sei denn, er wollte mit dieser – vermutlich falschen – Münze Geschäfte machen. Nur Schauspieler dürfen mit Doppelkopf-Münzen Frauenherzen brechen.

»Reto, Luca, *a dodi,* es ist Zeit!«
So sagte Paul früher, wenn die Söhne ins Bett mussten. Das Wort *dodi* gibt es weder im Deutschen noch im Italienischen oder Rätoromanischen. Franca hat die Redensart aus Genf mitgebracht. Im Larousse steht, dass das lautmaleri-

sche *dodi* sich von *dormir* ableitet; das Wort *dodi* existiert seit 1440. Ob Luca noch *dodi* zu Nora sagen wird? Das Rätoromanische stirbt mit Polín, aber sein Familiencode?

Paul hat kein gutes Gefühl bei Claudia Zuber. Sie hat einen wissenden und fatalistischen Blick.
Sie trägt eine einfache Halskette, wie Elsa sie immer trug. Ihm scheint es sogar dieselbe zu sein.

> Das Bewusstsein, zum Schutz des Lebens entstanden, setzt ihm später zu.
> *Paul Valéry*

Vielleicht blicken alle Sterbebegleiterinnen so. Paul kennt keine anderen. Er kennt nur Dr. Strub.
Paul hatte sich auf Dr. Strub eingestellt, falls er nicht loslassen könnte, falls er am Leben festhalten würde. Nicht auf diese fremde Frau, die ihm mit langsamen, gut gemeinten, kreisenden Bewegungen den Rücken massiert und mit tröstenden Worten in Schweizer Mundart versucht, ihn ins Jenseits zu befördern, und ihm schließlich, wie er es zuvor angeboten hatte, mit der Zärtlichkeit einer Friseuse vielleicht noch einen Plastiksack über den Kopf stülpt. Nachdem Paul das beim vorbereitenden Gespräch kurz erwähnt hatte, versuchte er gar nicht, ihr seinen grünen Schal, den mit der Loden- und der Seidenseite, zu geben, damit sie den Sack am Hals zubinden könnte. Bei diesen Medikamenten sei der Sack nicht nötig, versicherte Dr. Strub.

Ein letztes Mal zählt, flucht und träumt Polín stumm auf Rätoromanisch, um die Gegenwart von Frau Zuber zu verdrängen.

Dreizehn Trümpfe schwarz in Händen. Paul spielt seine letzten Karten aus, legt sie in Gedanken auf den Tisch. Er kann nicht mehr in die Partie eingreifen. Er ist *the dummy, le mort. Fait accompli.*

Schlemi – Schlitzohr oder Pechrabe? Schlemihl ist die einzige Typenbezeichnung, die zwei gegenteilige Bedeutungen vereint: Einerseits meint Schlemihl »das Schlitzohr«, das es faustdick hinter den Ohren hat, andererseits »der Pechrabe«, wie ihn Isaac Bashevis Singer beschreibt: ein ungeschickter Mann aus Chelm, der aus Verzweiflung über seine Nichtsnutzigkeit seinem Leben mit vermeintlich von seiner Frau vergifteter Marmelade ein Ende setzen will. Schlemihl, Mann aus Chelm: *Schelm, ahd. scelmo, scalmo: Aas, toter Körper.*

Die Piz-Pazlin-Kapuze hat sich über Nacht zu einer lückenlosen Wolkendecke ausgedehnt. Draußen schneit es.

Franca mit geschlossenen Augen neben ihm im Ehebett. *Silence.*

Natrium-Pentobarbital, in Wasser aufgelöst, führt zu einem komaartigen Zustand. Jean Amérys totales Scheitern, das *échec* stellt sich ein. *Paul est échec et mat.* Die Atemtechnik setzt aus.

Es schneit Butterflocken –
butter, butterbrot, beirut, billardkugeln, barfuß, banden, boy, dodi, dovinare, rosebud, random walk, bomben, bronze, bogey, bergman
kirschkern, knöllchen, karten, kapuzen, kometen, wolken, walk, kontrakt, konspirieren, komplott
granate, uonda, davos, kokolores
schürhaken, lift, lungenbläschen
abheben, trennen, mischen, muskat, matt, mouches, morsen, morte,

ordnen
verschweigen, weiß
schwarz, pique, weak, player's no 6, südsee, safran, pizza, zahlen, zaz
passatempo, profuonda, fondue, bleiben, reizen, tauschen, behalten, täuschen, schwitzen
schelmisch, schlaksig, schlemihl, schelm, schal, schalk, schuld, schuh, schlamm, schlemm, sand
irren, ziehen, zählen, jazzen, tanzen, hoffen, tasten
atmen

Wenig Worte in Barblas Wohnung nachts kurz nach dem letzten Abschied.
Jeder für sich. Jeder bedrückt.
Luca zieht sich zurück und liest Pauls Tagebuch, kann sich aber nicht konzentrieren, schaltet den Fernseher ein, sieht eine Dokumentation zum Jahrestag des Attentats auf John Lennon, schaltet den Fernseher wieder aus und liest bis zum Morgengrauen.

Es schneit. Es ist der neunte Dezember.
Sabine, Christina und Reto schlafen noch. Luca zieht seine Jogging-Sachen an. Luca muss laufen. Er schlägt den Weg zur Val Plaja ein.
Die Kinder kennen nicht nur das Datum, den neunten Dezember, sie kennen auch die Uhrzeit. Sie halten sich in Barblas Ferienwohnung am entgegengesetzten Dorfrand von Sins auf. Sie wissen, dass Walter Strub und Claudia Zuber um 10.00 Uhr zu Paul und Franca kommen.
Die ganze Nacht hat es geschneit. Und es schneit immer noch. Dicke und schwere Flocken fallen aus dem lückenlos grauen Himmel herab. Eigentlich müsste es um diese Tageszeit heller sein, aber Luca kann es gar nicht ungemütlich genug sein.

Er läuft in den wenigen Reifenspuren von Bauern, die ihre Milch im Morgengrauen zur Molkerei gefahren haben, biegt dann in einen Seitenpfad ab, auf dem keine Autos fahren können. Hier ist der Schnee unberührt. Luca ist der Erste, kein Spaziergänger weit und breit. Genau das will er: allein sein im Augenblick des Todes. Unter den Turnschuhen knirscht der Schnee. Die Konturen der Schneeflächen und der Waldränder unter dem tief hängenden Himmel sind kaum zu erkennen.
Filme laufen in Lucas Kopf ab. Erinnerungen, wie sie alle Familienmitglieder haben könnten, banale Ereignisse sind plötzlich wichtig. Er hat all die Monate davor nicht geweint. Nicht einmal am letzten Abend. Jetzt erst kommen die Tränen, mischen sich mit dem Schnee und dem Schweiß auf dem Gesicht.
Luca läuft durch die im dichten Schneefall dunkelweiße Landschaft. Er tritt die Tränen in den Schnee. Er weiß von den Endorphinen und er spürt sie nach zwei Stunden. Er will kämpfen, schwitzen, nach Luft japsen. Er rennt schneller, und als er kaum noch Atem bekommt, stößt er merkwürdige Töne aus: Jammern, Winseln, Schluchzen bis hin zu wütendem Schreien. Unartikulierte Klagelaute von einer Intensität, die er sich – nein, die er keinem Menschen jemals zugetraut hätte.
Der Schnee auf den Wimpern schmilzt nicht. Seine Augen sind wässrig. Er sieht das Gelände nur verschwommen. Manchmal stolpert er, fällt aber nicht. Er weiß nicht mehr, wohin er rennt. Es scheint keinen Ort mehr für ihn zu geben. Nur Schnee. Er rennt ziellos, möchte immer weiter, immer weiter laufen. Aber manchmal bleibt er stehen und schreit die Verzweiflung aus sich hinaus, so als reiße die Nabelschnur zum zweiten Mal.
Keine Worte, keine Musik können die Ereignisse erklären, nur sein Geschrei.
Die Maske der letzten Monate ist weg.

Er will mehr als das, er will das Denken vollkommen abschalten, um wie auf einer anderen, sprachlosen Bewusstseinsebene bei den beiden zu sein, die ihn gezeugt haben und jetzt sterben.
Er sieht Franca und Paul vor sich wie in einer Halluzination. Die Zigaretten, die Campariflasche, das Moëtfläschchen, der Joghurt, die ROWS-Plastikbecher, die letzten Gespräche, die letzten Erklärungen und Anweisungen von Dr. Strub und Frau Zuber, ihre letzten Worte, ihre letzte Umarmung, ihre letzten Bewegungen, als sie sich auf ihr Doppelbett legen und vielleicht ein letztes Mal zum Fenster hinausblicken und denselben Himmel sehen, den Luca sieht; wie sie sich die Hände halten und die Augen schließen, um einzuschlafen.
Luca läuft und schreit bis zur vollkommenen Erschöpfung. Der Tod war ihm nie so nah. Es ist, als stürbe etwas in ihm. Er weiß nicht, was es ist. Aber es ist groß. Manchmal ein schmerzendes schwarzes Loch in der Brust. Tote Stellen überall in seinem Inneren. Das Sterben der Eltern reißt ihm einen Teil seines Wesens weg. Luca läuft weiter, immer weiter, bis er nicht mehr anders kann und irgendwann mit dem Sterben einverstanden ist. Erst dann blickt er wieder auf die Uhr. Ja, all dies kann jetzt geschehen sein. Ein Hauch der Erleichterung mitten in der Verzweiflung.
Luca wankt zur Ferienwohnung zurück. Es gibt nur noch ihn und seinen Atem, der heftig ein- und ausströmt. Er spürt, dass er ein anderer geworden ist.
Mit besorgten Mienen warten Sabine, Christina und Reto auf ihn. Triefend betritt er die Wohnung. Was hätte er nur bei strahlendem Sonnenschein gemacht, fragt er sich. Inzwischen scheinen seine Tränendrüsen ausgetrocknet zu sein. Luca, ein anderer Luca, einer, der er noch nie war, hat sich im Griff, duscht und zieht sich an.

Das Weißeste

Nicht Schnee

Weißer die Zeichen
die der Einsiedler
auf die Tafel der Einsamkeit
schreibt

Das Weißeste
Zeit

Rose Ausländer

Das seltsamste Warten im Leben der Kinder.
Endlich ruft Dr. Strub an.
Franca sei vor einer Stunde gestorben. Nur zehn Minuten nach Einnahme der Barbiturate. Bei Paul hingegen dauere es länger. »Gedulden Sie sich bitte noch etwas. Ich melde mich.«

Nach einer halben Stunde ruft er noch einmal an.
Es sei noch nicht so weit.

Luca denkt, dass Paul vielleicht nicht stirbt. Dass es bei ihm einfach nicht funktioniert.
»Vielleicht will ihn der liebe Gott nicht«, flüstert Christina, blass im Gesicht.
Luca hofft es einen Augenblick.
Paul hatte wohl geahnt, dass ihm das Loslassen schwerfallen würde.
Nach einer weiteren halben Stunde ruft Dr. Strub wieder an.
Ja, jetzt sei auch Paul gestorben.
Auch er: aus der Welt.
Mit dem Vater stirbt der Sohn.

Die Kinder treffen zu viert ein. Claudia Zuber und Walter Strub bekunden ihr Beileid. Beide sind blass und wirken müde. Frau Zuber sieht fast so schlimm aus wie zuvor Luca, als er aus der Val Plaja zurückkam. Flauberts Gesicht könnte manchmal so ausgesehen haben, wenn er aus dem *gueuloir*, seinem Brüllkorridor an den Schreibtisch zurückkehrte, um seine Verzweiflungsliteratur, seine Versuche über die in Nichtigkeit mündende menschliche Entwicklung voranzutreiben, denkt Christina.
Sterbebegleiter zu sein ist keine leichte Aufgabe. Aber Frau Zuber wirkt nicht nur körperlich robust. Sie ist kräftig, eine Schwimmerin vielleicht, was den bescheidenen Schmuck, diese einzelne Halskettenperle im Jugulum, in ihrem Grübchen zwischen den Schlüsselbeinen, betont.
Es ist still im Haus.
Im Wohnzimmer ist alles sauber. Franca hat also nachts noch gesaugt. Sie wollte nicht, dass Fremde bei ihr im Wohnzimmer auf Krümeln sitzen.
Reto stellt sich Franca vor, wie sie in ihrer letzten Nacht die Krümel der Schinkengipfel aufsaugt.
Christina und Sabine lassen Reto und Luca vorausgehen und bleiben bei Frau Zuber und Herrn Strub, die ihnen das weitere Prozedere erklären.
Blass, aber gefasst kommen Reto und Luca nach etwa zehn Minuten ins Wohnzimmer zurück. Danach trauen sich Christina und Sabine in das Schlafzimmer. Es ist wie immer perfekt aufgeräumt. Auf den Nachttischchen Pauls leeres Campariglas und Francas halbvolle Flute. Das Moëtfläschchen ist fast leer. Daneben die zwei leeren Plastikbecher und die fast noch vollen Joghurtgläser. Es ist warm und stickig.
Paul und Franca angezogen auf ihren Betten, so als hätten sie sich nur für ein Nickerchen hingelegt. Es sieht wirklich einfach nur nach einem Mittagsschläfchen aus. Sabine bleibt am Fußende der Betten stehen und blickt konzentriert in ihre Gesichter. Sie wagt es nicht, sich zu nähern oder sie zu

berühren. Je länger sie hinsieht, desto sicherer ist sie, dass Paul blinzelt. Sie hält das nicht lange aus. Draußen schneit es immer noch. Ihr wird plötzlich sehr heiß und sie geht zurück ins Wohnzimmer.

Frau Zuber lässt den Kindern so viel Zeit, wie sie wollen. Erst wenn sie einverstanden sind, wenn sie ausreichend und ungestört Abschied genommen haben, wird sie die Bestatter, einen Arzt und die Polizei benachrichtigen.

Sie stehen abwechselnd immer wieder auf und gehen ins Schlafzimmer. Mal alleine, mal zu zweit, mal stehen sie zu dritt am Fußende des Ehebettes. Pauls Gesichtsfarbe erinnert Luca auch wegen der Bartstoppeln an schmutzigen Schnee. Francas Haut ist wie mit einer hauchdünnen Wachsschicht überzogen. Die Falten glatt gestrichen vom Tod. Die elterlichen Gesichter beide leichenblass.

Als Luca allein im Zimmer ist, öffnet er das Fenster, nicht wegen der Hitze, sondern für ihre Seelen, falls es sie gibt und falls sie hinaus wollen.

Die Küchendecke aus dem 17. Jahrhundert ist rund, damit der Rauch leichter abziehen kann. Die Schlafzimmerdecke von Franca und Paul ist normal: flach und rechteckig.

Später sagt Luca den anderen, dass er sich über Strub und Zuber geärgert hat, weil sie nicht selbst auf die Idee gekommen sind, das Fenster zu öffnen, nachdem auch Paul gestorben und die »sauerstoffarme Umgebung«, die sie erzeugt hatten, nicht mehr nötig war. Trotzdem ist die Stunde des Abschiednehmens friedlich. Sie erinnert Luca an die letzte Fotografie, die von Stefan und Lotte Zweig in Petropolis 1942 gemacht worden war. Franca und Paul kannten das Foto. Lotte liegt auf der Seite, schmiegt sich an Stefan, ihre Linke in seinen Händen. Stefan liegt auf dem Rücken. Er trägt ein kurzärmliges bis obenhin zugeknöpftes Hemd mit Krawatte. Schöner können zwei Liebende nicht sterben, sagte Franca, als sie das Foto zum ersten Mal sah.

Vielleicht hatte der Tod der Eltern ja mit »Händels Auferstehung« begonnen, mit der schönsten Sternstunde der Menschheit bei Stefan Zweig. Luca ist nicht sicher, warum er seinen Eltern das Foto zeigte, nachdem er es in Brasilien entdeckt hatte.
Zweigs Geschichte von Georg Friedrich Händel hatte Luca als Vierzehnjähriger in seiner Lust, Komponist zu werden, bestärkt.
Zunächst der dumpfe Fall Händels. Der erste Sturz des Meisters. Regungslos am Boden. Die Augen starr offen. Der erschrockene Diener, der denkt: Er stirbt. Der Diener, der auf der Straße schreit, um eine Kutsche anzuhalten: »Händel stirbt!« Der herbeigeeilte Arzt stellt fest: Apoplexia. Die rechte Seite gelähmt. Der Mann sei vielleicht zu retten, aber der Musiker sei verloren, wenn kein Wunder geschehe.
Freunde machen für Händel Musik. Doch Händels Körper bleibt wie ein Kranker im Traum. Händel will mit in den Rhythmus, aber es ist Frost in seinen Gliedern. Starre. Händel monatelang eingemauert in ein unsichtbares Grab. Dann aber sein Wille: leben, schaffen.
Heilquellen in Aachen. Aachen!
Neun Stunden im heißen Wasser – eigentlich tödlich – statt höchstens drei. Händels Wille wagt den Tod um des Lebens und um seiner wildesten Lust willen. Er reißt sich los aus der lähmenden Umarmung des Todes. Danach Besserung des Zustands. Fast Genesung.
Nie war er sonderlich fromm gewesen. Vor der Abreise hält Händel jedoch am Aachener Dom. Er betritt ihn, sieht die Orgel: Händel beginnt allmählich zu spielen, zu phantasieren. Es türmen sich klingende Quader ins Unsichtbare. Für wenige Augenblicke füllt sich das Schlafzimmer von Lucas Eltern mit Musik – mit Zweigs Worten: *Luftige Gebäude steigen schattenlos empor. Wesenlose Helle. Tönendes Licht.*
Händel findet für kurze Zeit seine Sprache wieder. Aber dann die Schulden, die Gläubiger, die Kritiker, das stumme

Publikum. Händels zweiter Sturz. Schlacke und Asche seines einstigen Ruhmes. Felsland der Seele. Müdigkeit zu reden, zu schreiben, zu denken, Müdigkeit zu fühlen, Müdigkeit zu leben. Die Last der Leere. Nur schlafen, dumpf wie ein Tier, nur vergessen, nur nicht mehr sein! Dann aber Jennens Paket. Händel fühlt Geschriebenes darin. Unruhe. Die ersten Worte: *Comfort ye.* Wie ein Zauber. *He was despised.* Schweres Erinnern. Dunkler und drückender Klang. Das Wort wird Ton. *Oh death, where is thy sting.* Nach drei fast wahnsinnigen Wochen das letzte Wort des Werkes. *Amen.* Diese zwei knappen, raschen Silben – Händel reißt sie auseinander, um sie immer wieder neu zu verschmelzen. Er baut dieses eine Wort, dieses *Amen* in einer Fuge auf aus dem ersten Vokal, dem hallenden A, dem Urklang des Anfangs, bis es ein Dom ist, dröhnend und voll, und mit der Spitze reichend bis in den Himmel.
Händel stirbt an dem Tag, an dem er sterben will, am 13. April, am Tag seines ersten Sturzes, am Tag auch, an dem sein »Messiah« fünf Jahre nach seinem ersten Sturz erstmals erklungen war.

Luca nimmt nach dem Abitur die erste Gelegenheit wahr, um nach Südamerika zu reisen: ein Engagement auf einem Kreuzfahrtschiff. Jeden Abend spielt er in einem Play-Bach-Quartett. Verbissen übt er das Solo aus »Wachet auf, ruft uns die Stimme« in Jacques Loussiers' Variationen. Es misslingen die schnellen Passagen.
Tagelang Meer, so weit das Auge reicht. Allmähliche Annäherung an den Äquator. Frei von Schatten. Feuchtigkeit. Luca muss den Bass mehrmals täglich stimmen. Spiele unter freiem Himmel. Stumme Liebe unter senkrecht stehender Sonne auf nassen, orangefarbenen Plastikpolstern in einem Rettungsboot knapp über dem Kielwasser. Lucas mit Hornhaut überzogene Fingerkuppen, die auf empfindlichen Körperteilen einer Frau gleiten, sie erregen, ihren Badeanzug

verschieben, ihre Brust berühren, ohne dass Lucas Tastsinn es wahrnimmt. Wellenrauschen. Gischt. Haut auf Haut. Nass. Nachts dann der klare Sternenhimmel. Windstille. Das nie endende Vibrieren, das nie endende leise Brummen des Schiffsmotors. Luca allein auf dem riesigen Heck. Unten die Furche des durchpflügten Wassers. Ihr Schimmern im Sternenlicht. Die Möglichkeit, unbemerkt hineinzuspringen. Fast eine Verlockung.
Rio. Die Hölle. Die Fahrt hinauf nach Petropolis. Dort das Paradies. Das Ziel: Zweigs Villa. Unnahbar hinter schmiedeeisernen Gittern wie in Salzburg. Unweit der Friedhof. Zweigs Grabstein in Brasilien. Stefan und Lotte Zweig tot neben Unbekannten in der Fremde. Und schließlich in der Bibliothek in Rio das Foto, das Luca in Europa nie gesehen hat, so als wollte man es hier verbergen, so als hätte man Angst vor der Erlösung im zweifachen Tod – als wollte man sie verschweigen.

Keine Champagner-Anekdote am neunten Dezember in Sins. Tschechow, der sich im Bett ein letztes Mal aufrichtete, das Champagnerglas bis zum letzten Tropfen austrank, sich hinlegte und starb, wonach es ganz still war im Zimmer, bis plötzlich der Korken mit einem lauten Popp aus der noch halbvollen Champagnerflasche flog.

Ein Kommissar, ein Polizeiarzt und zwei Leichenbestatter betreten das Haus. Der scheußlichste Moment. Die Leichenbestatter: beide untersetzt, kräftig, bullig – ein Mann und eine Frau. Vielleicht sind sie verheiratet. Sie sehen sich ähnlich. Geschwister vielleicht. Kurze Begrüßung. Sie sprechen ihr Beileid aus. Dann bringen sie die Särge herein. Wie man leere Bücherregale bei einem Umzug durch Türen und um die Ecken trägt, so tragen sie die leeren Särge, langsam und vorsichtig, um die Tapeten, die Holzwände und das chilenische Weltraumbild nicht zu beschädigen. Und jetzt sprechen sie schon über Alltägliches. Gespräche wie an einem Stammtisch.

Während die Leichenbestatter im Schlafzimmer ihre Arbeit erledigen, bleiben Reto und Luca im Wohnzimmer, bei Sabine, Christina, Dr. Strub, Claudia Zuber und dem Kommissar, der, wie er sagt, »deliktisches Handeln« ausschließen muss. Er prüft die Patientenverfügungen und befragt alle Anwesenden einzeln, um sicher zu sein, »dass die Tatherrschaft bei den Toten lag«. Im Schlafzimmer hilft der Arzt den Bestattern. Er prüft die Leichen auf Fremdeinwirkungen. Reto und Luca blicken sich kurz fragend an, aber sie wollen beide nicht zusehen. Sie hatten sie lange genug auf dem Bett angeschaut – Paul und Franca.

Die beiden Särge passen nebeneinander in den schwarzen Kombi. Als die Leichenbestatter die Eltern mit Hilfe der Polizisten ins Auto geschoben und die Hecktür mit einem Knall geschlossen haben, beobachtet Luca aus dem geöffneten Fenster, wie das Alltagsgespräch fortgesetzt wird und sich sogar zu einem vulgären Gelächter steigert. Paul und Franca tot im Auto. Und das Gelächter Fremder bei ihnen.

Nachdem der Wagen mit den Eltern weggefahren ist, geht Luca als Erster ins Schlafzimmer.
Die Kleider! Der Arzt oder die Bestatter hatten Paul und Franca ausgezogen. Der Arzt hatte sicherstellen müssen, dass alles mit rechten Dingen zugegangen war.
Die drei, der Arzt und die zwei Bestatter – sie sind Luca zuwider, aber sie können nichts dafür – die drei haben Pauls und Francas Kleider jeweils links und rechts in einem unordentlichen Haufen neben das Bett geworfen.
Die drei hatten es eilig. Die Socken stecken noch in den Hosen. Die Unterhosen stecken noch in den Hosen. Die Hosen wie eine zusammengepresste Ziehharmonika, nur

senkrecht. Die Unterhemden: Seins steckt in seinem Pullover, ihres in ihrer Bluse.
Solche Kleiderklumpen, so achtlos, so eilig hingeworfen, solche Haufen, so unordentlich – so was gibt es sonst nur bei Liebenden, bei Gierigen, die sich aus der Umarmung lösen und sich sehr schnell ausziehen, um sich endlich nackt zu umarmen. Liebende: Sie mit offenem Haar, hinabblickend, die Haare wie ein Vorhang vor ihrem Gesicht, lächelnd aus dem Hosenhaufen steigend, so als wate sie im Sumpf, als ziehe sie die Füße aus schmatzendem Schlamm; er mit kalten Fingern vor Aufregung, hastig und fast schmerzhaft Hose und Unterhose hinabschiebend, zusammendrückend zur senkrechten Ziehharmonika.
Solche Kleiderklumpen sind das. Kleiderklumpen von Liebenden – Kleiderklumpen von Toten.
Luca will nicht, dass Reto sie sieht. Er bückt sich und ordnet die Kleider. Es sind Alltagskleider, nicht chic, aber vorzeigbar. So angezogen haben sie nachmittags auch Gäste empfangen oder sind ins Café gegangen. Ganz normale Kleider eben.
Die Unterhosen und Unterhemden sind noch feucht vom Schweiß. Sie haben geschwitzt. Paul viel mehr als Franca. Sein Unterhemd ist an manchen Stellen nass.

Später schaltet Luca Pauls PC ein und findet die letzte Eintragung:

9. Dezember
Ende
Ich kann nicht mehr schreiben. Keine Zeit. Die letzten Tage und Stunden mit den Kindern waren wunderbar. Danke euch! Wir können ruhig auf die letzte Reise gehen. Stellt euch vor, wir seien unterwegs zu unserem Wintergarten in Norwegen.

Luca öffnet Pauls Datei post-mortem.doc.
Paul hat alles perfekt vorbereitet. Auch eine Liste der Freunde und Verwandten, die Reto und Luca gleich anrufen sollen, befindet sich in dem Dokument.
Die Brüder teilen sich die Anrufe auf. Fassungslosigkeit bei jedem Gespräch. Der Hinweis auf die Briefe, die schon unterwegs sind und die vieles erklären werden, hilft, die Gespräche abzukürzen.

Paul hat am Tag seines Todes den Briefkasten nicht geleert. Ein Umschlag mit dem Absender seiner Hausärztin befindet sich darin. Sie hatte vor vier Monaten als Erste den Krebsverdacht bei Paul geäußert.
Reto reißt den Umschlag auf. Sie schreibt nur vier kurze Zeilen. Wahrscheinlich hat sie sich – wie bei einer Geburt – die Zeit ausgerechnet, nach der eine walnussgroße Geschwulst in der Blase anfangen könnte, spürbare Schwierigkeiten zu bereiten.

Lieber Herr Salamun,
wie geht es Ihnen?
Mit den besten Grüßen
Ihre ...

Gute Frage! Die Söhne benachrichtigen Verwandte, planen Trauerfeier und Begräbnis. Der Brief der Ärztin ist ein Lacherfolg.
Merkwürdig, wie laut man mitten in der Trauer lacht.
In post-mortem.doc befindet sich auch der Text für die Todesanzeige. Bei der Fahrt mit Luca zur Zeitung, und danach in einem Café, wirkt Reto erschöpft.
Zwei Krähen sitzen vor dem Café.
Paul hatte einmal gesagt, dass Krähen intelligente Tiere seien. Luca hatte in Genf selbst manchmal beobachtet, wie sie

im Flug Walnüsse auf Steine oder den Asphalt fallen lassen, elegant beidrehen und die Früchte aus den zerbrochenen Schalen picken.
»Vielleicht sind sie das?«, lächelt Reto schräg. Luca und Reto in einem fremden Café, sie kauen Croissants, lachen und weinen.

Luca vergisst zum ersten Mal Sabines und seinen Hochzeitstag. Paul hat seinen Hochzeitstag nie vergessen. Er hätte ihn auch in einer solchen Situation nicht vergessen.

Die Trauerfeier findet in der reformierten Kirche statt. Es sprechen nur Pfarrer Dr. Walter Strub – er hält sich an die Abmachung mit Paul und lässt alles Religiöse weg – und Reto, der den Text mit Paul abgestimmt hat. Musik von Edvard Grieg.

Abschied

Vater hat uns ein über fünfhundertseitiges Tagebuch hinterlassen, das er in den letzten zehn Jahren geschrieben hat. Eines der wichtigen Themen darin ist der Tod und die Suche nach einer Möglichkeit, mit Mutter gemeinsam zu gehen. Oder, wie Mutter es neulich sagte: »Versteht die Eltern als ein Wesen, das heiter die letzte Kurve nimmt.« Vater zitiert den Juristen Peter Noll, der mit 56 Jahren gestorben ist. Er hatte denselben Tumor wie Vater. Noll wollte sich nicht operieren lassen, aber er war religiös und ertrug bis zuletzt die Schmerzen, die diese Krankheit verursachen kann. Noll schreibt: *Die Pfarrer müssten nicht mehr Bestattungsbeamte sein, die die Realität des Sterbens und des Todes verdrängen. Sie sollten vielmehr das Sterben genau vorzeigen und den Gedanken an den Tod pflegen ... Der Pfarrer müsste dem Publikum klarmachen, dass jeder der nächste sein kann, der drankommt, dass alle drankommen, dass es gut ist, sich darauf einzurichten, und dass es dann vielleicht ganz leicht werden kann.*

Ich verlasse kurz Pauls Tagebuch (das übrigens auch Francas Tagebuch ist, denn sie hat mitgelesen und ihre Reaktionen sind von Paul im Tagebuch berücksichtigt worden).
Die ersten Gespräche mit euch, liebe Verwandte und Freunde der Verstorbenen, seit dem 9. Dezember bis heute, haben viele Erinnerungen geweckt und mir auch klar gemacht, dass bei aller Trauer Verständnis und Unverständnis für den letzten Schritt Pauls und Francas nahe beieinander liegen. Deshalb möchte ich noch etwas sagen: Als sich vor Jahren ein Freund meiner Eltern überraschend das Leben nahm, sagte eine Tochter dieses Freundes zu meinen Eltern: »Wir verzeihen ihm.«
Meine Eltern wurden selten ärgerlich, aber diese Äußerung der Tochter empfanden sie als falsch und ungerecht.

Dieselbe Kritik regt sich in Luca und mir, wenn wir etwa von euch ein »Wir verzeihen ihnen« hören. Wer so denkt und fühlt, hat Paul und Franca nicht verstanden.
Vielleicht gelingt es mir, ein klein wenig Verständnis zu wecken. Für alle, die den letzten Schritt Pauls und Francas nicht akzeptieren können, hier noch einige Gedanken und zunächst ein Beispiel, das ihr alle kennt.
Ich möchte erinnern an eine starke Frau, eine gute Freundin meiner Eltern. Nach der Diagnose »Krebs« war sie mehrmals bei uns zu Hause. Sie hat alles versucht, alle Schmerzen und Qualen auf sich genommen, um die Krankheit zu besiegen. Doch nach einer kurzen und schweren Zeit hat sie den Kampf verloren. Die Spuren der Therapie waren so schlimm, dass einer der baumlangen und starken Söhne beim letzten Besuch und Abschied von

seiner Mutter im Krankenhauszimmer in Ohnmacht fiel. Muss das sein? So viel Schmerz und so viel Leid?
Ihr wisst, dass man noch viele solcher Beispiele anführen könnte. Mir ist es wichtig, euch zu sagen, dass mein Bruder und ich beim letzten Abschied von Paul und Franca nicht in einem Krankenhauszimmer waren, sondern in ihrem, auch uns so vertrauten Zuhause, und dass wir beim allerletzten Blickwechsel noch einmal herzlich über eine überraschende Pointe im Treppenhaus gelacht haben und dass wir weit davon entfernt waren, vor Schmerz, Schreck und Leid in Ohnmacht zu fallen. Dazu trägt bei, dass wir schon seit September von ihrer Entscheidung wussten und uns vorbereiten konnten. Und vor allem konnten wir uns in Ruhe über alle Dinge, über Unausgesprochenes, das es in jeder Familie gibt, unterhalten. Wir konnten lange und auf schöne und intensive Weise Abschied nehmen.
Ich kann vergleichen. Das Ende meiner Eltern und die vielen Enden der Eltern meiner Freunde. Ich bin dankbar – trotz der großen Trauer, dass es zu früh kam – dass sie es so gemacht haben, obwohl es ungewöhnlich ist.
Ich denke, das reicht vielen von euch nicht. Für euch ist es schwieriger. Denn für euch kam es vollkommen überraschend.
Seit Jahren beschäftigten sich unsere Eltern mit ihrem Wunsch, gemeinsam gehen zu können. In einem Beileidsschreiben, das uns gestern erreicht hat, heißt es: »Vos parents, dont nous étions de vieux amis, se sont donné la plus grande preuve d'amour possible!«
Dieses Schreiben hätte auch meine Eltern gefreut. Auch sie verstanden ihren gemeinsamen Tod als größtmöglichen Beweis für Liebe.
Die Entscheidung ist lange und langsam gereift.
Schon viele Jahre vor Pauls Pensionierung sind sie als zufriedenes und gesundes Paar Mitglieder bei der ROWS geworden. Sie wussten es immer zu schätzen, in einem

Land zu leben, in dem offen über Sterbehilfe diskutiert wird und in dem Hilfe zum Freitod nicht strafbar ist.
Sie haben gemeinsam viel über das Thema Altern und Tod gelesen. Welch ein Zufall! Gestern stand in der NZZ in großen Buchstaben auf der Seite vor den Todesanzeigen: »Urteilen statt verurteilen«. Auch das hätte Paul und Franca gefallen. Sie haben immer versucht zu urteilen, nicht zu verurteilen. Je mehr man über das Thema Tod und Altern liest, je intensiver man sich damit beschäftigt, desto gerechter wird ein Urteil sein. Und wenn man aufmerksam alle Texte gelesen hat, die Paul und Franca kannten, dann erlangt man vielleicht eine ähnliche Sichtweise und Einstellung wie unsere Eltern.
Berücksichtigen könnte man auch die persönlichen Erfahrungen, die Paul und Franca gemacht haben.
Seit dem Tod ihrer Eltern war ihnen klar, dass sie bei einer schweren Krankheit nicht ins Spital wollten. Dazu hatten sie zu viele schlechte Erfahrungen gemacht. Francas Vater starb unerwartet und schnell, als sie gerade erst erwachsen war. Ihre Mutter starb später – nach vielen langen und quälenden Spitalaufenthalten. Mit der falschen Hoffnung, den Tod auf die möglichst lange Bank schieben zu können. Diese Liste könnte ich mit vielen Beispielen fortsetzen. Sie ist mit ein Grund, warum Paul und Franca nach einem erfüllten und glücklichen Leben eine bewusste Entscheidung getroffen haben und in all dieser Zeit noch intensiver gelebt haben und noch glücklicher waren. Pauls Logik, Francas emotionale Kompetenz – beides gemeinsam und ihre große Liebe füreinander und für uns – ergab als besten Weg den gemeinsamen Abschied nach der Diagnose Krebs – und nicht den manchmal entwürdigenden Marsch durch die Kliniken. Wir sind überzeugt, dass dies eine gute Entscheidung war – später vielleicht auch für uns. Diesen letzten Schritt konnten sie auch machen, weil sie wussten,

dass Luca und ich, beide über vierzig, die Kraft haben, ohne ihre Ratschläge und körperliche Nähe glücklich zu sein.
Luca und ich haben das Glück, die Eltern so in Erinnerung zu behalten, wie wir sie ein Leben lang gekannt haben. Keine lange und schmerzvolle Therapie, an deren Ende manchmal nicht Genesung, sondern Tod steht, hat ihre Gesichtszüge entstellt. Und noch etwas: Vielleicht ist jetzt ein falscher Eindruck entstanden. Dass sich Paul und Franca in den letzten Jahren intensiv mit dem Tod beschäftigt haben, ist klar. Trotzdem waren die letzten Jahre geprägt von einer Leichtigkeit und von einer Freude am Leben, die vielleicht gerade deswegen so deutlich war, weil für sie der Tod nichts Erschreckendes mehr hatte. Diese Fröhlichkeit und Leichtigkeit, dieses Glück und diese Zufriedenheit haben sie in einer besonderen Weise ausgestrahlt. Wir alle, Freunde und Verwandte, haben das gespürt und Paul und Franca dafür geliebt. Dazu passt die Pointe am letzten Abend im Treppenhaus, über die wir noch gemeinsam so gelacht haben. Und daran denke ich auch jetzt.
Vielleicht hätten Paul und Franca lieber an einem norwegischen Fjord Abschied genommen. Norwegen, das war ihr Wintergarten.

Aus Pauls Tagebuch:

18. Mai
Christina und Reto haben uns zwei Konzertkarten geschenkt.
Franca und ich gehen selten in die Tonhalle. Schade! Unser letztes Konzert war in Oslo vor Jahren, bei einem internationalen Mathematiker-Kongress. Und natürlich spielten sie dort Edvard Grieg, auch einige Stücke aus Peer Gynt. Und jetzt in der Tonhalle wieder Grieg.

Die Pianistin ist herausragend. Ganz Norwegen in diesem Konzert: vom Troll im Wald bis zur tiefen Welle im Fjord.

Wir hören jetzt Edvard Grieg ...

Paul und Franca hatten sich eine Doppelurne gewünscht. Das gibt es selten, sagte man im Krematorium, aber es ist möglich. Sie ist größer und schwerer als normale Urnen. Die Asche von Paul und Franca ist jetzt in einem einzigen Gefäß. Auf einer Plakette steht, dass Paul und Franca dort drin sind.
Luca liest die Beschriftung dieser Plakette immer wieder. Ihre Namen. Die Geburtsjahre. Das Todesjahr. Er liest sie, begreift sie aber nicht. Er hebt die Urne hoch. Er hält sie lange, bis die Arme schmerzen.
Im Leben waren sie sich nie näher als im Tod. Ganz sanft schwenkt Luca die Urne, schüttelt sie leicht. Die Eltern schmiegen sich aneinander – mischen sich – bleiben für immer untrennbar verbunden.
Der Himmel über Sins ist bedeckt und der Sinser Pfarrer beleidigt, weil er nicht sprechen darf. Paul hatte es so verfügt und seine Söhne hatten das Verbot durchgesetzt. Reto rutscht beim Hineinlegen der Urne beinahe auf dem Neuschnee aus. Christina zündet zwei Kerzen an, die sie neben der Grube in den Schnee steckt.
Eine alte Frau aus Sins sieht Luca mit schräg gestelltem Kopf an. Sie erinnert ihn an einen lieben Hund. Sie nähert sich schüchtern, lächelt still und gütig. Er weiß, dass sie seine Eltern gekannt hat, aber ihr Name fällt ihm nicht ein. Es ist ein schmerzvolles, gequältes und unfassbar verständnisvolles Lächeln. Niemals hat Luca mehr Güte auf einem Menschengesicht gesehen. Etwas verlegen blickt die Frau von Luca weg zum Erdloch und zurück. Luca spürt, dass sie

nicht in der Lage sein wird, einen ganzen Satz zu sagen. Sie lächelt ununterbrochen ihr gütiges Lächeln und jede Sekunde ist Balsam auf Lucas Wunden in der Brust. Gespannt wartet er auf ihre Worte. Sie trägt schwarz. Ihr Gesicht ist blass. Luca war diese Frau früher gleichgültig. Er weiß nur, dass sie wegen eines Herzfehlers Sins verlassen musste und in das tiefer gelegene Avaina zog. Sie war für ihn eine Fremde. Jetzt wird sie für Luca mit jedem Augenblick bedeutender. Sie gibt ihm nicht die Hand. Sie grüßt ihn nicht. Aber die kurze Begegnung mit ihr beim Begräbnis bleibt für immer der tröstendste Moment. Endlich spricht sie. Nur zwei Worte. Heiser. Einen endlosen und gnadenvollen Augenblick lang: »Ohne Schmerzen.«

Sie lächelt Luca langsam und leise an. Plötzlich fällt eine Last von Luca ab. Diese Frau ist Franca und Polín näher als all die engen Freunde. Die fremde Frau geht, ohne sich zu verabschieden.

Erst später fällt ihm ihr Name ein: Uorschla La Punt. Eine Einheimische. Luca staunt, in welche Lautfolge das Rätoromanische die einfache deutsche Ursula verwandelt. Uorschla versteht Lucas Eltern besser als alle anderen. Wenn es so weit ist, will sie so sterben wie Polín und Franca. Uorschla hat Luca während dieser kurzen Begegnung gezeigt, dass es möglich ist, ganz und gar auf der Seite seiner Eltern zu sein. Uorschla ist eine der wenigen, aber sie zählt in dem Augenblick mehr als alle, die dagegen sind.

Zweifacher Freitod mit Hilfe der ROWS

CHUR, 14. Dezember – Diagnose Krebs. Da sah das erkrankte Ehepaar keinen anderen Ausweg mehr und ging diese Woche mit Hilfe der »Right of Way Society« (ROWS) freiwillig in den Tod.

»Den letzten Weg sind sie gemeinsam gegangen. In Dankbarkeit nehmen wir Abschied«, heißt es in der Todesanzeige der Angehörigen. Hinter den liebevollen

Zeilen verbirgt sich das tragische Schicksal des Bündner Ehepaars Veronika (71) und Erich Zund (75)*. Beamte der Kantonspolizei Chur wurden am Montagnachmittag um 14.20 Uhr telefonisch in das Haus des Ehepaars in Sins gerufen. Avisiert wurden sie von Dr. Walter Strub, dem Leiter der Sterbebegleitung bei der ROWS. »Das Ehepaar war unheilbar krank«, sagte Strub. So wollte sich Erich Zund nach der Krebsdiagnose nicht einer Operation unterziehen und keiner Chemotherapie aussetzen. Zusammen mit seiner Frau reifte über Monate hinweg der Entscheid, gemeinsam den Freitod zu wählen. Die Familie unterstützte dies vorbehaltlos.
Die Sterbehilfeorganisation hat Veronika und Erich Zund eine hohe Dosis des Schlafmittels Natrium-Pentobarbital abgegeben. In Wasser aufgelöst führt der Todes-Cocktail zu einem komaartigen Zustand. Die Atemtechnik setzt aus und nach rund acht Minuten tritt der Tod ein. »Veronika und Erich konnten ruhig und gelassen gehen«, sagen die Angehörigen. Die ROWS begleitet im Jahr rund 120 Sterbende. Ehepaare sind praktisch keine darunter. Veronika und Erich Zund gelten als Einzelfall. Die zuständige Bezirksanwaltschaft klärte die genauen Umstände ab. »Das ist Routine. Wir haben uns an die gesetzlichen Richtlinien gehalten«, versicherte Strub.
* Namen von der Redaktion geändert.

Von den vielen Beileidsbriefen bleibt Luca nur einer in Erinnerung, einer der kürzesten von den Bridge-Freunden aus Genf: »... la plus grande preuve d'amour possible.«
War es das? Nach einer jahrzehntelangen Ehe? Der größtmögliche Beweis für Liebe?
War es nicht eher das Ergebnis eines komplizierten Kräftespiels? Mal hat der Mann die Oberhand, mal die Frau. Die Balance zu halten, ist schwierig. Aber vielleicht ist es das:

keine Liebe, sondern das Erreichen eines Gleichgewichts am Ende. Die Hoffnung der beiden Partner am Anfang, einen Fit zu haben und ihre Einsicht zum Schluss, dass in der Ehe vom ersten Kuss bis zum Tod keiner zu kurz gekommen ist. Die Summe also aller kleinen und großen Liebesbeweise, vom ersten Herzklopfen als Teenager bis zum letzten – sechsundfünfzig Jahre später.

Und dann doch die Differenz beim Sterben: Franca zehn Minuten, Paul zwei Stunden.

Vielleicht ist das eine Frage der Dosierung bei den Barbituraten? Paul, der Schlemmer, hatte seit Ausstellung der medizinisch exakt berechneten Barbiturat-Rezepte noch einige Kilo zugelegt. Genussvoll aß er mehrfach Kalbsbratwürste mit Zwiebelringen und Butterrösti in fettigen Saucen.

Luca ahnt, dass am Ende Claudia Zuber Pauls Problem und dass diese Frau seinem Vater auf Anhieb unsympathisch war. Wie Paul hat Luca sie am neunten Dezember zum ersten Mal gesehen. Als Claudia Zuber Luca berichtet, wie sie mit kreisenden Bewegungen auf Pauls Rücken, der auf der Seite lag, mit leisem Zuspruch – mit Sätzen aus dem Tibetanischen Totenbuch – versucht hat, Pauls Sterben zu verkürzen, schaudert es Luca.

Das Tibetanische Totenbuch heißt »Bardo Thödol«. Wenn der alte Mann mit dem operablen Krebs das »Bardo Thödol« gelesen hätte, wäre er vielleicht von seiner Transzendenzfeindlichkeit abgewichen. Vielleicht hätte er sich mit Bardo beschäftigt, das eine in drei Stufen gegliederte Existenz zwischen Tod und Wiedergeburt schildert. Das Totenbuch soll helfen, den Zustand beim Sterben und den Zustand nach dem Tod, der als bedrohlicher Traum empfunden wird, besser zu verstehen. Seelsorge für Tote: Stirb und werde!

Seele im Zwischenzustand – wie im Traum –, nicht bewusstlos, aber auf Distanz zum Körper, zur sinnlichen Wahrnehmung und von außen beeinflussbar. Tibeter sprechen den Sterbenden den Bardo-Text ins Ohr, um sie daran

zu erinnern, was mit ihrer Seele geschieht: erst schöne Visionen, dann Schreckensbilder – Stationen auf dem Weg hinab, von der Leichtigkeit und Körperlosigkeit der Seele hinein in ein neues Leben, einen neuen Leib.
Wenn es eine Frau aus Sins gewesen wäre, die etwas auf Rätoromanisch geflüstert hätte – vielleicht die Bäuerin, die »Polín!« geschrien hatte oder Uorschla oder Mazzina, mit der Paul viele Wanderungen gemacht hatte –, wäre es wohl gut gegangen. Luca ahnt: Jeder Ton, jede Berührung Claudia Zubers hat Pauls Sterben verlängert. Ihr deutschschweizerisches Reinkarnationsgeflüster hat ihn während des Sterbens geärgert. Aber er war wehrlos, konnte nicht mehr sprechen, konnte sie nicht aus seinem Schlafzimmer schicken, konnte sich nicht darauf konzentrieren, Franca, die vorausgeeilt war, zu folgen.
Paul, der immer alles perfekt organisierte, hat ausgerechnet beim Sterben Fehler gemacht. Sein Schlemm, ein schlimmes Glück – ein Schlamassel.

Paul hat selten von seinen Fehlern erzählt.
Luca prägen sich auch die dümmsten Missgeschicke für immer ein.
Bei seinem ersten Langstreckenlauf: unbeständiges Wetter. Vorhersage unsicher. Er startet und hat seine neue, winddichte, atmungsaktive Mikrofaser-Jacke an. Nach Kilometer fünf kommt die Sonne raus. *Char sulai.* Es wird warm und er trägt die teure Neuerwerbung während der restlichen fünfunddreißig Kilometer in der Hand, mal in der linken, mal in der rechten, fast dreieinhalb Stunden lang, ununterbrochen trabend. Nur Marathonläufer wissen, wie schwer ein federleichtes Jäckchen bei Kilometer vierzig werden kann. Er ist ausdauernd. Seine bevorzugte Droge ist LSD – long slow distance. Er ist dem Vorwurf seiner Eltern, er bewundere beim Laufen seinen Schatten, statt sich auf das Laufen zu konzentrieren, längst enteilt. Schattenlos läuft

Luca ins Ziel, wo es zu regnen anfängt. Zu Hause legt er die Jacke auf den Heizkörper, wo sie unbemerkt in kurzer Zeit verschmort.

Luca wirft Paul nicht vor, dass er Reto und ihn nicht für Bridge begeistert hat. Franca und er meinten es gut. Sie wollten die Gefahren, die im Bridge liegen, die Sucht, die dieses Spiel auslösen kann, von den Söhnen fern halten. Doch damit haben sie auch verhindert, dass sich bei ihnen die Hingabe, die rückhaltlose Leidenschaft, die Fähigkeit zur Obsession entwickeln konnte.
Mit achtzehn oder neunzehn Jahren war Luca so weit, spürte die Möglichkeiten, die durch die vollkommene Identifikation mit Musik möglich sind. Er ließ sich stilistisch nicht festlegen: Klassik, Blues, Punk. Aber er lebte Tag und Nacht für das Geheimnis der Töne, und früh schon für die Fugen Bachs. Er wollte nicht im Staccato des Lebens die Einheit finden, sondern versuchte punktuell die intensivsten Momente auszuformen und zu vertiefen. Die kompositorische Antriebskraft kam wie aus dem Nichts, war jeden Tag aufs Neue wie selbstverständlich wieder da, gepaart mit dem maßlosen Selbstbewusstsein der Jugend.
Jetzt gibt Luca das Geheimnis der Töne Nora weiter. Sie ist umgeben von CDs, spielt Querflöte und Klavier. Gemeinsam besuchen sie Konzerte. Sie kritisiert seine Auftritte. Sie sind ein Team, beflügelt von derselben Leidenschaft.
Das hat Paul seinen Söhnen nicht gegeben. Er hat Luca nie in die für ihn rätselhaften, stundenlangen Gespräche über *cœur, carreau, trèfle, pique, atout, sans atout, passe, contre, surcontre* oder *chelem* und *grand chelem* eingeweiht. Unzählige Male wurden diese Wörter bei Salamuns zu Hause ausgesprochen. Heute läuft es Luca kalt den Rücken runter, wenn er sie wieder hört. Vor allem Schlemm.
Als Kind lag er im Bett und versuchte sich verzweifelt vorzustellen, was dieses Schlemm wohl so Wichtiges bedeuten

mochte, weil Vaters Augen immer besonders leuchteten, wenn er oder seine Partner Schlemm sagten. Franca und Paul sprachen Französisch, wenn sie von Reto und Luca unverstanden bleiben wollten. Das war ihre Geheimsprache, die überflüssig wurde, als die Söhne sie im Gymnasium lernten. Doch die Bridge-Fachsprache war ja nichts, was sie vor ihnen hätten verbergen müssen.
Eines Tages tauchte die Frage auf, wem man emotional näher steht und wem man mehr vertraut, dem Ehepartner oder dem Bruder. Luca und Reto waren noch Teenager und doch vollkommen überzeugt, dass sie auch später im Leben dem Bruder stärker vertrauen würden als einer angeheirateten Frau. Franca und Paul hingegen erklärten, dass sie beide sich viel näher stünden als ihren Geschwistern. Die Söhne staunten über diese apodiktische Aussage ihrer Eltern, die sie trotz ihrer langjährigen Ehe nicht erklären konnten. Es sei eine Evidenzerfahrung, sagte Paul, die Luca und Reto später sicher auch noch machen würden. Danach herrschte Sprachlosigkeit. Diese Meinungsverschiedenheit wurde nie ausgeräumt und der dadurch entstandene Gefühlsgraben zwischen Eltern und Söhnen nie gefüllt.
Da viele Spieler im Circle lieber Französisch sprachen, gingen Bridge und die Geheimnisse der Eltern für Luca eine Symbiose ein. Das Kartenspiel selbst wurde für ihn durch die französisch klingenden Wörter zu einer mysteriösen Welt, in der er nichts verloren hatte. So blieb ihm die Verbindung zwischen der ungefilterten Leidenschaft der Erwachsenen für eine Kunst – Luca hält Bridge inzwischen für eine Kunst, auch wenn es nur ein Kartenspiel ist – und dem Objekt ihrer Begierde selbst verborgen. Darauf – er ist nicht sicher, ob das ungerecht ist – aber darauf führt Luca das Mittelmaß zurück, das er in der Musik und insbesondere in der Kunst der Komposition nicht überwunden hat. Er meint, dass er die Möglichkeiten gehabt hätte, eine erfolgreiche Sonate oder eine moderne Oper, in der die ihm wich-

tigen Wortfolgen rhythmisch wiederholt werden, zu komponieren und damit einen eigenen Klein-Schlemm zu reizen und wenigstens einmal anerkennende Blicke der Kollegen im Orchestergraben zu spüren. Das Potential wäre dagewesen, doch die Organisation, die Voraussetzungen wurden nicht geschaffen. Auch in der Trauer über ihren Tod verzeiht Luca seinen Eltern dieses Versäumnis nicht.

Diesen Fehler möchte er nicht wiederholen. Deshalb gibt er Nora Musik so lange, bis er merkt, dass sie genug hat. Und es gibt kaum etwas Schöneres für ihn, als ihren Wunsch nach mehr. Sein Tag ist gerettet, wenn sie zu ihm kommt und etwas wissen will, was mit Musik zu tun hat. Ja, Luca ist im Orchestergraben gelandet, aber es hätte schlimmer kommen können, und er liebt immer noch die Welt der Töne, in die er nach dem Tod der Eltern langsam zurückkehrt. Ihm ist klar, dass er dafür bei der Erziehung Noras andere Fehler machen wird. Aber immerhin will er dafür sorgen, dass sie die Möglichkeit hat, Hobby und Beruf, Enthusiasmus und Arbeit so zu verbinden, dass ihre innersten Wünsche, ihr eigenes Potential sich entfalten und – warum nicht – überborden können.

Strahlender Sonnenschein und doch frisch. Ein Langstreckenlauf bei idealen Bedingungen. Die Zeit ist gut, die Massage dämpft vorab den Muskelkater. Sonntag Nachmittag. Luca legt die Beine hoch, setzt die Kopfhörer auf. Das ist der Augenblick für Schnulzen: Nach zweiundvierzig Kilometern ist man anfälliger als sonst für die einfachen Melodien: *Then the light begins to shine, and I hear those ancient lullabys. And as I watch this seedling grow, feel my heart start to overflow. Where do I find the words to say? How do I teach her? What do we play? Bit by bit, I've realized, that's when I need them, that's when I need my father's eyes.* Empfänglicher für Zufälle und für schlichte Weisheiten.

Nachts träumend schlaflos auf den Tod gewartet.
Luca hat die Flüssigkeit getrunken. Das Plastikbecherchen, bis vor kurzem leichter als sein Inhalt, auf der Papierserviette neben dem Bett ist leer. Fingerabdrücke. Die Polizei wird die Abdrücke auf dem Plastikbecher überprüfen. Es dürfen nur die der Eltern darauf sein.
Er hat es ausgetrunken. Er, Luca, liegt jetzt im Bett. Er wartet darauf einzuschlafen. Ein letztes Mal einzuschlafen und für immer. Endlich erlebt er, was Paul und Franca erlebt haben. Diesen einen letzten Becher austrinken. Und dann warten. Und die Gedanken rasen. Rasen noch einmal durch all die unerledigten Dinge, durch all die Sachen, die man vergessen und verdrängt hat, aber er kann nicht einschlafen, wie damals als Kind, wie heute so oft noch die unruhige Nora. Er kann nicht einschlafen. Er kann nicht einschlafen, bis er endlich aufwacht und ihm klar wird, dass er im Schlaf gemeint hat, nicht einschlafen zu können. Träumend schlaflos auf den Tod gewartet.

Paul hat den letzten Teil seines Tagebuchs um Ratschläge nach dem Motto »Wo gibt's in Sins die besten Pilze«, um Rechtfertigungen des Freitods und um viele Erinnerungen ergänzt, fünf Mal kopiert, ein Exemplar als Reserve. Falls andere Verwandte oder Freunde daran Interesse hätten, sollten die Söhne entscheiden, ob es nicht zu privat sei.
Paul ist im Tagebuch rücksichtslos offen. Es bereitet ihm Vergnügen, so nah wie möglich an sein Leben zu gehen. Schon auf den ersten Seiten erklärt Paul, dass es in seinem Tagebuch keine Geheimnisse geben soll. Aber dann gegen Ende irgendwo en passant der Satz:

Wertstoffhof: Altglas, Altleder, Altpapier, auch Unterlagen, die Reto und Luca nichts angehen.
Texte gestern gelöscht.

Luca durchsucht die Festplatte von Pauls Computer. Er stöbert in den Bücherregalen und in den Briefen.
Seit der Kindheit schwang immer eine seltsame Stimmung mit, wenn von Alexander Poseda und von seinem Selbstmord auf dem Exerzierplatz die Rede war, zumal die Eltern den kurzen Abschiedsbrief an Paul nicht verheimlichten. *Ihr passt nicht zusammen.* Luca schien dieser Brief bedrohlich wie ein lockerer Felsbrocken über der Ehe seiner Eltern. Wie groß muss Alexanders Sehnsucht gewesen sein, dass er die Granate nicht wegschleuderte?

Luca will mehr erfahren über Alex' Tod und über Elsa, eine der wenigen Frauen, die Paul beim Bridge fordern konnten. Nervös wartet Luca auf einen Film, den er in Pauls Fotoapparat gefunden hat. Wenige Stunden später: Auf neun Bildern ist Nora mal mit Franca, mal mit Paul, mal alleine zu sehen. Nora, die ihren Großeltern zum letzten Mal etwas auf der Flöte vorspielt und nicht weiß, dass es das letzte Mal ist. Später sagt sie ihren Eltern: »Wenn ich gewusst hätte, dass ich sie nie mehr sehe! Ich hätte viel besser gespielt!« Sie hat die Umstände des Todes ihrer Großeltern nicht erfahren.
Der Rest des Films ist nicht belichtet.
Hoffnung schöpft Luca bei der Super-8-Kamera. Er hatte sie etwa dreißig Jahre lang nicht mehr gesehen. Sie ist im Keller, staubfrei verpackt, samt Stativ, Projektor, Leinwand und etwa vierzig fein säuberlich beschrifteten Filmrollen. Luca stellt sich Paul vor, wie er sie auf das Stativ montiert und sich selbst filmt.
Luca spielt mit der Kamera, setzt neue Batterien ein, wundert sich über das enorme Gewicht, stellt fest, dass ein Film drin ist, macht eine Probeaufnahme, filmt den Schreibtisch und den Brunnen vor dem Fenster, es knattert laut, stellt sich vor, wie oft Paul sie vor über dreißig Jahren in den Händen hielt, erinnert sich an die dunkelroten und lilafarbenen

Äderchen in seinen Handballen und an all die Filme von Reto und ihm – Franca und Paul kamen nur selten ins Bild – und denkt an die Technoschrottberge aufgrund neuer Entwicklungen.
Die Super-8-Kassette kommt aus dem Labor zurück. Es ist nur der Schreibtisch darauf und der Brunnen.

Luca sitzt in Pauls unverwüstlichem, von Charles Eames in den dreißiger Jahren als Geburtstagsgeschenk für Billy Wilder entworfenen Lounge Chair und riecht, wie aus dem schwarzen, auf den Armlehnen spröden Leder der Geruch tausender Zigaretten strömt. Am Anfang findet er den Geruch bitter und lästig und hartnäckig. Er scheint nicht schwächer zu werden. Luca setzt sich immer wieder in die drei miteinander verbundenen, freischwingenden Schalen aus gebogenem Holz und stellt sich vor, dass Paul für ihn erst dann richtig tot ist, wenn der Geruch weg ist. Das Sterben dauert. Sterben als Synonym für Zeit. Nachdem Luca zum ersten Mal diesen Gedanken hatte, freut er sich, wenn er feststellt, dass der Lounge Chair immer noch nach Pauls Rauch riecht.

Luca liest manchmal Francas letzte Briefe.
Im Oktober schrieb sie:

Lieber Luca, seit vielen Jahren spüre ich einen Knoten irgendwo zwischen Hals und Magen, wenn ich an uns denke.

Wir haben uns in Sins wie zwei Menschen verabschiedet, die sich gegenseitig respektieren, aber nicht wie Mutter und Sohn beim vielleicht letzten Gruß.
Aus zwei Gründen möchte ich dir schreiben. Einerseits hoffe ich, dass dieser Knoten sich bei mir löst, andererseits

glaube ich, dass auch du diesen Knoten mit dir trägst, und ich möchte vor allem, dass deiner sich löst.
Gestern habe ich in Papas Tagebuch einen Brief von dir gelesen, den du uns Anfang der achtziger Jahre aus Siena geschrieben hast. Du schilderst darin deine Jahre während der Pubertät als Gefängnis. Du beklagst dich, dass du nur glücklich warst, wenn du träumen konntest. Du wolltest endlich frei sein und selbst über dich bestimmen und vor allem ehrlich mit deinen Freunden sein. Mit uns wäre das nicht möglich, weil du dich verstellen und »die übliche, mittelmäßige Zufriedenheit vortäuschen« musstest, die »ein ungeschriebenes Familiengesetz bei uns verlangt«.
Lassen wir die Jugend und die Studentenzeit. Das wichtigste Thema danach war wohl Sabine und unsere Meinung von ihr. Es war uns immer klar, dass unser Widerstand gegen Sabine Wunden verursacht hat, die nie geheilt sind. Es stimmt, vielleicht dachte ich zu altmodisch und konnte mich nicht von meinen Vorstellungen einer zu dir passenden Partnerin befreien. Ich habe aber danach versucht, all eure Wünsche zu erfüllen. Mir schien, als hätte ich euch kaum noch kritisiert.
Dann kam Nora und ich bekenne, dass ich mich oft eingemischt habe. Mich interessierte nur das Wohl des Kindes. Es war mir ziemlich egal, was ihr davon hieltet. Zu der nicht geheilten Wunde kamen also viele kleine hinzu, die dazu führten, dass die Lackschicht, die durch das »Vortäuschen der üblichen, mittelmäßigen Zufriedenheit« entstanden war, von Jahr zu Jahr dicker wurde.
Eines muss ich dir gestehen: Als ich mir vorstellte, wie du in Siena in den ersten Ehejahren lebtest, sah ich dich abends am Küchentisch sitzen, den Kopf in den Händen, alleine mit der Frage: »Was mache ich hier?« Ich hoffte, mich zu täuschen. Aber ich wusste auch, dass du nicht kommen würdest, um es mir zu erzählen, falls es stimmte. Du machtest auf mich keinen glücklichen Eindruck.

Und die ersten Jahre mit Nora waren schwierig.
Dann schien es mir, als hättest du einen Weg gefunden, die kleinen Freuden des Alltags zu genießen.
Du siehst: Ich schreibe »mir schien« usw. Vielleicht ist alles falsch. Warum habe ich dann aber bis heute den Eindruck, dass uns eine Lackschicht trennt? Spürst du das nicht auch? Ich habe versucht, mir das damit zu erklären, dass mein Charakter all das verursacht hat. Als junge Mutter meinte ich, euch sehr viel Aufmerksamkeit schenken zu müssen (Hygiene, Fruchtsäfte, Hausaufgaben, Manieren usw. usf.), um euch zu zeigen, wie sehr ich euch gern habe. Mir ist klar, dass das viele Mütter tun und dass das nicht reicht. Statt mich so sehr um die Gesundheit und die materiellen Dinge zu kümmern, hätte ich auch auf die Gefühle achten sollen. Ich war so naiv und glaubte, dass ich mich euch durch meine Aufmerksamkeit und Hausarbeit ganz hingab, stattdessen hätte ich mein Herz öffnen sollen, was ich aus Schüchternheit oder wegen meiner Erziehung nicht tat. Vielleicht genügte Reto eine solche, etwas einfache und altmodische Mutter. Du hättest zusätzlich etwas gebraucht, das ich dir nicht geben konnte. Das habe ich immer gemerkt, habe aber keinen Weg gefunden, um mich zu bessern. Jetzt ist es zu spät, schade, ich bereue es.
Mit Nora hast du all das gemacht, was dir bei mir fehlte. Viel offen gezeigte Zuneigung, viel Verständnis für ihre kleine und schon sichtbare Persönlichkeit, ohne den Versuch, sie ändern zu wollen. Das ist sehr schön. Ich glaube, das ist dein und Sabines Verdienst. Das Ergebnis sehen wir ja: Ihr habt ein natürliches, offenes und so schlaues Mädchen. Darauf könnt ihr stolz sein. Ich war auch immer stolz auf euch. Ihr habt andere Eigenschaften als Nora, aber sie zählen auch.
Lieber Luca, ich habe versucht, etwas am Lack zu kratzen. Mein Knoten ist jedenfalls nicht mehr so eng.
Mama

In den Worten hört Luca Mutters Stimme. Aber er würde nie mehr erfahren, ob Franca verzweifelt war und warum. Erst beim dritten Lesen des Briefes nach Francas Tod fällt Luca auf, dass Franca sich Gefühllosigkeit vorwarf. Luca wusste nicht, ob er als Kind unter Francas Schüchternheit und mangelnder Herzlichkeit gelitten hatte.
Luca antwortete ihr damals in einem langen Brief, in dem er ihre Bedenken und Sorgen so geschickt wie möglich zu zerstreuen versuchte. Er habe nie einen Knoten verspürt, das Gefängnis der Jugend sei normal, um sich in der Pubertät zurechtzufinden (ein üblicher Fall von Generationenkonflikt), in Siena fühle er sich wohl und er habe keine Geheimnisse vor den Eltern. Nur etwas Lack, ein nur dünn überfirnisstes Gemüt sei vielleicht übrig geblieben, aber nicht persönlich bedingt, sondern aufgrund des Mentalitätsunterschieds zwischen Kindern und Eltern.

Mitte Februar. Luca vor dem Spiegel im Badezimmer. Der Haaransatz verschiebt sich langsam nach oben, wodurch die Stirn höher wirkt. Aber kein Vergleich mit Pauls mächtigem Schädel. Paulo nannten ihn einige italophile Deutschschweizer, die vor seinen Bridge-Erfolgen und mathematischen Leistungen wie vor einem Wunder standen, aber das helle O in der Mitte nicht aussprechen konnten.
Zischend und spritzend geht der Rasierschaum zu Ende. Die Dose gehörte Paul, der im Zeitungsbericht Erich heißt. Luca findet es schade, dass Paul und Franca den Zeitungsartikel nicht mehr lesen können. Vieles, was dort steht, ist zwar falsch, aber der Satz »Veronika und Erich Zund gelten als Einzelfall« hätte ihnen gut gefallen.
Als »tragisches Schicksal« haben Paul und Franca ihre Situation nicht empfunden. Und der »Todes-Cocktail« wirkt nicht so, wie die ROWS vorgibt. Bei Franca hat es tatsächlich nur gute zehn Minuten gedauert. Bei Paul jedoch über zwei Stunden.

Luca telefoniert mit Dr. Strub, um weitere Einzelheiten zu erfahren. Strub betont, dass die Bewusstlosigkeit bei beiden nach wenigen Minuten eingetreten ist. Die zwei Stunden bis zum Atemstillstand habe Paul in einem schmerzfreien und tiefen komaartigen Zustand verbracht. Der könne auch bis zu neun Stunden dauern, in denen jedoch kein Todeskampf stattfinde.

Nach dem Frühstück wird im Garten Rocki beerdigt. Rocki war Lucas, Sabines und vor allem Noras Ratte. Rocki war neugierig, erkundete alles bis in die hintersten Winkel und wenn es in Bodennähe nichts Neues gab, wollte er irgendwo hoch, immer höher. Rocki kletterte die waghalsigsten Routen hinauf. Wissenschaftler haben nachgewiesen: Ratten können – für das menschliche Gehör nicht wahrnehmbar – lachen. Wenn Rocki weit oben war, lachte er, glaubt Luca.

Sabine findet eine passende Pappschachtel und legt den toten, in ein weißes Tuch gewickelten Rocki hinein. Nora mag gar nicht hinsehen. Dabei liegt er ganz friedlich wie in einem Bettchen. Sabine streichelt ihn noch einmal und – Luca traut seinen Augen kaum – dreht den Kopf weg, um eine Träne zu verbergen. Aber wenig später versteht er ihre Trauer, schließlich hat sich hauptsächlich Sabine um Rocki gekümmert.

Schneeregen: Nora hält den Schirm, Luca den Spaten und die Schachtel.

Als Noras Großeltern starben, war Nora nicht in Sins. Sie erfuhr nur scheibchenweise einen Teil der Wahrheit. Luca findet es gut, dass Nora ihm jetzt bei der kleinen Beerdigung hilft. Nachts träumt Luca von Rocki. Er sieht ihn in seiner Schachtel, die innen noch trocken ist.

Am Tag danach hört Luca im Wohnzimmer ein Rascheln. Das muss Rockis Rascheln sein. Es klingt genau wie eines seiner Kratzgeräusche. Aber es ist nur das Knistern aus den Lautsprechern der Stereoanlage.

Luca hat den jungen Redakteur, der die Meldung über Paul und Franca geschrieben hat, nicht geschont. Luca hatte erfahren, dass der Redakteur in Sins recherchiert und festgestellt hatte, dass niemand etwas von einer schweren Krankheit Francas wusste. Der Redakteur wollte einen Scoop landen, wollte die ROWS kritisieren. Aber Luca wusste, wie dankbar Paul und Franca der ROWS waren. Luca forderte Respekt. Das Gespräch fand am Rande der Beerdigungsfeier statt. Der Redakteur verließ das Lokal nachdenklich und schrieb den zurückhaltenden Artikel.

Das Knistern in den Lautsprechern hört nicht auf. Erst denkt Luca, der Tonabnehmer des Plattenspielers sei defekt, dann lässt er den Verstärker überprüfen. Doch an den Geräten liegt es nicht. Es dauert noch Monate, bis Luca die Fehlerquelle entdeckt. Rocki hatte hinter dem Sofa das Lautsprecherkabel angebissen.

22. Februar
von: christina.salamun@swissmail.ch
an: lusala@sienanet.it

Lieber Luca, wir sind wieder in Sins. Gestern habe ich
im Skilift einen Freund von Paul getroffen. Er wird im
Sommer 82! Er genießt jede Abfahrt und fährt schneller
und besser als ich! So wird man hier alt!
Bei schlechtem Wetter arbeite ich an Pauls PC. Hast du
eigentlich gemerkt, dass jedes leere Word-Dokument,
das man öffnet und dann abspeichert als Autor den Eintrag
»Polín« aufweist. Entschuldige bitte. Ich war zu neugierig
und habe in deinem »Koffer« nachgesehen. Auch in deinen
Briefen, die du nach dem 9. Dezember auf Pauls PC
geschrieben hast, ist der Autor angeblich immer Polín.
Willst du das nicht ändern? Unter »Datei« musst du
»Eigenschaften« anklicken. Dort kannst du dich als Autor

eintragen. Wenn du Text-Dokumente mailst, findet sonst der Empfänger »Polín« als Autor bzw. Absender. Leider weiß ich nicht, was man tun muss, damit beim Erstellen eines neuen Dokuments nicht jedes Mal per Automatismus »Polín« als Autor auftaucht. Kümmerst du dich darum, wenn du an Ostern hier bist? Sonst schreibt Polín als Ghostwriter noch in zehn Jahren unsere Texte. Aber vielleicht ist dir ja Polín lieber als Luca. Wie konnten sie dir nur diesen Namen geben! Bekommst du immer noch Briefe mit der Anrede *Sehr geehrte Frau Luca Salamun?*
Das Programmheft eurer Deutschland-Tournee, in dem bei den Kurzbiographien steht *Kontrabass: Luca Salamun ... Sie studierte ...,* habe ich aufgehoben. Bist du deswegen nach Siena, um dich nicht Lukas nennen zu müssen? Aber warum nicht französisch Luc?
Ich gehe oft zum Friedhof. Zwei Namen, zwei Geburtsjahre und nur ein Todesjahr. Fremde, die das sehen, denken an einen Unfall.
Es war harte Arbeit, den Steinmetz von dieser Schriftlösung zu überzeugen. Zwei auf einmal, das hatte er noch nie gehabt. Er musste mehrere Entwürfe machen.
Luca, du weißt, ich unterhalte mich gerne mit den Alten von Sins. Viele leben allein. Aber das Versorgungsnetz ist hervorragend ausgebaut: warme Küche, Kontrollbesuche durch Krankenschwestern, Alarmvorrichtungen. Manche tragen einen Sender als Halskette, den sie zwei Mal täglich betätigen müssen. Sie haben noch so viel zu erzählen.
Einige alte Freunde Políns habe ich gestern zum Essen eingeladen. Wir haben die Kassette angehört, die ihr vor etwa fünfunddreißig Jahren aufgenommen habt. Políns Stimme. Stereo. Políns Witze. Die Alten hatten Tränen in den Augen.
Ich finde es schön und das Natürlichste der Welt, das Leben bis zu allerletzt auszukosten, egal welche Schmerzen oder welche Belastungen für die Betroffenen

und die Angehörigen daraus entstehen. Der Tod gehört zum Leben. Man muss ihn geduldig kommen lassen und auf ihn eingehen, denn er hält noch Überraschungen und Erkenntnisse bereit – für die Sterbenden, aber auch für die, die zurückbleiben. Das frühzeitige Herbeiführen des Todes, aus welchen Gründen auch immer, halte ich nach wie vor für falsch.

Luca, noch etwas: Nachdem wir mit Polín und Franca über ihren Wunsch, gemeinsam zu sterben, gesprochen hatten, blieb meine Periode aus. Ich dachte, es sei die Aufregung. Doch das war es nicht. Ich ließ den Test wenig später bei der Frauenärztin durchführen. Danach bestand kein Zweifel mehr. Aber wie hätte ich es euch sagen sollen? Ich habe gewartet und keinem ein Sterbenswort verraten. Nicht einmal Reto wusste es. Wie hätten Polín und Franca in Ruhe gehen können, wo doch Nora vielleicht die Einzige war, die sie hier gehalten hätte?

Ob das der Grund dafür ist, dass es bei Polín über zwei Stunden gedauert hat und Franca schon nach zehn Minuten weg war? Das verstehe ich nicht! Franca hing doch noch mehr an ihrem Enkelkind als Polín!

Was ich trotz allem gut finde: Sie haben uns viel Zeit gegeben, um Fragen zu stellen! Franca hat sogar das Genfer-Käsefondue-Geheimnis gelüftet. Eine Prise Safran! Und für besondere Gelegenheiten Champagner statt Fendant. Ich wäre nie darauf gekommen. Und es schmeckt!

Es wird ein Junge: Gian.

Reto hat mich überredet. Wir haben uns nach langen Diskussionen auf den rätoromanischen Namen geeinigt. Leider sprechen ihn die meisten in Basel »Tschan« aus, was Hund bedeutet. Das ist unser Beitrag zum Überleben der rätoromanischen Sprache. Wir bringen den Deutschen das weiche »Dschian« bei.

Ich weiß schon, was ich Gian vorlesen werde, wenn er zum ersten Mal nach seinen Großeltern fragen wird. Es ist eine

Geschichte, in der ein Junge am Totenbett seines Opas sitzt und daraufhin einen Tagtraum erlebt, in dem sein Opa ihn an der Hand nimmt und mit ihm eine Wanderung macht, in deren Verlauf der Alte langsam immer kleiner wird. Am Ende hält der Junge den Opa, der noch sprechen kann, aber klein wie Blütenstaub ist, in seiner Handfläche und atmet ihn versehentlich ein, worauf der Junge wieder neben dem Totenbett aus seinem Tagtraum erwacht.
Hoffentlich riecht Políns Eames-Sessel auch in einigen Monaten noch nach Rauch. Gian wird darauf rumkrabbeln und etwas von Polín einatmen.
Dein Bruder findet die Geschichte auch gut, aber er hat offenbar Políns Zynismus angenommen: »Wahrscheinlich ist Gian dann auch im besten Alter für die Geschichte, weil in der Zeit etwa deine Eltern sterben könnten«, hat Reto mir gestern gesagt.
Ciao, Chris

Let's do some livin'
after we die
Rolling Stones

Die Anzahl der möglichen, verschiedenen Bridge-Hände beträgt 635.013.559.600. In Worten: ...
Frühling in Siena: Luca lernt Pauls Spiel.
Schwierig und spannend ist Bridge vor allem deshalb, weil man schweigend beim Bieten eine Brücke zum Partner finden, sich ohne Worte, ohne die eigenen Karten zu zeigen und ohne die des Partners zu sehen, über die Anzahl der machbaren Stiche und über die Trumpffarbe einigen muss. Pique und Cœur, Carreau und Treff: Schach mit Karten, nur komplizierter. Wie Gedankenlesen.
Bridge war für Luca, seit er in der Schülerband spielte, der Mittelteil des Refrains, der einen neuen musikalischen Ge-

danken bringt und zur Wiederholung des ersten Gedankens überleitet.

Live fast, die young. Vergessene Sprüche. Das Leben jetzt als Wiederholung. Changierende Schattierungen von Weiß im Schnee, an Políns Hauswand, auf den elterlichen Gesichtern. Tod ist kein Zustand. *Her face at first just ghostly turned a whiter shade of pale.* Ein Schatten weißer als bleich. Luca dachte damals, Kantaten von Bach mit Jazz und Pop verschmelzen zu können und dabei Neues zu erfinden, so wie Procol Harum, als sie jenen Refrain schrieben, der wie geschaffen war für feuchte Luft in Tanzkellern und durchgeschwitzte T-Shirts.

Je öfter jetzt Luca Karten in die Hand nimmt, desto spannender wird es.

Luca erinnert sich an einige wenige Sonntagnachmittage, an denen die Familie zu viert eine vereinfachte Variante spielte. Er erinnert sich an die glühenden Augen Pauls, an das Aufblitzen von Stolz und Ehrgeiz bei der Analyse des Talents der Söhne. Reto war der bessere Rechner, Luca, der Zweitgeborene, der Gefühlvolle, hatte die Intuition.

Reto und Luca waren seine zwei Hälften.

Sie waren weit entfernt von seinem Ganzen.

Und nach dem Aufblitzen der Begeisterung, der kurzen Vorstellung, dass einer der Söhne vielleicht doch, vielleicht auch scheinbar gegen den – vorgetäuschten – Willen der Eltern, in Pauls Bridge-Fußstapfen treten könnte, trat die Ernüchterung ein. Sie erzählten den Söhnen von den menschlichen Wracks alter Großmeister und wie viel Zeit sie dem Spiel opfern müssten, um richtig gut zu werden, wobei unklar blieb, ob sie durch Fleiß jemals auch nur in die Nähe seines Könnens hätten kommen können. Sie besaßen ja immer nur je eine Hälfte seiner Begabung.

Also ließen sie die Finger von den Karten, beraubten sich damit aber auch der Möglichkeit, seine Meisterpartien nachzuvollziehen.

Franca hatte Paul ein dickes Leerbuch zum fünfzigsten Geburtstag geschenkt, mit all seinen monatlichen Kolumnen zu Bridge-Problemen, die er für Zeitungen jahrzehntelang geschrieben hatte.
Diese Probleme will Luca jetzt verstehen, will Pauls Gedankengängen postum folgen, um seine Sucht und seine Leidenschaft, sein anderes Leben, das er hätte führen können, auszuprobieren.

Der Tod geht Sabine eigentlich nichts an, denn so lange sie lebt, ist er nicht, und sobald er eintritt, ist sie nicht mehr. Epikurs Satz reicht ihr. Und mit Paul hatte sie nie Probleme. Wenn Nora auf dem Boden herumkrabbelte, im Dreck wühlte und staubiges Zeug in den Mund steckte, drückte er beide Augen zu.
Mit Franca hat Sabine sich oft gestritten. Meistens war Nora der Anlass. Erziehung, Gesundheit, all die Themen, die eine Schwiegermutter in Rage bringen. Sie haben sich nichts geschenkt. Manchmal flogen die Fetzen und sie gingen bis zum Äußersten. Am Ende haben sie sich versöhnt. Heute trägt Sabine sogar einige ihrer Kleider und Schmuckstücke.
Franca hatte Stil. Grande Dame in einer Zeit, in der nicht einmal mehr Manieren zählen. Alte Schule eben.
Nora hatte einmal hohes Fieber. Sabine und Franca diskutierten, was zu tun sei. Dabei kamen sie vom Hundertsten ins Tausendste. Rissen alte Wunden auf. Sie waren beide kurz vor einem Heulkrampf. Sabine wollte sie in die Knie zwingen. Plötzlich versteinerte sich Francas Gesicht. Es war wie eine Art Notbremse. »Mich kennt niemand!«, rief sie, ging in ihr Zimmer und schlug die Tür hinter sich zu.

Sabine denkt fast jeden Sonntag an Franca. Nicht, wenn sie die Fotos im Vorübergehen sieht – die nimmt man ja gar nicht mehr wahr –, und auch nicht, wenn sie Luca sieht, der gerade Bridge-Probleme löst. Aber fast jeden Sonntag macht Sabine Pizza.

Vor Jahren hat sie eine ihrer ersten Pizzas in Sins für Nora und Luca und für die Schwiegereltern gemacht. Ein Fiasko: Der Teig war unten noch fast weiß, aber hart und trocken. Bevor Sabine sie in den Ofen schieben konnte, kam Paul zufällig in die Küche – er ist in Neapel aufgewachsen –, und fragte, ob sie noch bei Trost sei, Butterflocken darauf zu tun. Sabine setzt auf Gratins immer Butterflocken. Sie musste alle Flocken entfernen und Olivenöl darauf träufeln. Den Teig knetet sie jetzt jeden Sonntag in Francas Schüssel. Pizza am Sonntag ist ein Ritual bei den Salamuns in Siena, das sich eingebürgert hat, um abends nicht die bedrückte Stimmung aufkommen zu lassen, über die sich Luca beklagt hat: In seiner Kindheit gab es fast jeden Sonntagabend den Franca-Klassiker Reissuppe – gut zwar, aber sehr einfach und auf Dauer langweilig – ein regelrechtes Depressivum, meint Luca.

Seltsamerweise wünscht er sie sich manchmal trotzdem. Nach dem Befund hat ihm Franca auf seinen Wunsch hin das Rezept geschickt: Drei Kartoffeln längs halbieren. Zwei Zwiebeln in dünne Scheiben schneiden. Suppenwürfel, Zwiebeln und Kartoffeln in kochendes Wasser geben. Wenn die Kartoffeln gar sind, rausnehmen und stampfen. Reis in dasselbe kochende Wasser geben. Fünf Minuten, bevor der Reis gar ist, den Kartoffelbrei in die Suppe geben. Mit Parmesan-Käse und Petersilie verfeinern. Wer will – Paul und Luca wollten immer – mit Worcestersauce würzen.

Francas Sonntagabend-Reissuppe entwickelt sich zu Lucas Hassliebe.

Aber selbst gemachte Pizza ist ein kulinarischer Höhepunkt – auch für Nora. Jeder bekommt die Zutaten, die er will. Mit grobem Maisgrieß, den man auf das gefettete Blech streut, bevor man den Teig darauf legt, wird der Boden auch in alten Backöfen knusprig (ein Geheimtipp, den Sabine noch in keinem Kochbuch gefunden hat). Sardellen, Kapern, Oliven, Zwiebeln, Basilikum, Knoblauch oder Artischockenherzen ... Viel Mozzarella und in den Lücken geriebener Emmentaler. Und dann natürlich Olivenöl. So kann der Montag – auch für Luca – kommen.

Den Teig bereitet Sabine manchmal schon vor dem Frühstück zu. Es dauert eine knappe halbe Stunde. Sie hat sicher inzwischen schon über hundert Pizzateige gemacht. Es ist erstaunlich, welche Routine einsetzt und wie verschieden der Teig doch jedes Mal wird, auch wenn man die Zutaten und die Mengen nicht verändert. Sabine hat ein Gespür für die verschiedenen Phasen der Teigbildung entwickelt. Auf einer Seite bleibt er an einer bestimmten Stelle in Francas Schüssel immer wieder kleben. Franca hatte einmal vergessen, die Schüssel mit Mehl zu bestäuben, bevor sie ihn gehen ließ. Daraufhin nahm sie ein Messer, um ihn herauszukratzen. Doch das Plastik der Schüssel ist weich, deshalb sind Kratzer entstanden. Und in diese feinen Rillen setzt sich bis heute Teig fest, den Sabine beim Herausnehmen des aufgegangenen Laibs nicht ganz entfernen kann. Ihre Fingerkuppen rubbeln über die feinen Kratzer in der Seitenwand der Schüssel. Beim Abspülen muss sie aber noch einmal mit dem Schwamm fest reiben, um die Stelle sauber zu kriegen. Jeden Sonntag, wenn sie mit dieser Stelle kämpft, sieht sie Francas vor Anstrengung gerötetes Gesicht vor sich. Sie sieht sie, wie sie leicht ärgerlich den Teig mit dem Messer rauskratzen will und dann erschrocken innehält, weil sie merkt, dass sie damit die Schüssel beschädigt. Wenn Sabine das Luca erzählen würde, gäbe es keinen Zweifel an seiner Antwort: »Kauf doch eine neue.« Darum sagt sie ihm nichts davon. Ihr kleiner sonntäglicher Kampf mit Francas Kratzern ist ihre Art, sich an Franca zu erinnern.

An Ostern in Sins beugt sich der alte Peider während einer Geburtstagsfeier in einer Arvenstube zu Luca und flüstert: »Polín war doch Mathematiker. Er war immer so exakt. Ich verstehe nicht, wie er das Datum festgelegt hat. Nach welchen Kriterien? Kannst du mir das erklären?«

Die Gäste sollen nicht hören, worüber sich Luca und Peider unterhalten. Aus Höflichkeit flüstert auch Luca, möchte aber eigentlich schreien. Der neunte Dezember bleibt auch an Ostern in seiner Nähe, als wäre er gestern gewesen. Nach dem Schock und der Trauer macht sich Peider also heimlich Gedanken über sein eigenes Ende.

Peider, den noch vor wenigen Jahren bei Geschmolzenem in Políns und Francas Haus am voll besetzten Glastisch nach einigen Kirsch-Granaten – man taucht dazu Brotstücke ganz oder teilweise in ein Schnapsglas, bevor man mit der Gabel zum Käsetopf schwenkt – nichts mehr hielt, als der Hausherr Cab Calloways von Andy Razaf geschriebenen *Hotcha Razz-Ma-Tazz* auflegte, eine frühe Jumpin'-Jive-Variante, die den weißhaarigen Peider vom runden Glastisch aufspringen ließ und den Fondue-Abend in eine Jitterbug Party verwandelte. *Say, don't be among the late ones, change your dancing ways, keep up with the up-to-date ones and learn that brand-new craze.* Peider, der zur Freude der anderen Gäste unterhalb der Glaskante den Takt mit den Schuhen klopfte, den Oberkörper hin- und herwog, mit den Fingern schnippte und gemeinsam mit Polín Scat sang: mal klagend-traurig, mal wild-frenetisch, von dramatisch-tragisch bis zu kindisch-zickig. *Listen, pal, you gotta swing and grab your gal, and do that thing. Learn that jig-time dance, they call hotcha razz-ma-tazz. No excuse for dignity, just get loose and follow me.* Sie ahmten Cab Calloway, ahmten lautmalerisch instrumentale Phrasen nach, stießen Silben ohne Sinn aus, aber mit einer jugendlichen Leidenschaft, mit einem sonst vom Lebensabend verhüllten Gefühl für Rhythmus – *zah-zuh-zaz-zuh-zaz-zuh-zay* – mit einem so energischen Jazz-Feeling, dass eine Klanggestalt aus Vokal- und Konsonantenfolgen entstand, ein improvisiertes Duett, das Luca und die anderen Anwesenden der jüngeren Generation vollkommen überraschte, auch weil die väterliche Stimme so unerwartet und virtuos aus dem Gefängnis der Zahlen und Worte entkommen war. Das *Scat Singing,* das auch bei Voodoo-Zeremonien oder bei Negro-Spirituals vorkommt, die Art epileptischer Zuckungen und unkontrollierter *Shouts* von Paul empfand Luca mit einem Mal als weiteren Ausdruck einer verborgenen Religion.

Peider hatte nach der Festlegung des Zeitpunkts gefragt. Auch andere Freunde Políns wollen inzwischen weitere Einzelheiten erfahren. Man sieht ihrem Mienenspiel an, dass sie sich fragen, ob ein solches Ende auch für sie möglich wäre. Einige prüfen in Gedanken gleich die Beziehung zu ihren Lebensgefährten.

Seltsam, wie Paul und Franca sich bei Hofeners getäuscht haben. Ausgerechnet Hofeners, mit denen sie sich immer so gut verstanden, distanzieren sich jetzt sogar von Luca. So als wäre der Freitod, das Sprechen darüber und die Gedanken daran eine ansteckende Krankheit. Sie meiden die Söhne und ihre Frauen. Grüßen kaum noch. Vielleicht liegt es daran, dass Klaus Hofener, er ist über siebzig, etwa ein Jahr vor Paul ebenfalls Blasenkrebs hatte, sich operieren ließ und der unbedingte Lebenswille für ihn eine Selbstverständlichkeit ist. Sie wurden vor kurzem zum ersten Mal Großeltern und freuen sich sehr. Auf der Geburtsanzeige standen dieselben Zeilen Khalil Gibrans wie auf Pauls und Francas Todesanzeige, die Hofeners Sohn nicht kannte. Pauls Freitod bleibt ein Schrecken für den alten Hofener.

Sabines Traum.
Ein Ferienort im Süden. Die Sonne geht langsam im Meer unter. Sie sitzen zu viert um einen Klapptisch und spielen. Alle starren in ihre Karten. Leichte Kleider über den fast trockenen Badeanzügen. Die Füße graben unwillkürlich neben den Schlappen im Sand. Das Rieseln der Körner zwischen den Zehen, das Meersalz auf der getrockneten, sonnenwarmen Haut.
Sabine erkennt ihren Mann Luca und ihren Schwager Reto in ihren T-Shirts, die ihr vertraut sind. Aber wer ist sie? Es sollte Christina, Retos Frau, sein, aber das ist sie nicht. Die Unbekannte hat kurzes, helles Haar. Ihre Stirn ist in Falten. Sie ist größer als Christina und kräftiger. Sie trägt eine grauweiße Perle, die in der Einsenkung an der Vorderseite des Halses zu schweben scheint, dort wo sich zwischen den Halsmuskeln, der Schultermuskulatur und dem Schlüsselbein bei ihr ein tiefes Grübchen bildet. Die Perle hängt an einem transparenten Nylonfaden.
Um die vier herum spazieren andere Urlauber. Frisbees fliegen vorbei, Sandburgen stürzen in der langsam steigenden Flut ein, jemand spaziert mit einem Apéro und Salzstangen zu den Liegestühlen hinter den Kartenspielern. Sie unterbrechen die Partie. Die Unbekannte steht auf. Nach kurzer Zeit kehrt sie zurück. Plötzlich bricht Unruhe unter den vier Kartenspielern aus. Die anderen Urlauber bemerken nichts davon. Nur die vier geraten in Hektik. Die Frau, die nicht Christina ist, bringt ein Schüsselchen mit einer grünen Flüssigkeit, die so giftig grün ist wie Campari rot, und stellt es auf den Tisch. Sabine kann ihre Worte nicht hören, aber sie versteht, was geschehen ist. Der Termin musste vorverlegt werden. Vorverlegt.
Es muss jetzt geschehen, jetzt sofort. Dabei war alles so gut geplant. Und weil sie den Ablauf genau kannten, waren sie bis vorhin noch so ruhig. Ursprünglich sollten sie vorher noch am Buffet zu Abend essen und dann in ihre Zimmer

gehen. Aber jetzt herrscht ein Durcheinander. Luca entfernt sich. Sabine glaubt, er habe schon einen Schluck genommen. Und die Unbekannte auch. Sie kennt sie gut. Sie ist ein Mensch, dem sie rückhaltlos vertraut. Aber sie erinnert sich nicht an ihren Namen. Sie blickt ihr in die Augen. Die Fremde lächelt versonnen, was für sie nicht typisch ist, weil sie sonst ein resoluter Mensch ist. »Mach schnell«, sagt sie zu Sabine, stellt die Schüssel vor ihr auf den Klapptisch. Sie hat zu Sabine gesprochen, ist aber in Wirklichkeit schon ganz bei sich. Sie hat bestimmt auch schon getrunken. Das sieht man ihr an. Sabine blickt in das Schüsselchen und ist verzweifelt. Warum nur eine Schüssel für vier Leute? Das reicht doch nie und nimmer!

Die Unbekannte, die nicht Christina ist, und auch Luca, sie alle müssen noch mehr trinken, viel mehr, und wo ist überhaupt Christina? Sabine blickt in die Schüssel. Es ist eine klare, algengrüne Flüssigkeit. Auf dem weißen Schüsselboden haben sich Samen oder Kerne abgesetzt, die fast schwarz sind, und um sie herum ist der Trank dunkler, wie bei frisch aufgebrühtem Früchtetee, wenn der Beutel geplatzt ist und die Hagebuttenstückchen kleine dunkelrote Schwaden steigen lassen. Ich muss jetzt auch trinken, denkt Sabine. Ich muss jetzt auch, augenblicklich, sonst bleibe ich alleine zurück. Wir vier müssen alle zusammen gehen.

Die Unbekannte wendet sich ab. Sabine sieht, wie sie sich nahe beim Wasser in den Sand setzt. Ja dort, dort liegt auch schon Christina. Die Fremde setzt sich neben sie. Und Luca, wo ist Luca? Sabine blickt noch einmal in die Schüssel. Warum müssen wir das überhaupt trinken? Warum nur wir vier und all die anderen nicht? Die merken nichts. Sie haben offenbar keine Ahnung, was passiert. Sie spielen weiter Federball und Frisbee oder stehen bis zu den Knien im Wasser vor dem Sonnenuntergang und schmusen herum. Kinder klatschen nassen Sand auf die zerfallenen Burgen. Warum nur wir?

Sabine nimmt einen Schluck. Es schmeckt etwas bitter, aber gar nicht mal so schlecht. Das Schüsselchen ist noch halb voll. Sie ärgert sich. Jetzt hat sie davon getrunken! Sie will gerade protestieren, will Christina und die Unbekannte rufen, dass das hier ein Fehler ist. Aber in dem Moment fällt es ihr wieder ein. Natürlich. Es war eine Nachricht, die Christina oder ihre Begleiterin heute Vormittag bekommen haben. Eine Neuigkeit aus der Heimat. Eine Katastrophe, die sich schnell in Europa ausbreitet und auch dieses Ferienparadies nicht verschonen wird. Klar, jetzt weiß sie es wieder. Wie konnte sie das nur vergessen. Die anderen ahnen nur noch nichts davon, sonst wäre hier längst der Teufel los. Gut, dass die Frau, die nicht Christina ist, so schnell gehandelt hat. So müssen sie das Chaos nicht mehr miterleben. Sabine ist plötzlich ganz erleichtert. Und sie fühlt eine unglaublich angenehme Müdigkeit die Brust hoch durch den Hals und bis zu den Schläfen steigen. Es wirkt wie eine leichte Lähmung. Links und rechts vom Kiefer hoch bis zur Stirn. Deshalb war die Unbekannte so cool. Das ist viel besser als Gras. Da reicht bestimmt schon ein Schlückchen. Deswegen wollen die anderen nichts mehr trinken. Ja, und womöglich geht es jetzt ganz schnell. Plötzlich steigt Panik in ihr hoch. Wo ist Luca, verdammt, wo ist Luca? Sie dreht sich um und sieht ihn. Sein vertrautes Gesicht. Ruhig und lächelnd und etwas verschlafen steht er nur vier oder fünf Schritte rechts neben dem Klapptisch. Sie geht barfuß zu ihm hin. Sie wankt leicht, wie beschwipst, und kommt nur langsam vorwärts, barfuß im Sand. Aber sie ist wieder vollkommen entspannt. Er breitet die Arme aus. Sie schmiegt sich langsam an ihn, legt aber den Kopf zurück, so dass sie noch sein Gesicht deutlich sehen kann. Ja, er ist Luca. Kein Zweifel. Sie sieht all die Dinge in seinem Gesicht, die sie mag, und all die Dinge, die sie stören. So genau hat sie ihn schon lange nicht mehr angeschaut, denkt sie noch überrascht und erwacht.

Einige Wochen später Lucas Traum.
Luca träumt, einen Dokumentarfilm über Tiere zu sehen: Verschiedene Lebewesen und besondere Verhaltensweisen werden erklärt. Plötzlich Nahaufnahmen auf graue, pelzige Nager. Es wird gezeigt, warum sich einige erwachsene Männchen und Weibchen wie Lemminge umbringen. Die Ursache liege in der Hypersensibiliät der Tiere. Sie ahnten mit ihrem dem Menschen weit überlegenen Instinkt, dass ihren Nachkommen ein schreckliches Schicksal kurz bevorstehe. Als sich der Bericht den Jungtieren zuwendet, um die eintretende Katastrophe zu schildern, schaltet Luca den Fernseher aus. In dem Moment erwacht Luca. Im Traum wollte er von der Katastrophe nichts wissen. Jetzt lässt ihm das Schicksal der Jungtiere keine Ruhe. Es ist mitten in der Nacht, aber Luca kann nicht wieder einschlafen. Er hört die ruhigen Atemgeräusche Sabines im Dunkeln neben ihm. Luca hat das Gefühl, am falschen Ort zu sein, hält aber mit aller Macht still.
Luca hat plötzlich Angst, das Bewusstsein zu verlieren, will nicht wieder einschlafen, schreckt kurz vor dem Wegdämmern immer hoch und stellt sich vor, dass Paul, als er zum letzten Mal einschlief, dieselbe Angst hatte. Luca denkt, dass er bald den Verstand verlieren würde, wenn ihn jede Nacht diese Angst befiele.

Fast alle Spieler, die Luca kennt, mischen die Karten schnell und geschickt. Manche heben ab, legen die zwei Stapel auf den Tisch und lassen mit den beiden Daumen die oberen Enden der Karten ineinander klappern, schieben sie zusammen und wiederholen den Vorgang. Elegant und effizient. Wie zwei blitzschnelle Zahnräder fügen sich die beiden Stapel schnatternd zu einer neuen, unvorhersehbaren Reihenfolge zusammen. Die andere, nicht minder beeindruckende, nahezu akrobatische Methode erfordert mehr Talent:

Der Teiler hält beide Oberarme, ohne sich aufzustützen, über dem Tisch, umfasst locker mit der tiefer gelegenen linken Hand die Mehrzahl der Karten, während die Rechte rasch auf und ab geht – zisch-zisch-zisch –, bis das Spiel frisch gemischt ist. Manchmal fliegen die Karten dabei weit durch die Luft – eine Kartenkaskade, ein Wasserfall von der rechten Hand jongleurhaft geschleudert zur linken.
Diese Spieler, die Luca kennt und die sogar den *Waterfall Shuffle with Bridge* (hierzu werden die Karten gebogen) beherrschen, wären für Paul allesamt schwache Turniergegner gewesen. Aber manche haben grazile Pianistenhände und produzieren sich in Matchpausen oder nach einem Wettkampf als faszinierend flinke Amateurzauberer, die bei der Präsentation eines Kunststücks ununterbrochen ihre Handfertigkeit unter Beweis stellen, um ihr Publikum zu verwirren: Mit eleganten Bewegungen fächern sie fabrikneue Karten auf, die besonders glatt sind und nicht kleben.
Paul hielt sich abseits, wenn Falschspieler ihre Schummeleien praktizierten. Er lächelte verlegen über die Schnellfingerartisten, die versuchten, Zuschauer so weit zu bringen, dass sie glaubten, die ihnen in die Hand gemogelten Karten hätten sie selbst gewählt. Lucas Bridge-Lehrer, ein passionierter Trickspieler, erklärte ihm, dass die gesteuerte Entscheidung der Schaulustigen in der Kartenzauberei *Forcieren* genannt wird. Das Opfer ziehe dabei eine Karte nur scheinbar aus freiem Willen. Als Bestandteile einer umfassenden Kunst der Kartenmanipulation seien im 18. Jahrhundert in Frankreich das falsche Abheben, das Falschzählen (der Düpierte bemerkt nicht die numerischen Bluffs beim zügigen Durchzählen der Karten) und das systematische Scheinmischen entstanden. Die raffinierten Täuschungen hätten schnell in ganz Europa unter der Bezeichnung *Corriger la fortune* Verbreitung gefunden und in England habe Sir Alex Elmsley das Falschzählen verfeinert: Seine *False counts* bildeten heute noch die Grundlage für Schwindler aller Couleur.

Paul mischte die zweiundfünfzig Karten vergleichsweise langsam: Er stützte die Unterarme auf die Tischkante, stellte das Spiel senkrecht auf den Tisch, hob mit der Rechten einige Karten hoch und schob sie in die anderen hinein, die er mit der linken locker hielt. Das ist die ungeschickteste Art, die Luca kennt. Es ist ein so schwerfälliger Vorgang, als tauschte jemand Äpfel gegen Birnen. Luca fragte ihn einmal, warum er das so umständlich mache. »Damit schont man die Karten«, sagte er. »Die anderen Arten habe ich nie gelernt.«
Luca war enttäuscht. Da verbringt einer sein halbes Leben mit Spielkarten und lernt nie, sie geschickter und schneller zu mischen. Aber als Luca ihn beim Spielen auf der Terrasse des Hotels Larisch beobachtete, stellte er fest, dass er das Mischen auf diese behäbige Weise offenbar mehr genoss als die anderen; so wie jemand, der langsam isst, sich Zeit lässt zwischen den Bissen, immer mal wieder einen Schluck Wein trinkt – im Gegensatz zu den Gierigen, die das Essen sehr schnell hinunterschlingen. Paul kaute langsam und genauso langsam mischte er die Karten, schob konzentriert die schwarzen zwischen die roten und die roten zwischen die schwarzen und brachte Zufall ins Spiel: ein sich wiederholender lust- und qualvoller Vorgang zugleich, da es danach doch gilt, das Durcheinander neu zu ordnen.

Sabine liest ihrer Tochter Nora vor dem Schlafengehen aus einem Kinderbuch einige Vierzeiler vor: nette Gedichte. Die zwei Halbkugeln der moosgrünen Lampe sind offen. Licht fällt von der halbierten Kugel auf Noras Lieblingsbild, das fast die ganze Kinderzimmerwand bedeckt: silbern schimmern Planeten und Wolken und werfen Schlagschatten auf den Hintergrund. Plötzlich liest Sabine: »Es liegt im Schatten unter Bäumen / das Haus, in dem ich wohnen werde. / Ein schönes Haus. Ein Haus zum Träumen. / Mein stilles Haus aus schwarzer Erde.« Sabine erschrickt, liest einige weitere Vierzeiler, lustige und kluge Texte. Schließlich küsst sie ihre Tochter und sagt: »Jetzt aber *a dodi*.«

Luca, Reto und Sabine sind seit Pauls und Francas Tod Mitglieder bei der ROWS.
Luca, Reto und Christina spielen Bridge und lernen Rätoromanisch. Wenn sie sich in Sins treffen, üben sie gemeinsam.
In Siena steigt Luca wieder regelmäßig in den Orchestergraben hinab. Er findet langsam neues Zutrauen zur Musik. Er horcht auf den Klang und erinnert sich an Sokrates' letzte Debatte kurz vor dem Tod mit seinen Schülern, die von ihm wissen wollen, wie man sich die Seele vorstellen soll. Alle Anwesenden stimmen zunächst einem Freund zu, der Seele und Körper mit Klang und Musikinstrument vergleicht: einerseits das Irdische, Holz und Saiten, dem sterblichen Körper verwandt; andererseits das Unsichtbare, Klang und Seele. Doch Sokrates auf dem Sterbebett hält die Seele für unsterblich und widerspricht. Wo der Klang war, bevor das Instrument entstand, und wo er bleibt, wenn man es zerstört, fragt Sokrates, dessen Einstellung zum Tod und dessen Ende für Paul vorbildlich waren. Sokrates' Ruhe, sein vergnügter Hinweis, dass wir alle von der Natur zum Tod verurteilt sind, seine letzten entspannten Gespräche, seine Weigerung, am Ende Zeit zu schinden, sein frühzeitiger Ruf nach dem Schierlingsbecher – alles nachahmenswert. Nur Sokrates' Vorfreude auf die Trennung von Leib und Seele, auf die Befreiung von dem als Ballast empfundenen Körper konnte Paul nicht mit ihm teilen, obwohl er sich eine Trennung, so wie von Sokrates erwartet, auch gerne für sich gewünscht hätte. Aber Paul war überzeugt: Mit der Zerstörung des Instruments würde auch dessen Klang für immer verstummen.

Beim Lesen der Tageszeitung überblättert Luca nicht wie früher die Todesanzeigen, sondern beachtet manchmal die Geburtsjahre der Verstorbenen. Er spürt eine Mischung aus Bewunderung und Neid für die Jahrgänge 1900 bis 1925, also für all jene, die älter starben als seine Eltern. Den Altersgenossen seiner Eltern, 1926 und 1930, fühlt er sich auf eigenartige Weise verbunden. Alle Jüngeren fasst er als Bestätigung für die Todesart seiner Eltern auf. Es sind wenige, aber es werden mehr.

Während einer Sommer-Tournee durch Kalabrien, zwei Jahre nach Francas und Pauls Tod, legt Luca Salamun der Cellistin Marina Cardona nachts während einer Taxifahrt den Arm um die Schultern, worauf ihr Rücken schlagartig steif wird wie ein Brett. Eine ähnliche Bewegung findet manchmal statt, wenn man wartend beim Skilift steht, den Bügel schon gefasst, das Seil sich aber noch nicht ganz ausgerollt hat: Wenn man vergisst, sich auf den Ruck vorzubereiten, zuckt es dann im Rücken so heftig wie bei Marina.
Luca erschrickt über ihren Reflex und zieht den Arm zurück. Ihr Problem sei Nähe und Ferne, sagt Marina. Sie bleibt stocksteif, steckt sich eine Zigarette an, kurbelt das Fenster zur Hälfte herab und neigt beim Ziehen den Kopf leicht nach hinten.
Nach einem Spaziergang steht Luca allein beim offenen Fenster in seinem Hotelzimmer. Über ihm leuchten dieselben Sterne wie über Oslo, Siena, Sins und Basel. Aber erst hier, mit dem zeitlichen und geographischen Abstand, versucht er, den Elterntod besser zu verstehen. Er fühlt sich zu Marina hingezogen, die viele Fragen aus einem für Luca ungewöhnlichen und unvoreingenommenen Blickwinkel betrachtet.
Der Tod ist kein Zustand. Es hat sich einiges verändert seither: Den Winterwanderweg nach Stuvar gibt es nicht

mehr, nachdem Schneekanonen bis oben hinauf zum Kartenhaus gebaut wurden. Políns Wanderung ist eine Talabfahrt auf Kunstschnee für Wintersportler geworden, die lange vor Weihnachten oder im Frühling vom Piz Nalains bis hinab nach Sins fahren wollen. Políns Sins ist nicht mehr. Mit seiner Landschaft verändert sich auch der darin Begrabene.

Am folgenden Abend gehen Luca und Marina nach der Vorstellung gemeinsam essen. Die Portionen sind zu groß. Luca stellt sich vor, sie folge ihm in sein Zimmer, setze sich, lasse sich im Sitzen mit ihrem kerzengeraden Rücken die Schuhe ausziehen, stehe auf, lasse sich ganz entkleiden – *femme nue debout*. Luca stellt sich vor, sie liebten sich so leidenschaftlich, wie sie beide es nicht für möglich gehalten hätten: Marina nicht, weil sie den Grund seiner Hingabe nicht kennt; Luca nicht, weil er sich in seinen kühnsten Träumen nie hätte ausmalen können, welche Kräfte die uneingestandene Idee freisetzt, Marina all die Zärtlichkeit zukommen zu lassen, die er Franca zu Lebzeiten verweigert hatte. Luca stellt sich vor, in jener erdachten Nacht nichts von der umgeleiteten Leidenschaft zu ahnen.

Alle wünschen sich manchmal den Tod der Menschen, die sie lieben, meint Marina. Auch den Tod der eigenen Eltern. Marina und Luca in einer Tourneepause am Strand von Tropea: Luca hat ihr alles erzählt, was er von Paul und Franca weiß. Hinter den sich brechenden Wellen spielen Kinder auf einem vertäuten Floß.
Er könne sicher sein, dass die Eltern damals mit dem Stoß einverstanden waren, sagt sie. Auch das sei ein Grund, warum er ihnen den Tod gewünscht habe.
Luca widerspricht, aber Marina setzt nach. Er solle doch an das Foto von Stefan und Lotte Zweig denken, das er ihnen gezeigt hatte und das so schön sei, dass man meine, der Tod

habe die beiden nie geschieden. Marina sagt, Lucas Elternbild sei möglicherweise eine Selbsttäuschung. Er habe die Ehe der Eltern und ihren Tod beschönigt, habe die trotz der Tagebücher bestehenden Wissenslücken selbst gefüllt und habe versucht, sich das Elternsterben, das Unvorstellbare vorzustellen. Luca wisse nicht, ob er von Franca vielleicht zu viel Liebe bekommen habe, die er nicht erwidern konnte, weshalb er das Elternhaus so früh wie möglich verließ. Auch deswegen lebe er seither mit dem Bonbon im Hals und mit dem Lack. Dazu passe, dass er aus der Ferne und bei Besuchen darauf geachtet hatte, mit dem Vater nicht zu streiten und sich der Mutter, die ihre Söhne über alles liebte, nicht zu sehr zu nähern.

Luca gibt zu, dass auch sein Problem Nähe und Ferne sei. Mit seinem Verhalten, mit dem übertriebenen Liebesentzug, mit dem angeblich falschen Beruf und der angeblich falschen Heirat, mit der räumlichen und emotionalen Distanz förderte er wohl Francas Gefühl, ohne ihre Söhne, ohne ihren schönsten Lebensinhalt leben zu müssen. Damit förderte er vielleicht ihre Todessehnsucht. Das könne er nicht rückgängig machen.

Woher er wisse, ob Franca und Paul wirklich das Leben umsegelt hätten, fragt Marina. Sie zweifelt daran, dass die Ehe seiner Eltern unter der glänzenden Oberfläche so glücklich war. Woher er wisse, ob er, das halbbegabte Kind, entgegen seiner eigenen Überzeugung, aber gemäß den in Francas Brief geäußerten Selbstzweifeln, nicht vielleicht zu wenig Zuwendung erhalten habe. Vielleicht sei Franca eine verzweifelte Frau gewesen, die – wie von Alexander Poseda vermutet – selbst falsch geheiratet und zu früh Kinder bekommen hat.

»Reto ist zur Welt gekommen, als sich Paul und Franca ohne euch richtig gut fühlten. Du und Reto, ihr habt sie gestört«, sagt Marina. So wie Luca seine Mutter geschildert habe, sei sie eine Frau gewesen, die sich danach nur noch ihrer Familie widmete, sich ihr unterordnete und, nachdem die Söhne erwachsen waren, keine Aufgaben mehr hatte, eine Frau mit Betty Friedans »Problem ohne Namen«. Wenn Pauls Todeswunsch so klar und logisch und nachvollziehbar sei, könne man ihn nur akzeptieren oder nicht. Bei Franca sei das anders, weil sie niemandem erlaubt habe, in sie hineinzublicken.

In letzter Zeit lockere sich aber langsam der Knoten und der Lack blättere wie von selbst, erwidert Luca. Er vermute, dass Franca diese Entwicklung vorausgesehen habe. Mit ihrem Tod erlöste sie sich demnach selbst von der unerfüllbaren Sehnsucht nach ihren Söhnen. Aber damit befreite sie ihre Söhne auch von der Frage, wie sie mit dieser Liebe umgehen sollten. Francas größtmöglicher Beweis für Liebe bestehe also nicht nur darin, gemeinsam mit Paul zu sterben, sondern vielleicht auch darin, den Söhnen ein zweites Leben zu schenken, eine Zukunft mit eigenen Familien. Vielleicht wollte sie die Söhne zugleich von ihrer unmöglichen Mutterliebe befreien. Doch im selben Augenblick verwirft Luca solche Spekulationen und jene Ödipus-Variante, die den Sohn nicht als Vater- und – wäre Iokaste ihm nicht mit Selbstmord zuvorgekommen – als Muttermörder darstellt, sondern als Opfer. Der Sohn tötet seine Eltern demnach nicht, weil er böse ist, sondern reagiert lediglich, weil er von der Mutter misshandelt wurde. Aber das sei bei ihm nicht der Fall, es sei denn, zu viel verborgene Liebe könnte eine Form von Misshandlung sein.

»Was denkst du?«, fragt Marina.

»An das verlorene Vertrauen.«

»Hast du Angst vor dem Sterben?«

Luca nickt.

Marina rollt zur Seite, steht auf und geht zum Wasser. Sie watet bis zu den Knien hinein, dreht sich um und ruft: »Komm schon!«

Luca Salamun bleibt mit dem schlechten Gewissen liegen, seine Eltern umgebracht, und mit dem guten Gefühl, die Welt umsegelt zu haben. Zugleich spürt er, wie die Eltern in ihm weiterleben – Pflichtbewusstsein, Ehrgeiz, Manieren – fast so, als wären Franca und Paul nie gestorben.
Luca misstraut allen Erklärungsversuchen und hat nur die Gewissheit, rückwirkend nichts mehr ändern zu können, und nimmt sich deshalb vor, darauf zu achten, dass keine neuen Knoten und keine neuen Lackschichten bei ihm und bei anderen Menschen entstehen. Trotzdem hat er das Gefühl, dass das Elternsterben noch dauern wird, auch weil er den Verdacht nicht abschütteln kann, eine wichtige Einzelheit übersehen zu haben.
»Angsthase!«, ruft Marina.
Luca rennt zu ihr. Er hält sie an der Taille fest. Sie lacht, befreit sich, springt zur heranrollenden Welle und taucht mit einem Kopfsprung durch sie hindurch. Diese elegante Art, ins halbhohe Wasser zu gehen, kennt Luca nur von Südländern. Marinas nasse Haut glänzt in der Sonne.
»Ich bin bräuner als du«, sagt sie, wirft den Kopf zurück und streicht sich die Haare glatt. Der nächste Wellenkamm erreicht Lucas Nabel. Auf Knöchelhöhe fließt das Wasser zurück. Eine weiße Woge nähert sich.
»Los!«, ruft Marina. Sie tauchen beide durch die Gischt. Luca wünscht sich in dem Augenblick unter der Welle, nie so zu enden wie Alexander Poseda. Bei der nächsten Welle, in die er auf allen Vieren hineinstolpert, wünscht er sich, Pauls Leidenschaft zu bewahren.
Sie stehen wieder auf, waten wie Surfer durch kleine Brecher voran auf der Suche nach einer höheren Welle und stürzen sich im richtigen Moment hinein. Unter Wasser wünscht sich Luca, so schnell zu sterben wie seine Mutter, aber später, so spät wie möglich.
»Das Floß ist frei, komm!«, sagt Marina. Nebeneinander schwimmen sie hinaus. Marina bewegt sich im Wasser

leicht, wie schwebend. Luca atmet tief und blickt hinaus auf die endlose Fläche.

Er hilft ihr auf das schaukelnde Floß. Bei dieser Bewegung streift er ihre Brust. Er ist noch im Wasser, als sie sich schon auf den Rücken legt, den Kopf seitwärts dreht und ihn anlacht. Luca zieht sich an dem Tau hoch, dessen von Algen umschlungenes Knotenmuster wie das Doppelwellenband, wie das Sgraffito-Ornament im Engadin aussieht.

Luca streckt sich neben ihr aus und legt seinen Kopf auf ihren Bauch. Er blinzelt in das endlose Blau über ihm. Sie bewegen sich kaum. Im Nacken spürt Luca Marinas Atem und Herzschlag. Sie bleiben lange liegen und plötzlich fällt ihm das fehlende Detail ein, nach dem er gesucht hatte: »Die Fotos auf den Nachttischchen links und rechts beim Ehebett«, flüstert er. »Ich habe sie vergessen. Ausgeblendet. Aber sie waren immer da. Neben den Zigaretten, den Aschenbechern, der Campariflasche, dem Moëtfläschchen, den Gläsern, den Joghurtbechern, den Löffeln und Plastikbechern der ROWS. Und auch früher in den verschiedenen Wohnungen in Basel. Vier Schwarzweißfotografien unter Glas in ovalen, goldenen Rahmen. Die Gesichter meiner Großeltern. Immer im Schlafzimmer der Eltern.«

Lucas Stimme wird noch leiser, ist fast unhörbar im Wellenplätschern rund um das Floß. In Lucas Innerem breitet sich die Erinnerung an die Porträts seiner Vorfahren aus. Er bleibt regungslos liegen, aber seine Gedanken überschlagen sich, weil er sich wegen des Gefühls, ein letztes fehlendes Puzzleteil gefunden zu haben, in unmittelbarer Nähe zur Lösung des Knotens wähnt. Er schließt die Augen fest und sieht sich als Kind auf dem Genfer Friedhof. Paul war bei den jährlich stattfindenden Besuchen selten dabei. Luca sieht Francas tiefes Leid in ihrem Gesicht. Er spürt wieder seinen kindlichen Ärger, die nach so vielen Jahren immer noch riesige Trauer seiner Mutter um ihren Vater nicht nachempfinden zu können. Er mag es nicht, meilenweit von

Francas Empfindsamkeit entfernt zu sein. In dem Kind Luca, das im Lodenmäntelchen alljährlich an Allerseelen vor der geheimnisvollen, Furcht einflößenden Familiengruft der Sillages, umgeben von knisterndem Laub, frierend in der Wintersonne neben seiner Mutter steht, die ihre Einsamkeit nach dem frühen Tod ihres Vaters nicht in Worte fassen kann, wächst der Ärger, weil es die Abwesenheit des Großvaters nicht begreift.
Luca konnte den Großvater nie kennen lernen, den Architekten mit dem kantigen Gesicht, dessen von ihm erbauten Genfer Häuser Franca ihren Söhnen beim Stadtbummel stolz zeigte. Luca hätte auch gerne um ihn getrauert, aber es gelang ihm nicht, obwohl er spürte, dass Franca es von ihm stillschweigend erwartete, als müsste dies ein Leichtes, eine Selbstverständlichkeit für ihr Kind sein. Gesprochen wurde darüber nie. Damals begann Luca – woran er sich erst jetzt erinnert –, Franca die Schuld dafür zu geben, dass er die Bedeutung von Tod und Sterben nicht verstand.
Als die Sonne zu heiß wird, steht Luca vorsichtig auf, blickt ins Wasser, holt tief Luft und springt. Er lässt sich fallen, dringt zwischen die Wellen, spürt, wie sich das Meer über ihm schließt, und beginnt beim Abtauchen zu zählen wie damals Sergio bei seinem Rekord im Luftanhalten. Manchmal öffnet Luca kurz die Augen. Er dreht sich um und blinzelt, sieht den blauen Himmel durch die Wasseroberfläche leuchten und das Floß als schwarzes Rechteck wie eine zu klein geratene Zimmerdecke. Er bewegt sich in Zeitlupe, zählt voller Vertrauen auf seine trainierte und ausgedehnte Läuferlunge stumm weiter, hört bei angehaltener Luft seltene Geräusche und lauscht umso aufmerksamer in das ruhige und mächtige Rauschen des Meeres hinein. Schwerelos rudert Luca leicht im lichtdurchfluteten und schattenlosen Raum mit Armen und Beinen, um unten zu bleiben, so als könnten dadurch der Schorf der Jugend und die Krusten der Kindheit aufgeweicht und weggespült werden. Er horcht im

Wasser und erinnert sich an die dumpfen Schläge, an seinen Mot da Mezdis, an das langsame und dunkle Dong: *You left me but I never left you.* Die Vater-Strophe. *I needed you but you didn't need me.* Das Dong-dong-dong verwandelt sich in ein helles und schnelles Ping-ping-ping. Die einst auf dreiunddreißig Umdrehungen verlangsamte Totenglocke wurde zehn Jahre später für *Starting Over* beschleunigt.

Luca ist nicht sicher, wie groß Mutters Beweis für Liebe ist. Ihm fällt eine dritte Bedeutung ein. Er fragt sich, ob Franca ahnte, dass ihr Sohn sich als Kind nach einer so großen Wut wie bei der neunten Wiederholung von *Mama don't go* sehnte. Doch woher sollte Francas Sohn John Lennons Zorn bekommen? Lucas Vater und Mutter waren immer zu Hause. Franca wollte und konnte Luca nicht jene verzweifelte Leidenschaft geben, aber sie gab ihm mit dem Liebesbeweis vielleicht die Möglichkeit, den Orchestergraben auf anderem Wege zu verlassen. Sie gab ihm sehr spät – als Wiedergutmachung für den Kloß, den Lack oder für das Fernhalten von Bridge – den unnötig frühen, den vorzeitigen Trennungsschmerz.

Luca hört schwach zwei Töne und lässt sich hinauftreiben. Er spürt plötzlich Sehnsucht nach den beim Improvisieren frei über dem Griffbrett schwebenden Fingern; nach dem Gefühl endloser Möglichkeiten kurz vor der Entscheidung für einen Ton, kurz vor dem kräftigen Druck der mit Hornhaut überzogenen Fingerkuppen auf gespannten Saiten; Sehnsucht nach den Vertiefungen, die von den Bass-Saiten in seine Haut gegraben werden; nach den Schwingungen, die von den Fingerspitzen in seine Hand und mit den Tönen in seinen Körper strömen.

Sehnsucht nach den Augenblicken am Schreibtisch, in denen er wieder zitternd vor Lust Noten auf ein Blatt Papier schreiben kann. Er hört jetzt mit angehaltener Luft neue Klänge, die in seinem Kopf entstehen. Fragmente von Melodien für den Lauf im Schnee, für das Blinzeln auf dem

Totenbett oder für die letzte Umarmung. Alles drängt ihn, diesen Tonfolgen nachzujagen: Erinnerungen an eine vergessen geglaubte Raserei, die ihm wieder bevorsteht, um dem Elterntod, von dem er glaubt, dass er ihn nie ganz begreifen wird, Gestalt zu geben. Knapp unter dem Wasserspiegel hört er die beiden Vokale von außen noch einmal, jetzt lauter, das dunkle U und das helle und hallende A, Urklang des Anfangs, die Stimme Marinas, die seinen Namen schreit.

Bibliographie

Rose Ausländer: Ich höre das Herz des Oleanders. Gedichte 1977-1979. S. Fischer, Frankfurt am Main 1984

Gregory Bateson: Ökologie des Geistes. Übersetzt von Hans-Günter Holl. Suhrkamp, Frankfurt am Main 1981

Gibran, Khalil: Der Prophet, Patmos, Düsseldorf 2001

Mathias Greffrath: Montaigne. Ein Panorama. Eichborn, Frankfurt am Main 1993

Ernest Hemingway: Fiesta. Übersetzt von Annemarie Horschitz-Horst. Rowohlt, Hamburg 1978

Klabund: Die Harfenjule – Sonette des Spielers. Die Schmiede, Berlin 1927

Herman Melville: Moby-Dick. Übersetzt von Matthias Jendis. Hanser, München, Wien 2001

Karl R. Popper: Ausgangspunkte – Meine intellektuelle Entwicklung. Übersetzt von Friedrich Griese und Karl Popper. Hoffmann und Campe, Hamburg 1979

Karl R. Popper, John C. Eccles: Das Ich und sein Gehirn. Übersetzt von Angela Hartung, Willy Hochkeppel und Karl Popper. Piper, München 1982

Franz Werfel: Stern der Ungeborenen. Ein Reiseroman. S. Fischer, Frankfurt am Main 1967

Frantz Wittkamp: Alle Tage ein Gedicht. Coppenrath, Münster 2002

2. Auflage 2005

Satz: Fotosatz Kretschmann GmbH, Bad Aibling

Litho: Kochan & Partner, München

Typographie, Umschlagentwurf und Gestaltung: Konturwerk, Herbert Woyke

Titelfoto: »Green Cushion on Sofa« von photonica/Johner

Druck und buchbinderische Verarbeitung: Ebner & Spiegel GmbH, Ulm

Papier Innenteil: 90 g/m² Schleipen Werkdruck bläulich weiß

Papier Vor- und Nachsatz: 135 g/m² Surbalin Linea kirschrot von Peyer

Papier Schutzumschlag: 135 g/m² LuxoMagic Bilderdruck hochglänzend von Schneidersöhne

Papier Überzug: 120 g/m² Efalin Feinleinen hellblau von Schabert

Gesetzt aus der 11,6/13,5 Dante MT regular

Printed in Germany

ISBN 3-927743-79-8